ullstein

Das Buch

Alexia, 22-jährige Studentin und Dauersingle, wünscht sich nichts sehnlicher, als von einem attraktiven Mann verführt zu werden. Frustriert gibt Alexia eine Kontaktanzeige im Internet auf und bekommt auch bald eine Antwort. Der Kandidat erweist sich als schrulliger Antiquitätenhändler – nein danke, denkt Alexia. Doch in seinem Laden entdeckt sie eine alte Schatulle, fest verschlossen und mit sonderbaren Schriftzeichen verziert. Alexia kauft sie, doch stellt enttäuscht fest, dass die Schatulle leer ist. Alexia ahnt nicht, dass sie in diesem Moment einen unsichtbaren Sexdämon befreit hat: Kendrael, der seit Jahrhunderten eingesperrt war und sich nun aufmacht, seinen aufgestauten Sexhunger zu befriedigen und aus der Lust seiner Opfer neue Kraft zu gewinnen. Dabei kommt ihm zugute, dass er sowohl weibliche als auch männliche Gestalt annehmen und geheimste Wünsche erspüren kann. Nur auf Alexia wirkt seine Anziehungskraft nicht, denn sie sucht die wahre Liebe und kein Abenteuer. Das weckt Kendraels Jagdinstinkt …

Die Autorin

Kerstin Dirks, 1977 in Berlin geboren, hat eine Ausbildung zur Bürokauffrau absolviert und schreibt seit mehreren Jahren erotische Romane, historische Liebesromane und Fantasy.

Von Kerstin Dirks ist in unserem Hause bereits erschienen:
Leidenschaft in den Highlands

Kerstin Dirks

Teuflische Lust

Erotischer Roman

Ullstein

Besuchen Sie uns im Internet:
www.ullstein-taschenbuch.de

Umwelthinweis:
Dieses Buch wurde auf chlor- und säurefreiem Papier gedruckt.

Originalausgabe im Ullstein Taschenbuch
1. Auflage November 2009
2. Auflage 2009

Umschlaggestaltung: HildenDesign, München
Titelabbildung: © Marcus Lindner
Satz: LVD GmbH, Berlin
Gesetzt aus der Berkeley Oldstyle
Druck und Bindearbeiten: CPI – Ebner & Spiegel, Ulm
Printed in Germany
ISBN 978-3-548-28113-1

Prolog

Die sogenannten Buhlteufel gehören zu den kleineren Dämonenarten, derer es zwei Geschlechter gibt, die Sukkubi (w.) und die Inkubi (m.). Sie ernähren sich von der Lebensenergie ahnungsloser Menschen, indem sie diese nachts in ihren Betten aufsuchen und sich mit ihnen paaren. Die Opfer erinnern sich an den nächtlichen Besuch nur in Form eines Traumes und berichten anschließend von einem oder mehreren der folgenden Merkmale:

- Das Erscheinen einer Schattengestalt des Gegengeschlechts, oft mit Flügeln und einem stark erigierten Glied oder auffällig großen Brüsten.
- Ein starkes Lustempfinden.
- Herzrasen.
- Beschleunigter Atem.
- Schweißausbrüche.

Die Symptome tauchen in den Schilderungen der 18-jährigen Mathilde Feldberg, Tochter eines Gutsbesitzers in Minden, auf. Sie beschreibt, dass sie seit nunmehr vier Wochen immer wieder von demselben Traum geplagt werde, in dem jede Nacht ein Mann in ihr Zimmer eindringt, obgleich alle Fenster und Türen verschlossen sind, und sie zu sexuellen

Handlungen verführt. Am nächsten Morgen verspürt sie eine große Schwäche, ist nicht dazu in der Lage, das Bett zu verlassen, und leidet unter starkem Gewichtsverlust, weil sie jede Nahrungsaufnahme verweigert.

Nach ausgiebiger körperlicher Untersuchung lassen sich weitere Symptome feststellen, die für ein Einwirken durch einen Inkubus sprechen:

- Totenbleiche Haut.
- Blaue Lippen.
- Ein leerer Blick.
- Blaue Flecken am Hals.
- Ein schwacher Puls.
- Leichte Alterungserscheinungen wie faltige Hände und Krähenfüße unter den Augen. Untypisch für eine Frau in diesem Alter.

Im Umkreis des Gutshofs wurden ähnliche Fälle gemeldet. Die 20-jährige Katharina Windhoven weise ebenfalls auffällige Merkmale wie körperliche Schwäche und Gebrechen auf. Eine 27-jährige Frau sei vor wenigen Tagen verstorben, nachdem sie eine ähnliche Leidensgeschichte wie Katharina und Mathilde durchlebt hatte. Der Ehemann berichtet, ihr körperlicher Verfall habe ganz plötzlich eingesetzt und innerhalb weniger Wochen zum Tode geführt. Sie habe von merkwürdigen Träumen berichtet, in denen ein Fremder den Beischlaf mit ihr verübte.

Diese Beschreibungen erhärten den Verdacht, dass ein Inkubus sein Unwesen in der Region treibt.

Ich habe den betreffenden Familien geraten, Drudenkreuze an Wänden und Böden anzubringen sowie Drudensteine aufzuhängen, die das Eindringen von Dämonen in ihre Häuser verhindern. Diese Maßnahmen werden dem Spuk ein Ende setzen.

Ich habe den Dämon unterschätzt. Katharina Windhoven ist verstorben. Offenbar gelang es der finsteren Kreatur, die unschuldige junge Frau aus dem Haus zu locken und im Freien über sie herzufallen. Katharinas Ehemann fand sie am nächsten Morgen tot im Blumenbeet. Ihr Körper sei ausgemergelt gewesen, die Rippen hätten hervorgestanden und ihr Gesicht war derart eingefallen, dass er im ersten Moment geglaubt habe, seine Großmutter sei aus ihrem Grab gestiegen.

Nun ist die Panik ausgebrochen. Die Leute fürchten sich und glauben nicht mehr an den Schutz der Symbole. Man trat an mich heran mit der Bitte, den Dämon zu vertreiben. Genau das ist meine Absicht.

Ich habe unlängst ein schönes Stück auf der Konferenz für paranormale Forschung in Lübeck erworben. An sich halte ich von diesen Treffen nicht viel, finden sich doch immer wieder Aufschneider in den Diskussionsrunden, die von sich behaupten, Kontakte zu Dämonen und Geistern herstellen zu können. Dabei sind Erscheinungen dieser Art so selten, dass nur wenige ausgewiesene Fachmänner jemals mit eigenen Augen eine solche Kreatur sahen. Wenn überhaupt!

Diese Konferenz habe ich jedoch in guter Erinnerung. Namhafte Wissenschaftler waren anwesend, mit denen ich mich austauschen konnte. Besonders die Theorie, Buhlteufel hohen Ranges besäßen die Fähigkeit, das Geschlecht zu ändern und somit als Wechselbalg zu agieren, hat mich fasziniert. Das würde bedeuten, dass ein mächtiger Inkubus nicht nur weibliche Opfer heimsuchen und sein Beutespektrum dadurch beträchtlich vergrößern konnte.

Auf der Tagung erstand ich nun also ein wunderbares Objekt: eine Schatulle, gefertigt aus dem, was man hierzulande Dämonengold nennt.

Sie absorbiert naturgemäß negative Energien, die von Poltergeistern, Kobolden und anderen kleineren Dämonenarten wie den Inkubi ausgestrahlt werden, und schließt sie in sich ein, gleich der Büchse der Pandora. Es ist ein vortrefflich gefertigtes Stück aus dem Hause Zofer, welches die diesjährige Veranstaltung in Lübeck ausgerichtet hat. Mit der Schatulle wird es mir gelingen, den Dämon aus unserer Welt zu bannen. Ein für allemal. Das Scheusal hat schon viel zu viel Unheil angerichtet. Zwei tote Frauen innerhalb weniger Wochen. Wir hoffen, dass Mathilde nicht das nächste Opfer wird. Ich spüre, dass uns nicht viel Zeit bleibt.

Alles ist vorbereitet. Ich habe dafür gesorgt, dass sämtliche Schutzsymbole aus dem Haus entfernt wurden, um dem Inkubus den Zugang zu dem Mädchen zu ermöglichen. Im Vertrauen habe ich den Eltern gegenüber meine Vermutung angedeutet, Mathilde habe trotz ihrer jungen Jahre bereits Kontakt zu Herren gepflegt, worauf besonders die Mutter empört reagierte. Doch ist es eine unumstößliche Tatsache, dass unberührte Frauen einen natürlichen Schutz vor diesen Plagegeistern genießen und nicht von ihnen angegriffen werden können.

Die geöffnete Schatulle habe ich dann unter Mathildes Bett platziert. Sobald sich der Inkubus über dem Mädchen befindet, wird die Falle zuschnappen und ihn wie eine fleischfressende Pflanze verschlingen. Ich hoffe, Mathilde ist nicht zu geschwächt. Ihr Anblick hat mich entsetzt. Offenbar scheint sich ihr Zustand verschlechtert zu haben, und es ist anzunehmen, dass der Dämon einen Weg gefunden hat, auch sie aus ihrem Zimmer zu locken, um sich an ihr zu vergehen. Es steckt kaum noch Leben in diesen dünnen Ärmchen und dem feinen Gesicht, das, wenn ich ihrer Mutter Glauben schenken darf, einst wie die Sonne selbst strahlte. Von diesem Glanz ist jetzt nichts mehr übrig. Ich hoffe, wir tun das Richtige. Sollte mein Plan nicht aufgehen, wird Mathilde heute Nacht sterben. Wenn ich ihr in die Augen blicke, sehe ich den Tod darin. Aber uns bleibt keine andere Wahl.

Der Dämon wird erscheinen. Dessen bin ich mir sicher. Es scheint fast so, als bestünde eine gegenseitige Abhängigkeit, als könne auch er nicht von seinen Opfern lassen, bis er sie leer gesaugt hat wie ein Vampir.

Heute Nacht werde ich im Haus der Feldbergs bleiben. Sie haben mir ein Gästezimmer hergerichtet, klein und gemütlich, so dass es seinen Zweck erfüllen wird. Es liegt im selben Flur wie Mathildes Zimmer. Ich werde es hören, wenn sie Besuch bekommt.

Um kurz vor Mitternacht wache ich auf, vernehme das Ächzen der Dielen im Flur und das Knarren einer Tür, die sich öffnet und wieder schließt. Rasch steige ich aus meinem Bett und versuche, meine Tür, die ich nur leicht angelehnt habe, so geräuscharm wie möglich zu öffnen. Es gelingt mir besser als dem Eindringling, der sich jetzt in Mathildes Zimmer aufhält. Ich bin geschickt darin zu schleichen. Fast hört man keinen Ton unter meinen nackten Füßen, und schließlich stehe ich vor ihrem Zimmer. Durch das Schlüsselloch blickend, sehe ich eine Bewegung im Schatten. Da ist etwas! Es ist groß. Die Haut schimmert grau, und ich sehe zwei Lederschwingen, die denen einer riesigen Fledermaus ähneln. Das Licht des Mondes, welches durch das Fensterglas in Mathildes Zimmer scheint, offenbart Schreckliches.

Mein Gott! Eine solche Kreatur kann nur eine Ausgeburt der Hölle sein.

Mir bleibt das Herz fast stehen. Geräuschlos schwebt das Wesen wenige Zentimeter über dem Boden, bewegt sich auf das Bett zu und nimmt langsam die Gestalt eines Mannes an.

Er bleibt am Fußende ihres Bettes stehen, blickt auf das schlafende Mädchen herab und wartet.

Ich hoffe, dass er nichts merkt. Es wäre fatal, wenn er die Falle entdeckt, bevor sie zuschnappen kann. Er läuft am Bett entlang und bleibt direkt vor ihr stehen, sie musternd, lauernd. Mir stockt der Atem, denn mir wird klar, dass meine Augen endlich sehen dürfen, wonach ich so lange suchte. Ein echter Inkubus! Welch seltener Anblick. Endlich ein Beweis für all meine Thesen.

Ein Gefühl von Euphorie breitet sich in meiner Brust aus, aber es schwindet schnell, denn der Ernst der Lage wird mir wieder klar. Dieser Dämon bringt den Tod. Ich überlege, ob ich eingreifen soll, denn Mathilde wacht nicht auf.

Doch ich rühre mich nicht und beobachte schweigend, wie er die Decke hinunterzieht und Mathildes nackten Körper entblößt.

Da endlich rührt sich das Mädchen. Ich sehe, wie sie die Beine bewegt, dann die Arme, und schließlich hebt sie den

Kopf und blickt den Eindringling an. Entsetzen spiegelt sich in ihrem Gesicht, das kann ich selbst von hier erkennen.

Aber dann geschieht etwas, womit ich nicht gerechnet habe. Der Dämon hockt sich vor sie und streckt, beinahe zögerlich, die Hand aus

Er flüstert etwas, das ich nicht verstehe. Zu mir dringen nur die Schwingungen seiner Stimme vor. Die klingt sanft, lieblich, wie die Stimme eines Engels. Und erst da berührt er ihre Haut und streichelt die bleiche Wange des Mädchens. Vorsichtig, langsam, behutsam.

Es ist ein Ausdruck von Zärtlichkeit, fast möchte ich es Hingabe nennen, und es scheint mir, während ich diesen unerwarteten Anblick verarbeite, als geschehe hier nichts Böses. Das ist natürlich Unsinn. Es sind die Verführungskünste des Inkubus. Der Trick scheint zu funktionieren. Ich sehe ein sanftes Lächeln in Mathildes Gesicht, und sie rückt ein Stück zur Seite, macht ihm Platz in ihrem eigenen Bett. Ganz freiwillig. Ich sehe Sehnsucht in ihrem Blick, der verrät, dass sie nicht ganz Herrin ihrer Sinne ist.

Der Inkubus nimmt die Einladung an. Er steigt zu ihr ins Bett. Ich sehe das erigierte Glied. Nun legt er sich auf sie, und sein Körper rückt zur Mitte des Bettes auf, genau an die Stelle, unter der sich meine Schatulle aus Dämonengold befindet. Schon sehe ich ein Glimmen unter dem hölzernen Gestell.

Ein helles Licht, das sich rasend ausbreitet. Eben noch hat der Inkubus ihre Brust mit der Hand umschlossen, im selben Moment glaube ich zu erblinden.

Gleißendes Licht durchflutet den Raum. Ich torkle zurück, kneife geblendet beide Augen zusammen, halte die Hände vors Gesicht und versuche der Schmerzen Herr zu werden.

Es fühlt sich an, als fräßen sich glühende Flammen in meinen Schädel.

Ich höre einen lauten Schrei, und es dauert eine Weile, ehe mir klar wird, dass er nicht aus meiner Kehle dringt, sondern aus Mathildes Zimmer. Ich bin erschöpft, kann mich nicht auf den Beinen halten und sinke zu Boden. Dort verharre ich, kämpfe gegen den Schmerz, bis er endlich weicht.

Erste dunkle Flecken tanzen vor meinen Augen, ich sehe wieder Umrisse, Schatten, ja sogar die Tür ist zu erkennen. Mein Blick ist nicht klar genug, um Details zu sehen. Wo die Klinke ist, weiß ich nicht.

Mein erster Gedanke gilt Mathilde. Ich muss zu ihr. Schon stehe ich wieder auf den Beinen, taste nach dem Türgriff, drücke ihn hinunter und stehe in ihrem Zimmer. Das Licht ist fort. Meine Augen gewöhnen sich an die Dunkelheit. Immer noch liegt ein leichter Schleier über meinem Blick. Ich frage mich, ob er je verschwinden wird.

»Mathilde?«, rufe ich, doch erhalte keine Antwort. Dann vernehme ich ein Schluchzen. Jetzt entdecke ich sie. Sie hockt neben dem Bett, diese kleine, dürre Gestalt. Zwischen ihren Händen erkenne ich unscharf die Schatulle. Der Deckel ist geschlossen. Großartig, Mädchen! Wir haben triumphiert! Ich könnte vor Freude tanzen, doch ich merke schnell, dass mit Mathilde etwas nicht stimmt, und halte mich zurück.

Als ich mich zu ihr setze, sehe ich dunkle Flecken unter ihren Augen. Es riecht nach Blut. Armes Mädchen. Sie wird Zeit brauchen, das Geschehene zu verstehen. Zu verstehen, dass es kein Traum war. Doch zumindest wird sie leben.

Hinter mir höre ich Schritte. Mathildes Eltern betreten den Raum. Die Mutter bricht weinend neben ihrer Tochter zusammen.

Am Rande vernehme ich die Vorwürfe, die man mir macht. Aber ich bin mit der Entwicklung zufrieden. Der Dämon ist gefangen. Für immer.

Prof. Marvin Norgret. Auszug aus dem Kompendium »Die Lehre von den Dämonen« aus dem Jahr 1798.

Berlin. Heute.

Alexia Kling hatte nach einem Urlaubssemester ihr Studium der Psychologie wieder aufgenommen und war aus dem elterlichen Heim in den Lazarusweg 23 gezogen. Nun lebte sie in einer Zweizimmerwohnung im zweiten Stock eines gemütlichen Eckhauses in der Nähe des wunderschönen Lazarusparks. Vor ihrer Haustür erstreckte sich eine weite Wiese, auf der sich die Nachbarn an besonders warmen Tagen sonnten oder den Grillplatz nutzten. Der Geruch von Rostbratwürsten und Schweinekamm lag oft noch am nächsten Tag in der Luft. Morgens wurde sie vom Zwitschern der Vögel geweckt, und blickte sie aus dem Fenster, sah sie ein Meer aus sattem Grün, das sich sanft im Wind wiegte. Riesige Baumwipfel waren das, die fast so hoch hinaufreichten wie das kleine Eckhaus mit seinen drei Stockwerken. Und die Luft war hier so herrlich frisch und sauber. Sie fühlte förmlich, wie ihre Energie wuchs, wenn sie morgens am Fenster stand und tief einatmete. Den kleinen See, dessen Wasser golden im Licht der Morgensonne schimmerte, konnte sie ebenfalls von hier aus sehen. Erst gestern hatten einige Jugendliche darin gebadet, um sich abzukühlen, denn das Thermometer hatte 34 °C im Schatten angezeigt.

Es war für Alexia eine Umstellung gewesen, plötzlich nicht mehr im Zentrum zu leben, umgeben von riesigen Bauten und einer Asphaltwüste mit winzigen grünen Flecken hier und da. Manchmal ertappte sie sich dabei, wie sie die morgendliche Hektik, wenn die Menschen zur Arbeit fuhren, das Hupkonzert auf den Straßen und die blinkenden Lichter am Abend vermisste.

Der Lazarusweg und der Kiez, der ihn umgab, ließen sie oft glauben, sie lebte eigentlich in einer kleinen Stadt auf dem Lande. Alexia hatte eine Weile gebraucht, ehe sie sich an diese Abgeschiedenheit gewöhnt hatte. Wie schön war es da, dass sie sich mit ihren Nachbarn so gut verstand. Innerhalb kurzer Zeit hatte sie fast alle Bewohner des Hauses näher kennengelernt. Man grüßte sich freundlich, man wusste, wie es dem anderen ging, man unterstützte sich in schweren Zeiten. An manchen Tagen brauchte sie nicht einmal eine Uhr, um zu wissen, wie spät es war, denn sie kannte ihre Nachbarn und deren Gepflogenheiten fast so gut wie ihre eigenen. Melli Braun, die kleine graue Maus aus dem Erdgeschoss, verließ jeden Morgen um 8 Uhr das Haus, um Brötchen und die Morgenzeitung zu holen, und Frau Wagner, die direkt unter Alexia wohnte, ging eine Stunde später einkaufen. Nur ihren neuen Nachbarn Marcel Klett, der neben ihr eingezogen war, konnte sie noch nicht recht einordnen.

Alexia zog sich ihren graugelben Jogginganzug über, der vor langer Zeit einmal weiß gewesen war, schlüpfte in die Turnschuhe und legte die Schweißbänder an. Ihre Haare waren nach dem letzten Friseurbesuch zu kurz, um sie zu einem Zopf zu binden. Dafür hatten sie durch den Bobschnitt deutlich an Volumen gewonnen. Sie streifte ein Stirnband in derselben Farbe wie die Schweißbänder über und gab ihrem Kater Karli eine große Portion Huhn in Gelee, ehe sie die Wohnung im leichten Trab verließ.

Alexia war schon immer etwas korpulenter gewesen, und dass sie den überschüssigen Pfunden den Kampf ansagte, war auch nichts Neues. Von der Crashdiät bis hin zu den Weight Watchers hatte sie schon alles probiert, doch der gewünschte Effekt war ausgeblieben. Manchmal war sie fast so weit gewesen, sich damit abzufinden, dass sie wohl nie rank und schlank sein würde. Was sagte die kleine Melli, wenn sie sich bei ihr ausweinte? »So hat man mehr zum Liebhaben.«

Aber Alexia war ehrgeizig, sie wollte sich nicht damit zufrieden geben, wie sie war. Sie wollte kämpfen. Nach einiger Überwindung hatte sie sich entschieden, Sport zu treiben, obgleich sie nie eine Sportskanone gewesen war. Die ersten Erfolge ließen sich schon sehen. Innerhalb von zwei Wochen hatte sie fast zwei Kilo verloren. Am Anfang ging es immer schnell, dessen war sie sich durchaus bewusst.

Sie joggte durch die herrliche Grünanlage unweit ihrer Wohnung, blinzelte durch das Blätterdach hinauf zu den Sonnenstrahlen, die sanft auf sie hinabschienen, und genoss die wohltuende Wärme. Die erste Runde hatte sie gemeistert, mit dem Ziel, eine zweite folgen zu lassen.

Ein Jogger in knappen Shorts überholte sie, drehte sich im Laufen um und zwinkerte. »Kommen Sie«, rief er ihr entgegen. Alexia war verwirrt. »Ich ziehe Sie«, erklärte er und lief einen Kreis um sie. Alexia beneidete ihn um seine Kondition. Bei ihm sah es so einfach aus. Locker und leichtfüßig hoben sich seine Turnschuhe vom sandigen Boden ab. Es schien ihn nicht die geringste Kraft zu kosten.

»Nein, danke. Sehr nett«, versuchte sie ihn abzuwimmeln, aber der Kerl blieb hartnäckig. Sie war ihm in den letzten Tagen öfter begegnet, aber er hatte sie nie angesprochen. Bis jetzt.

»Versuchen Sie es«, motivierte er sie und rannte ein Stück voraus. »Sie schaffen das.«

Alexia versuchte, zu ihm aufzuschließen, doch immer, wenn sie ihn fast eingeholt hatte, legte er einen Zahn zu. Das war sicher gut gemeint gewesen, doch schon nach wenigen Sekunden plagten sie die ersten Seitenstiche. Er war einfach zu schnell für sie. Erschöpft hielt sie an, stützte sich an einer Bank ab und beugte den Oberkörper vor. Sie spürte den Puls bis in ihre Schläfen. Fit war sie noch lange nicht. Aber daran arbeitete sie. Sie musste nur ihr eigenes Tempo finden.

Der Jogger kam zurück und sah sie besorgt an. »Alles okay bei Ihnen?«

Sie nickte nur, unfähig zu sprechen.

»Sicher?«

Alexia nickte heftiger und winkte ab. Sie wollte ihn nicht aufhalten. Das war ihr peinlich.

»Mit etwas Übung kriegen Sie das hin«, sagte er optimistisch. »Machen Sie erst einmal eine Pause. Man sieht sich.« Er rannte weiter, genauso leichtfüßig und locker wie zuvor.

Alexia sah die athletische Gestalt zwischen den Bäumen verschwinden. Dann grub sie ihre Hand in die Hosentasche und zog ein Taschentuch heraus, um sich die schweißnasse Stirn abzutupfen. Alexia war klitschnass und gab sicher ein ganz erbärmliches Bild ab. Wie jemand, der gern zu viel aß und alles andere als sportlich war.

Ein Joggerpärchen lief an ihr vorbei, und sie bemühte sich, nicht allzu laut zu schnaufen. Es war ihr unangenehm, dass man ihr die mangelnde Fitness nicht nur ansah, sondern auch noch anhörte. Doch der Versuch, dies zu vertuschen, misslang. Ihr Atem ging schwerfällig, und als sie den Kopf hob, bemerkte sie den spöttischen Blick der Frau, die im

Gegensatz zu Alexia eine Topfigur hatte und für die es auch kein Problem darstellte, mit ihrem Freund mitzuhalten. Alexia hörte ihr leises Lachen. Am liebsten wäre sie auf der Stelle losgerannt, um es den beiden so richtig zu zeigen, sie vielleicht sogar zu überholen. Aber das gab ihr Körper einfach nicht her. Noch nicht. Sie musste aufgeben. Kurz vor ihrem Ziel. Doch morgen, das nahm sie sich ganz fest vor, würde sie zwei Runden joggen, ohne ein einziges Mal anzuhalten.

Den Weg zurück ging sie im Schritttempo. Sie versuchte, optimistisch zu bleiben. Zwar hatte sie keine zwei Runden geschafft, dafür aber eine halbe Runde mehr als gestern und eine ganze Runde mehr als vor einer Woche. Sie konnte schließlich nicht erwarten, dass sie über Nacht zur Marathonläuferin mutierte. Wären da nur nicht die Blicke der anderen Jogger, die oft gehässig und böswillig schienen, manchmal auch mitleidig.

Im Flur begegnete sie Frau Wagner, die ihre Einkaufskarre mühsam Stufe für Stufe nach oben zog. Die alte Dame war ihr die liebste Nachbarin im ganzen Haus. Kurz nach ihrem Einzug hatte sie Alexia zu Tee und Kuchen eingeladen. Frau Wagner machte den besten Ingwertee weit und breit.

»Guten Morgen, Frau Wagner, kann ich Ihnen helfen?«, fragte Alexia.

Frau Wagner blickte zu ihr auf. Obwohl sie zwei Stufen über ihr stand, schienen sie fast auf Augenhöhe zu sein. Die alte Dame trug ihre silbergrauen Haare raspelkurz. Sie waren sehr glatt und äußerst gerade geschnitten, so dass man fast den Eindruck gewann, sie trüge eigentlich einen grauen Helm. Ihr Gesicht war herzförmig und trotz ihres hohen Alters, das Alexia auf Mitte bis Ende 70 schätzte, fast faltenfrei. Nur an den Mundwinkeln und auf der Stirn hatte sie einige

Furchen, die ihre Züge aber keineswegs grimmig, sondern im Gegenteil, gütig und weise aussehen ließen.

»Einen schönen guten Morgen, Alexia. Sehr nett von Ihnen.« Frau Wagner stellte ihre Karre auf der Stufe ab und trat zur Seite, während Alexia den Griff nahm und versuchte, den Wagen anzuheben. Er war schwerer als erwartet.

»Na, da haben Sie wohl Steine eingekauft, was?«

Frau Wagner lachte heiser und schüttelte den Kopf. »Ich kaufe immer auf Vorrat. Dann reicht es für die nächsten zwei Wochen.«

Alexia biss die Zähne zusammen, um die Karre in den ersten Stock zu ziehen. Ganz nebenbei stellte sie fest, dass sie nicht nur an ihrer Kondition, sondern auch an ihrer Muskelkraft arbeiten musste.

»Vielen Dank, Alexia«, sagte Frau Wagner und lächelte mit geschlossenem Mund, wie sie es immer tat, um ihre Zahnlücken zu verbergen. Sie hatte ihre Zähne immer gepflegt, wie sie Alexia erklärt hatte, doch aufgrund einer üblen Wurzelentzündung, die auch auf die Nachbarzähne übergegangen war, hatte man ihr gleich mehrere entfernen müssen. Das war allerdings schon einige Zeit her. Und weil Frau Wagner seitdem Angst vor Zahnärzten hatte, war sie nicht mehr in Behandlung gegangen. Durch die fehlenden Zähne wirkte ihr Kinn recht spitz, fast ein wenig hexenartig, und in Kombination mit ihrem gutmütigen Blick erinnerte sie Alexia an eine Landschildkröte, die gerade ein köstliches Salatblatt entdeckt hatte.

»Möchten Sie mit hineinkommen? Ich mache uns einen schönen Tee.«

Alexia blickte auf ihre Uhr. Jetzt war es kurz nach 10 Uhr. Ein wenig Zeit blieb ihr noch, ehe sie zur Uni musste.

Frau Wagner hatte niemanden. Ihr Mann war vor vielen Jahren verstorben und ihr einziger Sohn war nach Amerika ausgewandert, so dass die alte Dame auf sich allein gestellt war. Alexia hatte hin und wieder Karten mit ihr gespielt, war mit ihr auf den Friedhof gegangen oder hatte ihr, wie heute, bei ihren Einkäufen geholfen. Frau Wagner erinnerte Alexia an ihre Großmutter Adelia, die nicht mehr lebte, doch von Alexia schmerzlich vermisst wurde. Sie hatte einen Großteil der Nachmittage ihrer Kindheit und Jugend in Adelias Obhut verbracht, weil ihre Eltern berufstätig waren. Adelia war einer der wichtigsten Menschen in Alexias Leben gewesen, und es schmerzte sie sehr, dass sie nicht die Gelegenheit gehabt hatte, sich von ihrer Großmutter zu verabschieden. Vielleicht suchte sie auch deshalb Frau Wagners Nähe, um dieses Versäumnis irgendwie nachzuholen.

Alexias Blick glitt an ihrem durchgeschwitzten Jogginganzug hinab. Es wäre wohl besser, sie würde erst einmal eine heiße Dusche nehmen.

»Kommen Sie, Kindchen. Ich bin doch auch nicht besser angezogen.«

Alexia wollte widersprechen. Zwar wirkte der Rock der alten Dame, als stamme er aus den 70ern, und die olivgrüne Strickjacke hatte ihre besten Zeiten auch schon hinter sich, doch zumindest war sie nicht nass geschwitzt.

Schon hatte Frau Wagner den Schlüssel im Schloss umgedreht und winkte ihre junge Nachbarin hinein. »Tun Sie mir doch den Gefallen.« Also gut, dachte Alexia und folgte ihr.

Frau Wagners Wohnung wirkte wie aus einer anderen Zeit. Nicht nur ihr Rock hatte einen eindeutigen 70er-Jahre-Touch, auch das orangefarbene Muster der Tapeten stammte zweifelsohne aus dieser Zeit.

»Setzen Sie sich ins Wohnzimmer, ich bin gleich bei Ihnen.« Die alte Dame zog ihre Karre in die Küche, während Alexia die Familienfotos im Flur inspizierte, bevor sie in der Stube verschwand. Wenige Augenblicke später brachte Frau Wagner ein Tablett mit einer Kanne und zwei Tassen. Dass es sich um gutes Geschirr handelte, erkannte Alexia auf den ersten Blick. In dieser Wohnung schien alles von guter Qualität zu sein, anders hätte die Einrichtung wohl kaum an die dreißig Jahre schadlos überstanden. Sie fühlte sich fast etwas unwohl, sich mit ihrer Hose auf das Polstermobiliar zu setzen, aber Frau Wagner gab ihr eine eindeutige Anweisung, im Sessel Platz zu nehmen.

»Ich mache mir Sorgen um die kleine Maus«, erzählte Frau Wagner und goss ihnen beiden Ingwertee ein. Warmer Dampf stieg empor, als Alexia die Tasse annahm. Der herrlich würzige Geruch des Ingwers stieg ihr in die Nase. Sie liebte Frau Wagners Ingwertee.

»Was ist mit Melli?«

Frau Wagner nannte sie immer nur ›die kleine Maus‹, weil Melli außergewöhnlich klein, sehr dünn und äußerst zurückhaltend war. Ihre Stimme war so leise, dass selbst Alexia, die von sich glaubte, recht gute Ohren zu besitzen, sie nur schwer verstand. Außerdem war Melli blass, hatte mausgraue Haare und war generell eine sehr unauffällige Erscheinung.

»Die Kleine tut mir so leid. Die ist doch so verliebt in diesen Klett.«

Marcel Klett war beinahe zeitgleich mit Alexia in die 23 gezogen. Er war gutaussehend. Das war Alexia als Erstes aufgefallen. Viel mehr wusste sie nicht über ihn. Er hatte lange dunkle Haare, die ihm ins markante Gesicht fielen, sein Blick war intensiv, als glühte in der schwarzen Tiefe seiner Augen ein unbändiges Feuer, und er hatte eine ausgesprochen gute Figur. Breite Schultern, schmale Hüften, einen kräftigen Oberkörper und sehr muskulöse Arme. Alexia fand, dass er eine gewisse Ähnlichkeit mit einem etwas athletischeren Johnny Depp hatte, nur dass er vermutlich größer war als der Hollywood-Schauspieler.

Dass Melli in Marcel verliebt war, wusste jeder im Haus. Entweder, weil sie es selbst erzählt hatte, oder weil man es an ihrem verträumten Blick sah, wenn sie sich zufällig begegneten. Auch Alexia würde einem Mann wie Marcel Klett keinen Korb geben. Allerdings hatte sie beobachtet, dass Marcel jede Woche mit einer anderen Frau im Arm im Haus auftauchte. Und dass all diese Frauen ziemlich attraktiv waren. Eine wie Melli konnte da nicht mithalten. Alexia ebenso wenig. Aber einen Kerl, der seine Freundinnen wie die Unterhose wechselte, wollte sie auch gar nicht. Melli schien das zu übersehen. Bewusst oder unbewusst.

»Sie wird immer dünner, dabei besteht sie doch ohnehin nur aus Haut und Knochen«, sagte Frau Wagner besorgt. »Nicht, dass sie ernsthaft krank wird.«

Das war auch Alexia aufgefallen. Sie hatte zuerst geglaubt, es sich nur einzubilden. Doch da Frau Wagner es nun bestätigte, musste es wohl stimmen.

»Ich werde mit ihr sprechen, Frau Wagner.«

»Ah, das wäre gut. Das würde mich sehr beruhigen.«

Alexia nippte an ihrem Tee. Er war noch immer sehr heiß.

»Wie sieht es denn bei Ihnen aus?«

Die Frage überraschte Alexia und im ersten Moment wusste sie nicht recht, was Frau Wagner eigentlich meinte.

»Mit der Liebe, Kindchen«, fügte sie zwinkernd hinzu, als

wäre es das Selbstverständlichste, dass es um die Liebe ging, wenn sich zwei Frauen unterschiedlichen Alters miteinander unterhielten.

Alexia spürte, wie ihre Wangen sich röteten. Das war eine ziemlich private Angelegenheit. Aber tatsächlich hatte sich etwas Unerwartetes entwickelt. Über das Internet. Er hieß Sven, war selbständig und seit zwei Jahren Single. Außerdem liebte er Science-Fiction-Filme, lange Abendspaziergänge und sammelte allerlei Kitsch, genau wie sie. In Alexias Glasvitrine stapelten sich Porzellanfiguren, Muscheln, die sie während ihres letzten Ostseeurlaubs gesammelt hatte, und sogar ein Pokal aus ihrer Schülerlotsenzeit hatte einen Ehrenplatz gefunden.

Frau Wagner blickte sie neugierig über den Rand ihrer Tasse hinweg an und schlürfte ihren Tee.

»Ich habe eine Verabredung. Heute Nachmittag.«

Die alte Dame setzte die Tasse ab und lächelte breit. Dieses Mal gewährte sie Alexia einen Blick auf ihre Zahnlücken. Seltsamerweise sah das gar nicht abschreckend aus, irgendwie passte es zu ihrer Erscheinung.

»Ach, das freut mich.« Bevor Frau Wagner weitere Fragen stellen konnte, fiel Alexias Blick auf die Uhr. »Es ist fast 11 Uhr. Ich muss wirklich langsam los. Zur Uni. Vielen Dank für den Tee.« Sie schüttelte Frau Wagner herzlich die Hand. Diese wollte sich erheben, aber Alexia winkte ab. »Nicht nötig. Ich finde allein hinaus. Bis bald.«

Schon war sie im Hausflur und stürmte die Treppe hinauf. Zuhause nahm sie erst einmal eine heiße Dusche. Dann wickelte sie sich in ein riesiges Handtuch und packte ihre Unterlagen für das Seminar über Entwicklungspsychologie in ihren Rucksack. Glücklicherweise hatte sie heute nur einen Kurs. Dann fiel ihr ein, dass sie den Trockner vor ihrem Aufbruch angestellt hatte, und dass der mittlerweile ausgegangen war.

Sie rannte in die Küche, verlor dabei fast das Handtuch, das sie um ihren nassen Schopf gewickelt hatte, und öffnete die Trommel um die Wäsche herauszuholen. Als sie zurückkam, warf sie die schranktrockenen Pullover und Hosen auf den Hocker in der Ecke und schnappte sich ihren Föhn. Es war wohl ein Fehler gewesen, Frau Wagners Einladung anzunehmen. Jetzt geriet sie immer mehr unter Zeitdruck. Sie versuchte, mit einem Lockenstab etwas Volumen in ihren roten Bob zu bringen, aber weil sie vergessen hatte, Haarfestiger zu besorgen, war das ein vergebliches Unterfangen. Da fiel ihr ein, dass Papa ihr für diesen Monat noch gar kein Geld überwiesen hatte. Sie war nicht unbedingt stolz auf den Umstand, dass er ihre Miete und alle weiteren Kosten, die im Laufe des Monats anfielen, übernahm. Aber ihm gehörte eine große Werbeagentur und er unterstützte sie gern. Außerdem konnte sie sich so voll und ganz auf ihr Studium konzentrieren.

Ihre Haare waren nun endlich trocken, aber sie wirkten zerzaust und sehr fein. Als Alexia in ihr Schlafzimmer zurückkam, bemerkte sie, wie ihr Gingerkater Karli mit einer Pfote die Wäsche vom Hocker zog. »Hör auf, Karli«, sagte sie zornig und hielt die Spritzflasche bereit. Aber Karli ließ sich nicht durch ihre Ermahnung stören. Alexia warf einen Blick auf die Uhr. Sie hatte noch eine Dreiviertelstunde. Das würde knapp werden.

Sie hob die Hosen und Pullover hoch und merkte, wie klamm die Wäsche noch war. Schranktrocken bedeutete leider nicht wirklich trocken. Sie holte den Wäscheständer hervor und stellte ihn auf, als sie plötzlich ein lautes, männliches Aufstöhnen vernahm. Abrupt hielt sie in ihrer Bewegung inne und blickte sich irritiert um. Stille. Hatte sie es sich nur eingebildet?

Da war es wieder. Tief, männlich, animalisch. Es dauerte eine Weile, ehe sie es zuordnen konnte. Das Stöhnen kam aus der Wohnung nebenan.

Verblüfft lauschte sie, bis sie keinen Zweifel mehr hatte, dass es sich um ihren Nachbarn Marcel Klett handelte.

Das Stöhnen wurde lauter. Es klang fast ein wenig gruselig. Alexia ging ins Bad, um das Handtuch aufzuhängen und sich anzuziehen. Eine weiße Bluse und einen roten Faltenrock. Als sie wieder in ihr Schlafzimmer kam, hörte sie sogar ein leises Schaben. Es klang so, als wollte jemand ein Bett verrücken.

Alexia stöhnte ihrerseits, aber ihr Stöhnen war gewiss kein Stöhnen der Lust. So wie heute ging das seit dem Tag, an dem er eingezogen war. Marcel musste einen Dauerständer haben. Anders konnte sie sich dieses Phänomen nicht erklären.

Warum waren die Wände nur so dünn wie Pappe? Sie wollte gar nicht wissen, was da nebenan vor sich ging. Aber in diesem Haus hatte es noch nie Privatsphäre gegeben. Sie konnte problemlos das Niesen ihrer Nachbarn hören und ihnen Gesundheit wünschen, ohne dafür ihre Wohnung zu verlassen. Eigentlich sollte sie für diese Verhältnisse eine Mietminderung verlangen! Doch ihr Vermieter würde sie gewiss abwimmeln, wie er es immer tat, wenn sie sich über die Missstände in ihren vier Wänden zu beschweren versuchte.

»Ja … oh ja … ja«, drang es laut und leidenschaftlich zu ihr herüber. Marcels Eroberung geriet offenbar mehr und mehr in Ekstase. Alexia tat die Frau leid. Marcel würde sie früher oder später abschießen, so wie er es immer tat.

Jetzt meinte sie sich an eine große Blonde zu erinnern, die ihr gestern im Flur begegnet war. Sie hatte ihr nicht viel Beachtung geschenkt. Sie wusste nur noch, dass sie eine rundum gepflegte Erscheinung ohne erkennbare Problemzonen gewesen war.

»Marcel ... oh ... Marcel ...«

Das Bett knarrte lauter. Hoffentlich stieß er nicht zu stark zu. Am Ende durchbrachen seine Bettpfosten noch die dünne Wand, und das Paar landete in ihrem Schlafzimmer. Das wäre unangenehm.

Alexia hatte keine Lust, länger über die Libido ihres Nachbarn nachzudenken. Sie musste sich beeilen, wenn sie den Bus erwischen wollte, denn der fuhr hier nur alle 20 Minuten. Rasch warf sie den Rucksack über ihre Schulter, schlüpfte mit nackten Füßen in ihre Sandalen und machte sich auf den Weg. Im Flur stieß sie fast mit Herrn und Frau Mangel zusammen. Beide waren mit Einkaufstüten beladen. Heute war Dienstag, und die meisten Bewohner der 23 machten dienstags ihre Einkäufe, weil die Supermärkte am Dienstag leerer als am Montag waren. Sie grüßte das Paar freundlich, doch es war ihnen anzusehen, dass dicke Luft zwischen ihnen herrschte. Frau Mangel, die ihre kurzen schwarzen Haare hochtoupierte, machte ein Gesicht wie drei Tage Regenwetter, das selbst durch ihr übertriebenes Make-up nicht freundlicher dreinblickte, doch sie erwiderte zumindest ihren Gruß. Herr Mangel, der schätzungsweise auf die 60 Jahre zuging, blickte nur starr zu Boden und folgte seiner Gattin wortlos. Sie waren ein seltsames Paar. Wenig offen. Aber höflich. Alexia, die mit ganzem Herzen an die romantische Liebe glaubte, fragte sich immer, wenn sie die beiden sah, ob es überhaupt Sinn machte, zu heiraten, wenn man doch eines Tages nur noch böse Worte füreinander übrighatte. Sie war schon oft Zeugin eines Streits zwischen dem Ehepaar geworden. Die Wände in der 23 waren eben hauchdünn. Sie hatte Mitleid mit den beiden. Sie waren nicht mehr glücklich miteinander, konnten aber offenbar auch nicht getrennt leben. Alexia sah auf ihre Armbanduhr. Sie musste sich sputen. In drei Minuten kam der Bus.

Marcel Klett liebte das Gefühl weicher Haut auf seinen Lippen und mit ihnen die Rundungen der weiblichen Brust zu erforschen. Es faszinierte ihn, wie unterschiedlich sich Brüste anfühlen konnten.

Warm, weich, zart oder fest. Manche gaben unter der Berührung seiner Zunge leicht nach und wippten keck. Andere fühlten sich fast hart, doch an den richtigen Stellen sanft an. Tanjas Busen war eine interessante Mischung. Weich und doch fest. Herrlich rund und von stattlicher Größe, so dass ihre Brüste wunderbar in seine Hände passten. Er rieb sie sacht, während er mit der Zunge eine ihrer Brustwarzen reizte, mit der Spitze vorsichtig gegen sie tippte, bis sie fest wurde und sich aufrichtete wie eine Blume, die lange Zeit nicht bewässert worden war, aber nun in ihrer vollen Pracht erblühte. Er stemmte den Oberkörper auf, um sein Werk zu betrachten.

Wie schön sie war, diese junge Frau, die mit einem wunderbar zufriedenen Lächeln auf seinem Bett lag und verträumt zu ihm hinaufblinzelte. Ihre blonden Locken waren wie ein Fächer auf dem Kissen ausgebreitet, und die Bettdecke verdeckte nicht mehr als ihre kleinen nackten Füße.

Ihre Knospen reckten sich ihm verführerisch entgegen.

Tanja atmete rasch und in ihren halb geöffneten blauen Augen entdeckte er ein zauberhaftes Funkeln. So dichte dunkle Wimpern wie ihre hatte er noch nie gesehen. Ihr Gesicht war perfekt, als hätte ein Bildhauer einen Engel in Stein gemeißelt. Die Kontur ihres Kiefers war elegant geschwungen und endete in einem niedlichen kleinen Kinn, das durch ihre vollen rosigen Lippen noch etwas zarter wirkte.

»Mir … ist ganz schwindelig«, hauchte sie sacht, und ihre Augen glänzten vor Erschöpfung.

Seine Hand glitt zärtlich über ihren flachen Bauch und blieb in ihrem Schritt liegen. Dort spürte er ihre Hitze und ihren rasenden Puls.

Mein Gott, sie sah so schön aus. In ihm wuchs das Verlangen des Sammlers, diesen Moment festzuhalten. Es wäre doch schade, solch einen Augenblick vergehen zu lassen.

Marcel fasste einen Entschluss und stieg aus dem Bett.

»Wo gehst du hin?«, fragte Tanja mit leiser Stimme.

Er streckte beide Hände in ihre Richtung aus und sagte leise: »Nicht bewegen. Bleib so. Du siehst phantastisch aus.«

Ihr Blick verriet ihre Verwirrung. Aber sie würde gleich verstehen. Er ging zu seinem Schrank, zog eine Schublade auf und holte eine Digitalkamera heraus.

»Was hast du denn vor?«, fragte Tanja, als sie den Apparat in seiner Hand sah. Marcel stellte sich vor das Bett und steckte sich eine Zigarette in den Mund. »Wonach sieht es denn aus?«

Tanjas Lippen zuckten leicht. Wie süß sie in ihrer Unsicherheit aussah.

»Wer wird die Bilder sehen?«

»Niemand außer mir.« Er nahm ein Feuerzeug mit Schlangenmuster vom Regal und zündete die Zigarette an. Die Mädchen zierten sich anfänglich immer. Aber dann wurden sie richtig heiß. Er hatte einen Blick dafür entwickelt, wer Potential besaß, und so kamen nur ganz besondere Exemplare in seine Sammlung. Tanja war eine Göttin, die erst noch wachgeküsst werden musste. Ihr Blick hatte Feuer, doch ihr Körper war auf eine fast schon unwirkliche Weise perfekt. Ob sie wusste, wie wunderschön sie war? Spätestens wenn sie sich die Fotos ansah, würde sie es wissen.

»Vertrau mir, Süße. Du wirst scharf aussehen. Beweg dich nicht.«

Er fotografierte sie im Liegen. Ihre Augen leuchteten befriedigt, als hätte sich der letzte Funken ihres Nachglühens dorthin verirrt.

»Jetzt beweg dich ein wenig. Zeig mir deinen Körper.«

Tanja nickte zögerlich und hockte sich auf die Matratze, warf den Kopf in den Nacken und bedeckte ihre Brüste mit den Händen. Dabei lächelte sie süß, fast schon ein wenig verschmitzt in die Kamera. Aber das war nicht das, was Marcel sehen wollte. Er machte einige Bilder, schaute sich das Ergebnis auf dem Display seiner Kamera an und schüttelte den Kopf. Beiläufig drückte er die kaum gerauchte Zigarette in einem grünen Plastikaschenbecher aus, der auf der Kommode neben ihm stand.

Die Fotos waren zuckersüß, nicht sexy. Tanjas Lächeln hatte etwas Mädchenhaftes, ja sogar Unschuldiges. Doch in ihr war mehr. Bedeutend mehr.

»Nein, so nicht, Süße. Das kannst du besser. Du hast doch sicher schon mal vor dem Spiegel gestanden und sexy geguckt, oder? Tu so, als wäre ich nicht hier.«

Tanja nickte erneut, ohne ihre Pose zu verändern.

»Verstehst du, was ich meine?«

»Ja, Marcel.«

Sie senkte den Blick und versuchte, verwegen auszusehen. Aber die Kamera wollte ihre Sinnlichkeit nicht einfangen. Vielleicht hatte er sich in ihr geirrt.

Tanja schien zu merken, dass er unzufrieden war, und kroch auf allen vieren zum Ende des Bettes, stützte sich mit beiden Händen auf dem Gerüst am Fußende ab und ließ ihre Zunge verspielt über die Lippen gleiten.

»Schon besser«, sagte Marcel und drückte ab. »Versuch noch mehr Sexappeal zu zeigen, so als ob du mich anmachen wolltest. Aber nicht auf die billige Art. Schau verführerisch.«

Tanjas Augen verengten sich leicht, und tatsächlich schienen ihm kleine leidenschaftliche Funken aus diesen tiefen blauen Seen entgegenzusprühen. Ihre vollen Lippen öffneten sich leicht, ließen ihre weißen Zähne durchscheinen.

Sie drehte sich um und streckte ihm ihren ansehnlichen runden Po entgegen. Marcel vergaß fast, auf den Auslöser zu drücken, so hinreißend sah ihr Gesäß aus. Zwei große runde Backen, die zum Reinkneifen einluden. Er hätte sie am liebsten gestreichelt. Aber dafür war später noch genug Zeit.

»Gefällt dir das?«, fragte Tanja und drehte den Oberkörper seitlich, so dass ihre wohlgeformten Brüste zur Geltung kamen. Ihre Taille sah jetzt ganz schmal aus. Sie hatte eine Figur wie eine Sanduhr. Marcel spürte, wie sich bei diesem Anblick etwas zwischen seinen Beinen regte.

»Bist du sprachlos?« Ihr Blick wanderte von seinem Gesicht zwischen seine Beine, und sie lachte auf eine süße Weise, die ihn noch mehr erregte. Er drückte auf den Auslöser. Dieses Bild wollte er unbedingt haben. Frauen wirkten so sinnlich, wenn sie lachten.

»Bei dem Anblick ist das kein Wunder«, sagte er. Klick – Klick – Klick.

Sie lehnte sich mit dem Po an das Gestell am Kopfende des Bettes, schlug die Beine übereinander und griff sich mit einer Hand in ihre blonde Löwenmähne, dabei senkte sie den Kopf und blickte wie eine Raubkatze in die Kamera.

Marcel war es gewohnt, dass die Mädchen nach anfänglichem Zögern auftauten und überraschend gute Aufnahmen dabei entstanden. Das lag aber auch daran, dass sich der Fotograf auf seine Aufgabe konzentrieren konnte. In diesem Fall lenkte ihn sein Model zusehends mehr ab. Er spürte, wie sein Finger zitterte, als er den Auslöser betätigte, während seine Manneskraft fordernd ins Leere stieß und heftig pochte.

»Ich möchte, dass du dich in diesen Schleier hüllst«, sagte er und reichte ihr einen schimmernden hellblauen Stoff aus demselben Regal, von dem er das Feuerzeug genommen hatte.

»Du bist aber ziemlich gut vorbereitet. Machst du das öfter?« Sie lachte und ahnte nicht einmal, wie recht sie mit dieser Vermutung hatte. Marcel war immer auf alle Eventualitäten vorbereitet.

Sie griff nach dem Tuch und hüllte sich darin ein. »Man wird nicht viel von mir sehen«, gab sie zu bedenken.

»Aber genug, um die Phantasie anzuregen.«

Tanja legte sich auf das Bett und führte das Ende des Seidentuchs zwischen ihre Beine hindurch, so dass man weder ihren Haarstreifen auf dem Venushügel noch ihre Schamlippen sehen konnte. Den oberen Teil des Stoffes wickelte sie wie eine römische Toga um ihre schmalen Schultern.

Marcel zog die Vorhänge zu und dimmte das Licht. Ihre

Augen kamen so erst richtig zur Geltung, strahlten wie Saphire, und ihre Lippen bebten so süß, dass er sie am liebsten küssen wollte. Tanja räkelte sich unter ihm. Ihre rechte Hand lag auf dem Stoff zwischen ihren Beinen. Sacht rieb sie an ihm. Er wollte nicht dorthin blicken, ertappte sich aber immer wieder dabei. Das Drängen in seinen Lenden wurde stärker. Er konnte nicht länger widerstehen. »Machen wir eine Pause«, flüsterte er und legte den Fotoapparat auf seinem Nachttisch ab, dann griff er nach dem Schleier und wickelte ihn kraftvoll um seine Hand. Vorsichtig zog er daran, zwirbelte den Stoff leicht und ließ ihn zwischen ihre Beine hindurchgleiten, bis er sich von ihren Schultern löste und er ihn schließlich gänzlich in der Hand hielt. Tanja stöhnte leise auf.

»Dagegen hätte ich nichts einzuwenden, solange du mit den Fotos zufrieden bist«, hauchte sie. Ihre Stimme war belegt. Er mochte ihren Klang, verriet er doch, dass auch sie erregt war. Sein Blick glitt über ihren schönen nackten Körper und blieb dann einen Moment an ihren Brüsten haften.

Er nickte nur. Seine Fingerspitzen strichen über ihre weichen Hügel, umkreisten die Vorhöfe ihrer Brüste und neckten ihre Brustwarzen, die sich begierig aufstellten und härter wurden. Er erforschte ihren Bauchnabel, ertastete die kleinen Wölbungen an ihren Beckenknochen, um dann schließlich wieder hinaufzuwandern. Mit dem Zeigefinger der linken Hand zeichnete er ihre geschwungenen Lippen nach, während er mit der anderen Hand nach dem Schleier griff. Er legte ihn um ihren Hals, machte einen lockeren Knoten hinein und hielt das Ende in der Hand.

Ihre Augen schienen nun noch größer zu werden, und ein verruchtes Grinsen zierte ihre Lippen. Ja, diese Lippen reizten ihn besonders. Er wollte sie endlich schmecken. Mit einem Ruck zog er Tanja an dem Tuch hoch, so dass sie sich auf Augenhöhe befanden, und ehe sie etwas sagen konnte, küsste er sie wild. Besitzergreifend schob sich seine Zunge in ihren Mund. Und als er sie einen kurzen Moment freigab, stöhnte sie leise nach mehr.

Da war er. Ein kleiner Laden mit großen dunklen Schaufenstern, in denen ausgewählte Stücke lagen. Eine Vase, ein japanisches Schwert, ein Gemälde im goldenen Rahmen und ein alter Stuhl mit geschwungener Lehne. Das Geschäft befand sich auf der gegenüberliegenden Straßenseite. Ein großes Transparent hing über der Eingangstür. Darauf stand in gemalten Lettern »Svens Antiquitäten«.

Alexias Knie fühlten sich butterweich an. Ihr Dozent hatte seine Studenten eine halbe Stunde früher entlassen, und so war Alexias Zeitplan durcheinandergeraten und sie nun eine halbe Stunde früher in der Charlottenstraße als beabsichtigt. Sie war so aufgeregt wie in ihrer Schulzeit, als Tom Henning sie auf einer Klassenfete zum Tanzen aufgefordert hatte und sie fürchtete, ihm mit ihren beiden linken Füßen auf den Schuh zu treten. Tom. An den wollte sie jetzt gar nicht denken. Seitdem hatte sich viel geändert. Gott sei Dank. Alexia war deutlich selbstbewusster geworden. Bei manchen Gelegenheiten fiel sie aber noch in die alten Muster zurück, wie zum Beispiel bei einem Blind Date. Denn nichts anderes war diese Verabredung. Sven hatte keine Ahnung, wie sie aussah.

Das war ein Vorteil, der es ihr ermöglichte, sich unbehelligt in seinem Laden umzusehen und sich schon einmal einen Vorabeindruck von ihm zu verschaffen, ohne dass er einen Verdacht schöpfte.

Sie warf einen letzten Blick in das Schaufenster der kleinen Boutique zu ihrer Linken, zupfte ihre Bluse zurecht und überprüfte den Sitz ihrer Bobfrisur. Die geschickt gewählte Kombination aus weiter Bluse und Faltenrock versteckte ihren kleinen Bauch und die etwas runderen Hüften.

Alexia ging über die Straße und legte noch einen Schritt zu, um zu verhindern, dass sie im letzten Moment einen Rückzieher machte. Mit beiden Händen stieß sie die gläserne Eingangstür auf, und das Klirren kleiner Glöckchen, die an einer Schnur direkt hinter der Tür hingen, empfing sie. Links und rechts von ihr türmten sich riesige Regale mit allerlei Kostbarkeiten, die für die normale Bevölkerung nicht mehr als Gerümpel war, aber jedes Sammlerherz höherschlagen ließen. Zwei Regale bildeten einen Gang zum Ladentisch, auf dem sie eine Stehlampe, einen Beethovenkopf und ein veraltertes Telefon mit Wählscheibe entdeckte. Wohin sie auch blickte, sah sie antike Möbel, Porzellanfiguren und spinnenwebenverhangene Gemälde. Alles war von einem altertümlichen Flair umgeben; andersartig, aber auch sehr reizvoll. Hinter den Ladentisch trat ein Mann in einem Holzfällerhemd. War das Sven? Sie musterte ihn genauer. Er hatte eine Stirnglatze. In langen, fettigen Fäden hingen ihm die vereinzelten Strähnen seines Haarkranzes über die Schultern, und sie erkannte aus der Entfernung etwas auf seiner Oberlippe, das möglicherweise ein Bart sein sollte. Hatte er sich nicht als gutaussehend und modisch beschrieben? Verunsichert blieb sie vor einem Regal stehen und betrachtete scheinbar interessiert ein altes Grammophon. Nun gut, sie war die Letzte die jemand nach seinem Aussehen beurteilte, wichtiger war, dass man sich verstand. Trotzdem hatte sie ihn sich aufgrund seiner Beschreibung anders vorgestellt und spürte eine gewisse Enttäuschung, weil er sie offenbar dreist angelogen hatte. Dass dieser Kerl Sven war, stand außer Zweifel. Er hatte ihr erzählt, dass er den Laden von seinem Onkel übernommen hatte und seitdem allein leitete, weil er sich keinen Angestellten leisten konnte.

Alexia riskierte rasch einen zweiten Blick. Sven hatte sie noch gar nicht bemerkt, oder schenkte ihr keinerlei Beachtung? Jedenfalls fühlte er sich offenbar unbeobachtet, denn sein Zeigefinger verschwand bohrend in seiner Nase. Plötzlich durchbrach das Klingeln des Telefons auf dem Ladentisch die Stille.

»Mann, schon wieder. Ick zieh hier gleich den Stecker raus«, fluchte er und ging ran.

»Svens Antiquitäten«, brüllte er so laut in den Hörer, dass Alexia am ganzen Leib zusammenschreckte und um ein Haar die Schneekugel fallen ließ, die sie gerade aus einem Fach genommen hatte. Schneewittchen grinste sie breit an, umringt von den sieben Zwergen, die allesamt trotz des Schneeregens so dünn angekleidet waren, als wäre es Hochsommer.

»Ick hab Ihnen ditt schon mal jesacht! Wenn der Tisch kaputt is, is ditt nich meen Problem. Den ham se hier im juten Zustand jekoofft. Damit is die Sache erledigt für mir. Da könn se noch mit zehn Anwälten drohn … Ja, machen se, watt se wolln. Wiederhörn.« Er knallte den Hörer auf.

Mein Gott, was war das nur für ein unhöflicher Mensch. Alexia konnte es nicht glauben, dass von diesem Mann all die netten E-Mails stammten. Sie zweifelte ernstlich daran, ob er sie überhaupt selbst geschrieben hatte.

»So, und watt kann ick jetze für Sie tun? Ick erwart hier gleich Besuch, da kann ick keene Kunden jebrauchen. Also wenn se bitte nen bissel hinmachen würden«, brüllte er ihr entgegen.

Alexia erschrak erneut. Wenn er alle seine Kunden so behandelte, war es kein Wunder, dass er nur rote Zahlen schrieb, wie er ihr in einer seiner Mails gestanden hatte.

»Meene Dame, ick hab hier nich den janzen Tag Zeit«, rief er ungeduldig. Alexia stammelte eine Entschuldigung und war sich nicht mehr sicher, ob sie ihre Identität lüften sollte. Dann aber überkam sie der Gedanke, dass er sich womöglich nur deshalb so absonderlich verhielt, weil er aufgeregt war. Das hatte er doch sogar in seiner letzten E-Mail geschrieben. Ihm flatterte das Herz, wenn er an ihr Treffen dachte, und er hoffte inständig, dass sie ihn mögen würde. Jeder reagierte auf den Stress anders. Der eine wurde stiller, der andere lauter. Sicherlich war er trotzdem sehr nett. Zugegeben, seine Aufmachung war gewöhnungsbedürftig. Und seine laute Stimme klang etwas unangenehm. Aber in seinen Mails hatte er so viele gute Eigenschaften offenbart, dass sie nicht glauben wollte, dass dies seine einzige Seite war.

»Ick bitt se, jetzt suchen se sich watt aus und verschwinden se.« Er klang immer noch sehr gereizt. Da klingelte erneut das Telefon. »Watt denn nu schon wieder. Ach, du bist's, Fritz. Nee, die Kleene is noch nich da. Du, ick sag dir, ick bin echt schon nervös. Hoffe, dass ditt alles jut klappt.«

Als Alexia das hörte, konnte sie nicht anders, als zu schmunzeln. Hatte sie also doch recht gehabt. Der große Bär war einfach nur aufgeregt. Aber dafür gab es doch keinen Grund. Sie sollte sich ihm zu erkennen geben und ihm zeigen, dass sie nett und verständnisvoll war. Und dass er wirklich keine Sorge haben müsste. Da fiel ihr Blick auf eine Schatulle, die in dem Regal auf der gegenüberliegenden Seite stand. Sie sah hübsch aus, klein, edel, mit goldenen Beschlägen. Sicherlich konnte man sie hervorragend als Schmuckkästchen gebrauchen. Vorsichtig nahm sie das Stück heraus und begutachtete es von allen Seiten. 50 Euro wollte Sven dafür haben. Ein ordentlicher Preis. Das Schildchen auf der Unterseite der Kiste verriet, dass sie aus dem späten 17. oder frühen 18. Jahrhundert stammen musste. Alexia liebte alte Sachen, und dieses Kästchen hatte es ihr auf den ersten Blick angetan. Es sah herrlich aus. Sie versuchte es zu öffnen, doch es war abgeschlossen. Vorsichtig hielt sie es ans Ohr und schüttelte es. Ja, da war etwas drin. Sie hörte es deutlich gegen die Innenseiten schlagen. Womöglich ein altes Schmuckstück?

»Ick weess, ick sollt mir dit nich so zu Herzen nehmen, aber du kennst mir doch, ick kann eben auch nich aus meener Haut.« Sven hatte bemerkt, dass sie sich etwas ausgesucht hatte, und winkte sie zum Ladentisch.

»Jeben se mal her«, sagte er und klemmte sich den Hörer zwischen Kinn und Schulter. »Nee, nich du, Fritz, ick sprech hier mit ner Kundin.«

Alexia brachte ihm das Kästchen in der festen Absicht, ihm zu sagen, wer sie war, sobald er aufgelegt hatte. Sie schob ihm einen 50-Euro-Schein zu, und Sven nahm ihn an, knüllte ihn zusammen und steckte ihn in seine Hosentasche, bevor er den Verschluss des Kästchens genauer untersuchte. Dann nickte er ihr zu und ging mitsamt des Telefons und der Kiste in einen Hinterraum, von wo aus sie ein lautes Knacken vernahm.

»Ja, du, ditt is so eene, die janz verzweifelt is«, sagte er laut genug, dass sie es hören konnte. Alexia traute ihren Ohren nicht. Sie musste sich verhört haben. Eine Verzweifelte? Sie? Ihr Puls begann zu rasen. Ungläubig starrte sie in Richtung Hinterzimmer.

»Jenau, ick denk ma och, dasse total dankbar sein wird, wenn wa beede se mal so richtig rannehmen. Die hat sicher lange keenen mehr jehabt. Solche Weiber kenn ick. Die kriegen nich jenug. Aber ditte is unser Glück, ne. Du, aber ick kann jerade nich so offen sprechen, ick hab hier ne Kundin wie jesagt … Jenau, du kommst, sagen wa mal, um halb dazu, janz zufällig natürlich, und dann schauen wa mal, watt ditt Miezchen so von uns zwee Mannsbildern hält.« Er lachte. Es war ein tiefes, unangenehmes Lachen, bei dem sich ihre Nackenhärchen aufstellten. Wut stieg in ihr auf. Was war nur aus ihrem Sven geworden? Hatte er ihr die ganze Zeit über nur etwas vorgespielt? Erst jetzt merkte sie, dass sich ihre Hände vor Zorn zu Fäusten geballt hatten.

»Klar, hab ick mir untenrum jewaschen, ick bin doch een Jentlemann, der weess watt sich jehört … Jau, is jut … Bis später, Kumpel.«

Sven kam zurück, stellte das Telefon auf den Ladentisch ab und reichte ihr das Kästchen. »Ick hab dafür keenen Schlüssel jehabt, deswegen hab ick Ihnen dit Schloss uffjebrochen«, erklärte er und deutete mit einem schmutzigen Zeigefinger zum nun gelösten Verschluss. Sie starrte ihn mit großen Augen an, kaum dazu in der Lage, seine Worte aufzunehmen. »Haben se mir verstanden?«, fragte er irritiert, weil sie nicht reagierte.

»Na jut, is dat dann alles?«, fragte er ungeduldig. Zitternd nahm sie das Kästchen an sich. Sie konnte noch immer nicht glauben, dass all die zärtlichen E-Mails, die er ihr geschrieben hatte, nur dem Zweck gedient hatten, sie hierherzulocken. Wie vielen Frauen hatte er dieselben Nachrichten geschickt? Und wie viele mochten auf ihn hereingefallen sein? Sven war keinen Deut besser als Tom Henning. Im Gegenteil. Er war viel älter, als Tom es damals gewesen war. Das machte sein Verhalten nur noch schlimmer.

»Elender Mistkerl«, sagte sie enttäuscht und klemmte sich wütend die Kiste unter den Arm.

»Watt?«

»Eine Verzweifelte, die nur mal eben durchge …« Sie verschluckte das Wort und drehte sich entschlossen um.

»Ick … watt?«

Erst als sie an der Tür angekommen war, drehte sie sich noch einmal um, wohl wissend, wie verächtlich der Blick war, den sie ihm nun zuwarf, und verließ erhobenen Hauptes den Laden. Sven, der noch immer nicht ahnte, dass sie sein Blind Date war, würde nie wieder etwas von ihr hören. Darauf konnte er wetten.

Alexia schlüpfte aus ihren Sandalen, gab Karli sein Abendbrot und warf eine Portion Tiefkühlgemüse in eine Pfanne. Sie versuchte, nicht mehr an Sven zu denken, was sich als alles andere als einfach herausstellte. Während das Gemüse vor sich hinbrutzelte, ging sie in ihr Schlafzimmer, um ihre neue Schatulle in die Vitrine zu stellen. Zuerst hätte sie das verdammte Ding am liebsten weggeworfen, weil es sie an Sven erinnerte. Aber immerhin hatte sie dafür den stolzen Preis von 50 Euro bezahlt. Außerdem war es ein schönes Stück. Mit den Fingern fuhr sie über die Beschläge. Die goldenen Ecken sahen aus wie Dämonenschädel mit großen Mäulern, dünnen Augenschlitzen und je zwei Hörnern am Kopf. Im Laden war ihr das gar nicht aufgefallen. Um die Köpfe herum rankten sich mehrköpfige Schlangen, die sich gegenseitig in die Schwanzenden bissen. In das dunkle Holz waren seltsame Zeichen gekerbt. Einige erinnerten an asiatische Schriftsymbole Andere konnte sie überhaupt nicht zuordnen. Neugierig öffnete sie den Deckel, denn sie erinnerte sich, wie sie im Laden ein Rappeln in der Schatulle gehört hatte. Aber zu ihrer Enttäuschung war das Kästchen leer. Sie hob die samtene Fütterung hoch. Vielleicht war ein Ring oder ein Halsband daruntergerutscht. Ihre Finger tasteten über den hölzernen Boden. Fehlanzeige. Womöglich hatte Sven das Stück entdeckt und zurückbehalten. Zuzutrauen wäre es ihm. Ein Mann, der so schamlos lügt, betrügt sicherlich auch seine Kunden.

Aus der Küche hörte sie nun lautes Zischen und Brutzeln, stellte die Schatulle schnell in die Vitrine und beeilte sich, das Gemüse zu wenden. Wenige Augenblicke später kam sie mit einem gefüllten Teller in das Zimmer zurück, setzte sich auf das Bett und nahm eine Gabel von der noch immer recht knackigen Mischung aus Blumenkohl, Möhren und Brokkoli. Alexia hatte gerade die Gabel in den Mund gesteckt, als ihr plötzlich unendlich kalt wurde. Rasch wickelte sie sich eine Daunendecke um die Beine, doch es half nichts. Die Kälte schien sich im ganzen Zimmer auszubreiten, und Alexia zitterte am ganzen Körper.

Irritiert blickte sie zum Fenster. Doch das war geschlossen. Auch Karli schien den leichten Wind zu bemerken und versteckte sich unter dem Bett. Alexia zog die Decke bis zu ihren Knien hoch, als sie plötzlich das unbestimmte Gefühl überkam, beobachtet zu werden. Dabei war außer Karli niemand da. Sie war allein in ihrem Zimmer.

Es schien ihr, als hätten die Möbel, die Wände und selbst die Bilder Augen und Ohren bekommen. Ihr Herz schlug schneller, und sie spürte, wie ihre Hände immer feuchter wurden, so dass sie kaum noch die Gabel richtig halten konnte. Verunsichert stellte sie den Teller beiseite, trat ans Fenster und blickte hinaus. Aber auch dort war niemand zu sehen. Die Wiese vor ihr war leer. Nur in der Ferne sah sie ein einsames Pärchen über die Parkwege spazieren. Was war nur los mit ihr?

»Alexia, du hast eine blühende Phantasie«, versuchte sie sich zu beruhigen. Aber sicherheitshalber ging sie zu ihrer Wohnungstür und schloss ab. Als sie in ihr Zimmer zurückkam, spürte sie eine leichte Vibration des Bodens unter ihren nackten Füßen. Alexia hielt den Atem an. Es fühlte sich an, als würde sich jemand in ihrem Zimmer bewegen. Der Parkettboden gab nach wie unter schweren Schritten. Aber es war niemand zu sehen. Es konnte unmöglich jemand in der Wohnung sein. Wie hätte er eindringen sollen? Alle Fenster waren verschlossen, ebenso wie die Tür. Ihr Körper verkrampfte sich, als sie an ihrem Nacken ein sanftes Kitzeln bemerkte, als hauchte jemand einen Kuss auf. Es mussten die Nerven sein. Die Sache mit Sven hatte ihr offenbar mehr zugesetzt, als sie gedacht hatte.

Freiheit! Kendraels Existenz sammelte sich im Schatten eines Kleiderschranks, verschmolz in seinem dunklen Schutz und wartete, lauerte, beobachtete. Er hatte eine Ewigkeit im Nichts verbracht und jetzt, da er endlich wieder Herr seiner Sinne war, seinen Körper fühlte und die Welt Zeit und Raum besaß, verspürte er einen Hunger nach Leben und Lust, als explodierten Abertausende Sonnen in seinem Inneren. Es war, als hätte man ihm ein neues Leben geschenkt. Er spürte, wie die Kraft und Energie in ihm wuchs und wie er an Stärke gewann, größer und mächtiger wurde. Und welch ein Anblick ihn an seinem ersten Tag empfing! Ein prachtvolles Weib mit runden Hüften und einer ausladenden Oberweite, so wie er es liebte. Frauen mussten schön rund, schön weich sein, damit man sich an sie schmiegen und in ihrer Liebe versinken konnte. Wie hatte er sie vermisst, die Weiber. Ihre weiche Haut, die warmen Brüste und das glockenhelle, alberne Lachen. Gerade als er die Hand nach ihr ausstrecken wollte, um sie zu berühren, um herauszufinden, ob das alles doch nur ein schöner Traum war, erklang ein schreckliches Schrillen, das ihn in den Schatten des Schrankes zurückweichen ließ.

Das Weib suchte nach der Geräuschquelle und hob schließlich ein kleines, silbernes Döschen in länglicher Form auf. Es hörte auf zu schrillen und sie sprach hinein. »Hi Sabine«, sagte sie. Ihre Stimme war engelsgleich. Kendrael liebte ihren Klang vom ersten Augenblick an. Und er würde es noch mehr lieben, sie mit dieser samtigen weichen Stimme stöhnen zu hören – vor Lust, wenn er sie nahm. Ein aufgeregtes Prickeln schoss durch seinen Unterleib. Es war so intensiv, dass er es kaum unter Kontrolle halten konnte.

»Klingt gut, ich komme gern mit. Etwas Abwechslung kann ich im Moment gebrauchen. Welchen Film wollt ihr euch denn ansehen?«

Während sie mit der Dose sprach, fiel Kendrael auf, wie unzüchtig sie gekleidet war. Das erregte ihn nur noch mehr. Der Rock reichte ja gerade mal bis zu den Knien und erlaubte einen Blick auf ihre nackten Unterschenkel, die äußerst verlockend aussahen. Diese strammen Waden. Er wollte zu gern wissen, wie sie sich anfühlten. Sicherlich ein wenig fester. Ihre Füße waren gänzlich unbekleidet. Er konnte weder Schuhe noch Söckchen an ihnen sehen. Die Zehen sahen süß aus. Klein, zart und schmal. Er wünschte, er könne auf jeden einzelnen einen heißen Kuss hauchen.

»Gut. Dann bis um 19.30 Uhr vor dem Kino. Tschüss.«

Jetzt legte sie die Dose auf ein Regalbrett und schob beide Daumen unter den Bund ihres Rockes, der sich darauf zu weiten schien und fast von selbst über ihre runden Hüften hinunterrutschte. Darunter trug sie ein winziges Höschen, das mit weißer Spitze verziert war. Er konnte den Ansatz ihrer Schambehaarung knapp über dem Bund erahnen.

Jetzt knöpfte sie das Oberteil auf. Einen Knopf nach dem anderen. Von unten beginnend, bis sie weit genug oben angelangt war, dass ihre ansehnlichen Brüste unter dem Stoff hervorschlüpften. Gestützt wurden sie von herrlich verzierten Spitzenkörbchen, die perfekt zu dem Höschen passten. Die Bluse flog im hohen Bogen durch die Luft und landete auf einem gepolsterten Hocker in der Ecke neben dem Bett.

Kendrael konnte nicht aufhören, diese kleine verführerische Schönheit anzustarren. Die verlockenden runden Hüften, die starken Oberschenkel, die Andeutung ihrer Taille und dieser wunderbar große Busen, auch ihre zauberhaft weiße Haut und das feurige Haar sorgten dafür, dass sich sein Blut in unteren Körperregionen sammelte. Etwas wuchs zwischen seinen Beinen, richtete sich auf, pochte heftig. Er wusste nicht, wie lange er tatsächlich eingesperrt gewesen war, aber es musste lange genug gewesen sein, um starke Entzugserscheinungen in ihm hervorzurufen. Alles in ihm sehnte sich nach diesem Körper. Er wollte ihn berühren, verführen, in Besitz nehmen. Mit seinen Fingerspitzen ihre Brüste erforschen, die kecken Brustwarzen zwirbeln, an ihnen saugen oder sie mit der Zunge verwöhnen. Er stellte sich vor, sich auf sie zu legen, ihren warmen, weichen Leib unter sich zu spüren, ihren Herzschlag zu fühlen und auch ihren warmen Atem in seinem Gesicht. Er würde sie küssen. Wild, leidenschaftlich, seine Lippen immer wieder auf ihre pressen, mit seiner Zunge ihren Mund erforschen und ihr schließlich einen Teil ihrer Lebensenergie rauben. Er stellte sich vor, wie sie schmeckte. Süß wie Honig? Oder etwas herber wie ein strenger Tee?

Plötzlich kam sie auf ihn zu. Und seine Erregung wuchs. Oh, er wünschte inständig, diese kleine zarte Hand würde nur ein Mal, ein einziges Mal über sein schmerzendes Glied streichen, ihm diesen unerträglichen Druck nehmen. Aber natürlich hatte das Mädchen nicht die geringste Ahnung, dass er hier war, sie beobachtete, sie begehrte. Mit einem Knarren ging die Schranktür auf und versperrte ihm die Sicht, klemmte ihn zwischen Wand und Tür ein. Er verhielt sich still, wartete, bis die Schranktür wieder zuging. Die Kleine hatte sich neu eingekleidet. Ein kurzes Oberteil ohne Ärmel in einem aufsehenerregenden Rot, das ihre wohlig runden Brüste erst richtig zur Geltung brachte, und eine kurze Hose in Ocker, die gerade knapp über die Knie reichte. Er ließ diesen Anblick auf sich einwirken. In was für einer verruchten Zeit war er gelandet, in der die Frauen so viel Haut zeigten? Ganz von selbst wanderte seine Hand zu seinem Glied.

Der Kater kroch unter dem Bett hervor, und als er Kendrael bemerkte, sträubte sich sein Fell. Ein leises Grollen drang aus der Kehle des Tieres. Zweifelsohne konnte es ihn sehen. Instinktiv musste es spüren, was er war.

Das Weib schien die Reaktion des Tieres unheimlich zu finden. Sie blickte mit angstgeweiteten Augen in dieselbe Richtung wie der Kater und ihm somit direkt ins Gesicht. Ein strahlendes Gold leuchtete ihm entgegen. Nein, es war mehr ein Hellbraun. Doch beim rechten Licht schimmerten diese faszinierenden Augen golden. Ihr Blick war trotz aller Unsicherheit so warm und freundlich, dass sich diese Wärme auf ihn übertrug. Sie breitete sich überall aus. In seiner Brust, ganz besonders aber in seinen Lenden. Sein Körper reagierte noch heftiger und sein Glied pochte stark.

Da wandte sie sich zu seinem Bedauern von ihm ab, hockte sich zu ihrem Kater und streichelte ihn beruhigend über den Kopf. Er hätte ihr Gesicht und ihre schimmernden Augen gern noch etwas länger betrachtet. Stattdessen erlaubte sie ihm nun einen Blick auf ihren wunderbar geformten Po, über den der Stoff der Hose anzüglich spannte, als wollte er jeden Moment zerreißen. Kendrael wollte ihn berühren und streckte die Hand nach ihm aus, aber da erhob sie sich und ging zur Tür.

»Ich bin bald wieder zu Hause, Karli«, sagte sie zu dem Tier, das noch immer misstrauisch zu ihm hinübersah und wieder rasch unter dem Bett verschwand.

Die junge Frau verließ ihre Wohnung. Und Kendrael folgte ihr. Sie würde bald ihm gehören. Er musste nur den rechten Moment abwarten.

Es klingelte. Marcel Klett schlüpfte in seinen Morgenmantel und eilte zur Tür. Was für ein unpassender Moment, ausgerechnet jetzt gestört zu werden.

»Ja, bitte?«, fragte er und blickte auf eine sehr zierliche Frau mit aschgrauen kinnlangen Haaren hinab. Sie hatte ein sehr schmales Gesicht, blasse Augen und kam ihm auf merkwürdige Weise bekannt vor, obwohl er nicht wusste, wo er sie schon einmal gesehen haben könnte.

»Hallo«, sagte sie leise. Marcel musste sich anstrengen, um sie zu verstehen. Selbst eine Maus sprach lauter.

»Ich wollte fragen … ob Sie vielleicht … zwei Eier im Haus haben … die Sie mir ausleihen … könnten.«

Nun trat etwas Farbe in dieses kleine fahle Gesichtchen und setzte sich hauchzart auf ihre Wangen.

»Zwei Eier?«, fragte er verständnislos. Wer zum Geier war diese Kleine?

Es schien fast, als hätte sie seine Gedanken gelesen. Oder aber seine Verwirrung stand ihm offensichtlich ins Gesicht geschrieben.

»Ich bin Melli.«

Wer?

»Melli Braun. Ich wohne … im Erdgeschoss …« Sie deutete mit dem Daumen hinter sich zur Treppe.

»Melli … Braun?«, wiederholte er. Braun. Bei dem Namen klingelte etwas. Ja, natürlich! Melli Braun. Die kleine Maus aus dem Parterre. Sie gehörte zu denen, die einem nicht im Gedächtnis blieben.

»Zwei Eier? Einen Moment bitte.«

Er ging in die Küche, um im Kühlschrank nachzusehen, und stellte fest, dass er selbst keine Eier im Haus hatte.

»Tut mir leid …« Wie war doch noch gleich ihr Name? »Elli. Ich habe keine im Haus.«

»Melli«, verbesserte sie ihn. Dieses Mal klang ihre Stimme etwas lauter.

»Wie?«

»Ich bin Melli. Melli Braun. Wie in Thomas O'Malley von den Aristocats. Nur anders geschrieben.«

Sie kicherte leise und blickte mit den sicherlich größten Kulleraugen, die er jemals gesehen hatte, zu ihm auf. Ihre Lippen zuckten leicht, ehe sie ein Lächeln bildeten.

»Verstehe. Melli. Ich werde es mir merken.«

Sie starrte ihn immer noch merkwürdig an. »Ist noch was?«, fragte er. Er hatte es eilig.

»Haben Sie dann vielleicht einen Liter Milch für mich?« Sie zog verlegen den Kopf ein, so dass ihre Schultern auf Ohrhöhe hochrutschten.

»Milch?«

Marcel sah rasch nach und brachte ihr einen Tetrapack mit, den sie überschwänglich dankend annahm.

»Haben Sie sonst noch einen Wunsch?«, fragte er ironisch. Wenn die Kleine ihn noch länger aufhielt, würde seine Erektion bald nachlassen.

Sie schüttelte hektisch den Kopf, so dass ihre mausgrauen Haare hin und her flogen. »Nein. Vielen Dank, ich bringe Ihnen natürlich sobald wie möglich neue Milch.«

Er schlug die Tür zu und hörte ein lautes »Schönen Abend noch« durch den Flur hallen, dann warf er den Morgenmantel ab und eilte in das Schlafzimmer zurück, wo er sich vollkommen unbekleidet und mit einem halbwegs steifen Glied an den Computertisch setzte.

Kaum hatte er Platz genommen, legte Tanja Gärtenfeld besitzergreifend beide Hände auf seine Oberschenkel.

»Wer war das?«, hauchte sie und lugte unter dem Tisch hervor. »Ich habe eine Frauenstimme gehört.« Er sah ihr nicht ins Gesicht, sondern fixierte ihre Brüste mit seinem Blick, die verführerisch an ihr hinunterhingen und bei jedem Atemzug anzüglich wippten. Ihr war etwas kühl geworden. Sie hatte eine leichte Gänsehaut bekommen und ihre Brustwarzen hatten sich aufgerichtet.

»Niemand Wichtiges.«

»Niemand Wichtiges? Du willst doch nichts vor mir verheimlichen, oder? Sonst …« Sie lächelte und grub ihre Fingernägel tiefer in seine Haut. Er verzog leicht das Gesicht und zischte: »Nein. Es war nur die Schreckschraube aus dem Erdgeschoss. Diese Elli. Wollte zwei Eier«, sagte er und richtete sein erigiertes Glied auf ihren Mund.

Marcel hatte es offenbar eilig, schon spürte Tanja sein Glied zwischen ihren Lippen. Es fühlte sich heiß an. Sie konnte das leise Pochen spüren. Verspielt ließ sie ihre Zunge über seine Eichel gleiten, nahm sie jedoch nicht ganz in den Mund, sondern umschloss nur die Spitze mit ihren Lippen.

Tanja spürte, wie ein Schauer durch Marcels Körper jagte. Seine Oberschenkel zitterten leicht.

»Hast sie sicher schon mal gesehen. Diese kleine Dürre mit …« Er stöhnte leise. »… dem Mausgesicht.«

Tanja konnte sich nicht an sie erinnern. Im Augenblick war ihr diese Elli auch ziemlich egal. Die Beschreibung ›Schreckschraube‹ hatte ihr genügt. Die junge Dame war gewiss keine Konkurrenz für sie.

Seine große Hand vergrub sich in ihren langen Locken und zog ihren Kopf in Richtung seines Schoßes.

Tanja ließ sich Zeit. Sie küsste genüsslich die feuchte Eichel, ehe sie diese ganz langsam, Millimeter für Millimeter, in den Mund nahm. Wieder bebte sein ganzer Körper.

Sie übte leichten Druck an der Stelle aus, an der die Spitze in den Schaft überging.

Marcel stöhnte wohlig und sah ihr eine Weile zu, wie sich ihre Lippen fester um sein Glied schlossen und an ihm auf und ab glitten. Dann blickte er auf den Bildschirm seines Computers, und Tanja sah aus ihrer Position heraus nur noch seinen Unterleib und die Ansätze seiner Brust.

Aber auch das war kein schlechter Anblick. Marcel hatte den Körper eines Athleten. Sie wusste, dass er lange Zeit als Fitnesstrainer gearbeitet hatte. Inzwischen hatte er sein Informatikstudium beendet und arbeitete in einer Softwarefirma, wodurch er nicht mehr genügend Zeit hatte, regelmäßig zu trainieren. Trotzdem sah er noch immer fit aus. Das Sixpack war ihm erhalten geblieben und fühlte sich aufregend an. Stahlharte Muskeln unter ihren Fingern, die sich dicht aneinanderreihten. Ihre Hand glitt über die Hügel und Täler dieser Muskellandschaft und sie genoss es, jeden Zentimeter seiner Haut zu erforschen. Sie fragte sich, wie er wohl in seiner besten Zeit ausgesehen hatte, als er noch täglich im Studio arbeitete. Zu gern hätte sie Bilder davon gesehen.

Ein Vibrieren zuckte durch seinen Unterleib, und seine Hand legte sich um sein Glied, rieb an ihm, während er mit der Eichel immer wieder in ihrem Mund versank. Tanjas Hände glitten tiefer, hin zu seinen Schenkeln, dann über ihren eigenen Körper, bis sie zwischen ihren Beinen verschwanden.

Seine Erregung schüttelte ihn, sein Unterleib krampfte, und plötzlich drohte er fast von seinem Stuhl zu fallen. Er musste sich mit beiden Händen an der Tischkante festhalten. Da spürte sie seine Wärme in ihrem Mund.

Während er sich erschöpft in seinem Stuhl zurücklehnte, kroch sie unter dem Tisch hervor und leckte sich die Überbleibsel seiner Lust von den Lippen.

»Der war wohl richtig gut«, sagte sie und stellte sich hinter den Bürostuhl. Ihre Hände legten sich auf seine Schultern und massierten sie sanft.

»O ja.« Er lehnte zufrieden den Kopf auf der Lehne zurück und lächelte sie an.

Sein Lächeln war so schön und warm, dass ihr allein der Anblick Belohnung genug war. Es war ihr gar nicht wichtig gewesen, selbst zum Höhepunkt zu kommen.

»Du bist die Beste«, sagte er zärtlich, und seine Hand glitt sacht über ihren nackten Oberarm. Sie schloss die Augen und genoss das sanfte Streicheln. Ihre Lippen berührten seine Stirn. Sie hauchte einen zarten Kuss auf seine Haut. Plötzlich lachte er.

»Deine Haare kitzeln.«

Ihre blonden Strähnen berührten sein Kinn und die Schultern. Sie strich sich die Haare zurück, dabei glitt ihr Blick zufällig über seinen Bildschirm. Eine nackte Frau lächelte sie verführerisch an. Tanja kniff die Augen zusammen und blickte noch einmal hin, in der Hoffnung, sich nur verguckt zu haben. Die Nackte war noch immer da. Sie ging auf allen vieren und streckte dem Fotografen ihr opulentes Gesäß in die Linse. Ihre langen roten Haare hingen ihr wild ins Gesicht, und sie zwinkerte keck in die Kamera. Abrupt hielten Tanjas Hände inne. Was sollte das denn?

»Massier mich noch ein bisschen«, bat Marcel, der die Augen inzwischen geschlossen hatte. »Es fühlt sich so schön an, wie du das machst.«

Sie rührte sich nicht und starrte ungläubig den Monitor an. War das ein Pornobild? Woher hatte er diese Aufnahme?

»Wer ist das?«, fragte sie. »Hast du dir etwa diese Frau angesehen, während ich dir einen geblasen habe?«

Marcel riss abrupt die Augen auf. »Scheiße!«

Ganz offensichtlich hatte er vergessen, den Ordner zu schließen. Er wollte es nachholen, doch sie war schneller und griff nach der schnurlosen Maus.

»Beruhige dich, Süße. Das hatte nichts zu bedeuten.« Mehr schien ihm dazu nicht einzufallen. »Nichts zu bedeuten? Wer ist das überhaupt? Kennst du die etwa?«

Tanja betrachtete den Hintergrund und stellte fest, dass es sich nicht um ein professionelles Bild handelte. War das nicht sogar Marcels Bett? Sie erkannte die Tapete wieder. Und die großen runden Kissen.

»Das wurde doch hier aufgenommen.« Genauso wie ihre Bilder!

»Das ist nur meine Ex.«

»Deine Ex?« Ihre Stimme bebte. »Du schaust dir Bilder deiner Ex an, während wir Sex haben?«

»Ich bin versehentlich an die Maustaste gekommen.«

Tanja setzte die Maus wieder ab, klickte das Foto weg und hatte nun freien Zugang zu dem Ordner. Hundert Bilder, vermutlich noch mehr, wurden darin gelistet. Jedes von ihnen zeigte nackte Frauen in verschiedenen Posen. Sie brauchte sich die Bilder nicht vergrößert anzusehen, um zu erkennen, dass alle Fotos im selben Stil gehalten waren. Erotische Amateuraufnahmen.

Ganz unten fand sie ihre eigenen Bilder.

Ihr wurde plötzlich klar, dass es sich um eine Sammlung handelte. Eine Sammlung von Fotos seiner Exfreundinnen.

»Warst du mit denen zusammen? Mit allen?«

Sie hatte jetzt nicht den Nerv, die Frauen zu zählen, aber es waren mindestens zehn verschiedene Mädchen. Blonde, Dunkelhaarige, Rothaarige, mit glatten oder lockigen Haaren, in allen Größen, mit allen Busenformen.

»Deswegen wolltest du also Fotos von mir machen? Für deine Sammlung.«

»Tanja, beruhige dich, es ist nicht so, wie du denkst.«

Sie atmete tief durch. Es war schwierig, einen klaren Kopf zu behalten, wenn die Emotionen hochkochten. »Wie ist es dann?«, fragte sie einigermaßen ruhig und blickte ihm in die Augen.

Marcel seufzte leise und wandte den Blick ab, als ertrüge er es nicht, ihr ins Gesicht zu sehen. Langes Schweigen folgte. Sie sah an seiner Mimik, dass er unglücklich über die Entwicklung war, doch auch nicht recht zu wissen schien, was er nun sagte sollte. Nach einer ganzen Weile, in der sie ihn forschend angestarrt und er beharrlich geschwiegen hatte, gab er sich schließlich geschlagen. »Also gut, du hast recht. Ich bin Hobbyfotograf.«

»Das kann ich sehen. Und du hast dich auf Aktbilder spezialisiert.«

Er nickte zögerlich. »Tut mir wirklich leid, Tanja. Für mich sind das nur harmlose Fotos. Wenn ich gewusst hätte, dass dich das so stört, dann …«

Harmlose Fotos, die er als Wichsvorlage benutzte. Ihre wütende Erregung kehrte zurück. Was war ihm nur in den Sinn gekommen? Genügte sie ihm nicht? Brauchte er wirklich diese Bilder, um auf Touren zu kommen?

»Vielleicht bist du einfach noch nicht bereit für eine neue Beziehung?«, unterbrach sie ihn und ging zu seinem Bett, auf dem ihre Sachen lagen, und schlüpfte in ihre Unterwäsche. Erst als sie den Slip hochzog, merkte sie, dass sie ihn falschherum angezogen hatte. Das Schild baumelte vorne. Aber das spielte jetzt keine Rolle mehr.

»Was hast du vor, Tanja?«, fragte er besorgt und stand mit

einem Schritt neben ihr. »Willst du mich verlassen?« Seine großen, warmen Hände legten sich auf ihre Schultern. Es war eine Berührung, die sie unter anderen Umständen genossen hätte. Nun schien es ihr, als versuchte er sie festzuhalten, doch Tanja befreite sich aus seinem Griff und zog ihre Jeans an.

»Ich weiß es nicht«, gab sie zu. Sie fühlte sich benutzt und irgendwie schmutzig. Trotzdem hielt sich ihr Zorn noch in Grenzen, denn es schien ihm ehrlich leidzutun, und sie hatte ihn immer noch sehr gern. Sie brauchte Zeit zum Nachdenken.

»Ich möchte, dass du meine Fotos von deiner Festplatte löschst.«

Sie streifte sich ihr T-Shirt über und sah ihn ernst an.

Marcel zögerte einen winzig kleinen Moment. Danach nickte er.

»Sie sehen toll aus, Süße. Richtig toll. Aber wenn du dich mit dem Gedanken nicht wohl fühlst, werde ich sie löschen.«

»Wirf sie komplett von der Festplatte.«

Er tat, was sie verlangte. Nachdem er die Bilder gelöscht hatte, breitete er die Arme aus und kam auf sie zu, in der Absicht, sie an sich zu drücken. »Lass uns die Sache vergessen«, bat er.

Aber Tanja schüttelte den Kopf und wich ihm aus. Sie konnte nicht so tun, als wäre nichts geschehen. Wie sollte sie wissen, ob er es ernst mit ihr meinte? War sie nur eine von vielen? Im Moment war sie zu durcheinander, um es klar zu sehen.

»Tanja, bitte. Was soll ich denn noch tun?«

»Du kannst nichts mehr tun. Ich werde heute Nacht zu Hause schlafen.«

»Warum? Ich hatte gehofft, du würdest hierbleiben.«

»Marcel, gib mir bitte etwas Zeit. Ich muss über einiges nachdenken. Und das solltest du auch tun.«

Sie war nicht ganz sicher, ob er verstand, was sie meinte. Tanja zupfte ihr T-Shirt zurecht, drehte sich um und ging zügig durch den Flur. Marcel startete keinen weiteren Versuch, sie aufzuhalten. Morgen würde sie eine Entscheidung treffen. Und wie die ausfiel, hing auch von ihm ab.

Voll und prall stand der Mond am Himmel, gleich einem wachsamen Auge, das Kendrael beobachtete, während er in Gestalt eines Mannes durch den Betondschungel schritt und seine Gedanken ordnete. Die Luft war angenehm kühl. Kräftig atmete er durch und genoss die wiedererlangte Freiheit.

Er war dem Weib durch die Stadt gefolgt, hatte es dann aber aus den Augen verloren. Irgendwie war es in der Menge verschwunden. Aber das bedeutete nicht, dass es ihm entkommen war. Er wusste, wo er es finden würde. Und schon jetzt sehnte er den Augenblick herbei, in dem er die junge Frau in die Arme schloss und innig küsste, um von ihrer Lebensenergie zu kosten. In all den Jahrhunderten, in denen er Frauen verführt hatte, war selten eine unter ihnen gewesen, die ihn so stark faszinierte wie diese. Obwohl er sie gerade zum ersten Mal gesehen hatte, hatte sie doch etwas an sich, das ihn magisch anzog. War es ihr helles Lachen oder der unschuldige Blick ihrer güldenen Augen? Er wusste es nicht. Er wusste nur, dass er sie besitzen wollte.

Die Welt hatte sich verändert. Sie war lauter, schriller und greller geworden. Die Weiber geizten nicht mit ihren Reizen, es schien die Regel zu gelten, je knapper die Bekleidung, desto attraktiver die Frau. Kendrael gefiel diese neue Mode durchaus. Sie war zwar ein wenig verrucht, weckte aber auch den Jagdtrieb. Um nicht unter den Sterblichen aufzufallen, hatte er sich Kleidung erschaffen, die ihrer glich.

Die Städte waren gewachsen, und man brauchte keine Pferde mehr, um zu reisen. Stattdessen nutzte man automatische Kutschen, lebte in riesigen Häusern, die bis in den Himmel hinaufragten, und selbst in tiefster Nacht brannten überall Lichter, als wäre es Tag.

Es war ein grässliches Chaos, das keine Regeln, keine Ordnung und keine Sitten zu kennen schien. Aber genau das gefiel ihm. Es war der perfekte Nährboden für ein Wesen seiner Art. Schamhaftigkeit schien hier verpönt. Wie viel leichter würde es sein, zu jagen und zu verführen.

Nach einer zweihundertjährigen Gefangenschaft im Nichts war er erschöpft und vor allem hungrig. Sehr hungrig.

Es war eine Ewigkeit her, seit er das letzte Mal gespeist hatte. Doch er erinnerte sich an die süße Mathilde, als wäre es gestern gewesen. Ihr zarter Körper, ihre traurigen Augen und die Sehnsucht darin hatten ihn in ihren Bann gezogen. Die Erinnerung weckte seinen Appetit. Er brauchte die Energie eines Weibes.

Im selben Moment stieg ihm ein süßer, verführerischer Duft in die Nase. Aus einer Seitenstraße kam eine Frau zielstrebig auf ihn zu. Hinter ihr an der Ecke warteten drei weitere Damen. Sie alle trugen Netzstrumpfhosen, hohe lackierte Stiefel, bunte Fetzen um die Hüften, die wohl Röcke darstellen sollten, und äußerst knappe Oberteile, die nicht viel versteckten.

»Hallo Süßer«, sagte die Frau vor ihm mit rauchiger Stimme. Hellblonde zerzauste Locken hingen ihr in das grell geschminkte aufgedunsene Gesicht.

»Lust auf nen Quickie?« Ihr Atem stank nach Nikotin und ihr Reden ließ erahnen, dass sie ihn sexuell reizen wollte. Dirnen hatte es zu allen Zeiten gegeben. Sie waren leichte Beute, die ihn normalerweise langweilte, weil er ein Jäger war und es liebte, eine Frau gefügig zu machen. Aber in diesem Fall war ihm ein leichtes Mädchen mehr als willkommen.

»Ich bin Sindy. Für nen Fuffi mach ich es dir mit meinen …« Sie vollendete den Satz nicht und leckte sich stattdessen demonstrativ über die vollen blutroten Lippen. »Vielleicht kann ich dir ja noch was beibringen?«

Kendrael lachte. Das konnte er sich kaum vorstellen. Und auch wenn er nicht wusste, was Quickie und Fuffi bedeuten sollten, er gab ihr durch ein Nicken zu verstehen, dass er Interesse an diesem großzügigen Angebot hatte.

»Na fein, gehen wir zu dir, großer schweigsamer Freund?« Sie rückte ihr Dekolleté vor seinen Augen zurecht.

»Wir gehen dorthin, wo uns niemand sieht«, sagte er.

»Oh, na da wüsste ich ein schönes Plätzchen. Immer mir nach.«

Sie schritt voran und wackelte mit ihrem Po. Kendrael folgte ihr und versteckte beide Hände in seinen Hosentaschen, um seine Hosen etwas anzuheben und zu weiten, denn zwischen seinen Beinen hatte sich längst eine Beule gebildet.

Sindy brachte ihn zu einem nahegelegenen Parkplatz, der um diese Uhrzeit menschenleer war.

»Da wären wir. Genügt das deinen Ansprüchen?«

Er nickte und legte eine Hand unter ihr Kinn. Eine Berührung genügte, um ihm ihr Innenleben zu zeigen und all ihre geheimen Wünsche und Sehnsüchte zu offenbaren.

Erstes Opfer.
Name: Sindy.
Alter: 29 Jahre.
Geheimer Wunsch: Von einem Mann verwöhnt zu werden.

Sindy arbeitete seit ihrem 19. Lebensjahr als Prostituierte. Sie wusste wohl, dass es viele Schattenseiten in ihrem Metier gab, aber bisher hatte sie immer Glück gehabt und war als ihre eigene Chefin dazu in der Lage zu bestimmen, mit wem sie schlief. Und sie wählte ihre Kundschaft sorgfältig aus. Trotzdem sehnte sie sich danach, zur Abwechslung die Dienste eines Mannes in Anspruch nehmen zu können, der sie verwöhnte und sich ausschließlich um ihre Bedürfnisse kümmerte. Kendrael lächelte die Dirne an, die nicht ahnte, dass ihr Wunsch alsgleich erfüllt sein würde.

»Also, was soll ich tun, Schätzchen? Ich könnte mich vor dich knien, darauf stehen die meisten Kerle.«

Er schüttelte den Kopf. Wichtig war es, dass es ihr gefiel. Nur dann würde sie einen Orgasmus bekommen, der ihre Lebensenergie freisetzte.

»Leg dich dorthin.« Er deutete auf die Kühlerhaube eines alten rostigen Wagens.

Sie tat, was er verlangte, und kokettierte mit einem anzüglichen Zwinkern. Kendrael legte sich neben sie und berührte sanft ihre Schulter. Vorsichtig schob er seine Hand unter ihr Top und berührte zärtlich ihre Brust, die sich weich und warm anfühlte. Sindy stöhnte leise und warf den Kopf in den Nacken. »Das fühlt sich gut an.«

Kendrael wusste, wie er seine Finger am effektivsten zum Einsatz brachte. Lediglich mit den Fingerspitzen streichelte er sie. Das löste einen leichten Schauer in ihr aus.

»Ich glaube, du hast da was falsch verstanden, Süßer. Wir wollten uns um dich kümmern.«

»Es gefällt mir so, wie es ist.«

Sie starrte ihn überrascht an, nickte dann aber. »Na schön, der Kunde ist König.«

Mit der Hand umschloss er kräftig die andere Brust und wog sie.

Er konnte ihre Leidenschaft spüren, ihr Begehren, und das war es, was er an einer Frau liebte, was er brauchte, was ihn am Leben hielt.

In seiner Hose breitete sich eine schwelende Hitze aus, und der Stoff fing an, sich um seine Hüften zu spannen.

»Du bist schön«, sagte er anerkennend und meinte es ehrlich.

Dann schmiegte er sich ganz eng an ihren Rücken. Oh, sie fühlte sich so wunderbar warm an. Zärtlich glitten seine Hände über ihren Oberkörper und erforschten die kleinen festen Spitzen, die sich längst in freudiger Erwartung aufgerichtet hatten. Aber nun wollte er mehr.

»Zieh deinen Rock aus«, sagte er.

»Was?«

»Runter damit.«

»Das kostet extra. Und nur mit Kondom.«

Ein wenig widerwillig streifte sie den Jeansfetzen ab. Kendrael rutschte zwischen ihre Schenkel und spürte wieder festen Boden unter den Stiefeln. Der Anblick ihrer haarlosen Scham direkt vor seinen Augen versetzte ihn in Verzückung! Wie lange hatte er auf eine Augenweide wie diese verzichten müssen. Wortlos starrte er sie an. Etwas Silbernes, das wie ein Ring aussah, ging durch ihre große Schamlippe.

»Gefall ich dir nicht?«, fragte Sindy, und ihre Beine drohten sich zu schließen. Sein starrer Blick musste sie verunsichert haben. Rasch schob er beide Hände zwischen ihre Schenkel.

»Im Gegenteil.«

»Manche Typen mögen keine Piercings«, erklärte sie und entspannte sich.

Er fand dieses ›Piercing‹ äußerst interessant. Es schmückte ihre Scheide, sah aber auch ein wenig schmerzhaft aus. Seine Lippen senkten sich und er leckte mit der Zunge über das kalte Metall. Sindy lachte.

Sie war gerötet, und Feuchtigkeit glitzerte auf ihrer Haut. Es sah köstlich aus. Kendrael wollte von ihr kosten. Vorsichtig glitt seine Zunge über ihre kleinen Schamlippen. Das gefiel Sindy. Ganz von selbst öffnete sie die Beine noch etwas mehr. Es glich einer Einladung. Kendraels Zunge suchte nach ihrer Perle, und als er sie fand, rieb er sie ganz langsam. Gleichzeitig befreite er sein Glied aus der Hose. Mit einer Hand stützte er sich an der Kühlerhaube ab, mit der anderen strich er über den erigierten Schaft.

Sindy stöhnte leise und krallte sich in seinen Haaren fest. Mit leichtem Druck beförderte sie sein Gesicht etwas tiefer, so dass er mit dem Mund zwischen ihren Schamlippen versank. Ihr weiblicher Duft betörte ihn. Eine wunderbare Mischung aus Haselnuss und Rosenblüten. Er fühlte sich berauscht und konnte es kaum erwarten, ihren Orgasmus zu spüren.

Neckisch nahm er den silbernen Ring zwischen die Zähne und zog leicht an ihm. Das machte Sindy nur noch wilder. Ihr Stöhnen wurde lauter, und sie warf unwirsch den Kopf von einer Seite zur anderen. Willig streckte sie ihm ihr Becken entgegen und drückte sein Gesicht erneut tiefer hinunter. Es amüsierte ihn. Sie konnte es scheinbar auch kaum noch erwarten. Also würde er ihr den Wunsch erfüllen.

Mit der Zungenspitze leckte er wieder und wieder über ihre inzwischen geschwollene Klitoris, die sich ihm sehnsüchtig präsentierte. Sindys Unterleib begann zu zucken. Mit jedem Atemzug, den sie machte, spürte er, wie ihre Lust wuchs.

Wellenartig schob sie ihr Becken vor und zurück. Er konnte ihre Ekstase spüren. Das war die Kraft, die jene Energien freisetzte, nach denen sich Wesen seiner Art verzehrten. Gierig sog er sie auf, und im rechten Moment beugte er sich über sie, um sie leidenschaftlich zu küssen. Sindy erschrak zuerst, gab sich aber dann dem leidenschaftlichen Kuss ganz und gar hin. Aus ihrem Mund saugte er das kraftvolle Leben wie ein Vampir das Blut aus einem schönen Frauenhals. Ihr süßer Geschmack lag prickelnd auf seiner Zunge. Er nährte sich von ihr, spürte, wie seine müden Glieder wieder munter wurden. Was er verschlang, hatte keine richtige Konsistenz, doch es war warm, wohltuend und kräftigend.

Kendrael ließ von ihr ab und musterte sie. Sie blinzelte ihn an, lächelte dankbar, und dann fielen ihr die Augen zu. Wenn sie morgen erwachte, würde sie glauben, geträumt zu haben.

»Ich danke dir«, flüsterte er und strich zärtlich mit einer Hand über ihre Lippen.

Sein Hunger war noch längst nicht gestillt. Er kehrte zum Lazarusweg zurück, sah zum Haus Nummer 23 hinüber und entdeckte, dass Licht in Alexias Wohnung brannte. Sein Hauptmahl war angerichtet.

Kendrael löste sich aus dem Schatten und betrat das Schlafzimmer seiner Auserwählten. Es war Mitternacht, und sie lag in ihrem Bett, unschuldig vor sich hinschlummernd, nicht ahnend, welch finsterer Besuch sie heimsuchte. Nur ihr Kopf und ein Arm ragten unter der Sommerdecke hervor. Das Gesicht war halb in ihrem Kissen versunken. Sie sah aus wie ein Engel. Es fehlten nur noch die güldenen Locken.

Kendrael hielt einen Moment lang andächtig inne. Oh, bei allen Höllenkratern, sie war atemberaubend. Ihr Körper steckte voller Leben, selbst in diesem Moment, in dem sie schlief, schien sie von innen heraus vor Energie zu strotzen. Langsam schlich er um ihr Bett herum und kniete sich an ihr Kopfende. Sie war so zerbrechlich, so schön. Er hatte es kaum zu hoffen gewagt, einen solchen Anblick jemals wieder genießen zu dürfen. Und jetzt, da dieser Moment gekommen war, war er schlicht überwältigt.

Menschen hatten ihn immer fasziniert, aber von dieser Frau ging etwas ganz Besonderes aus. Etwas, das seine Erregung steigerte. Er wusste nicht, was es war, doch es hatte ihn vom ersten Moment an gefangen und er spürte, dass er nicht viel länger warten konnte. So viel Kontrollgewalt war selbst ihm nicht inne. Er musste sie berühren. Er konnte nicht anders, er wollte wissen, wie sie sich anfühlte, wie warm ihre Haut war, wie weich oder fest, und ob sie leicht erzittern würde, wenn er mit der Hand über ihren Oberarm strich. Durch seine Berührung würde er nicht nur ihre Reaktionen erfahren, sondern auch ihre geheimsten Wünsche lesen.

Seine Hand zitterte leicht vor Erregung, als seine Finger sich ihrer Wange näherten. Aber noch ehe er sie berühren konnte, durchfuhr ihn ein schrecklicher Schmerz, der wie ein Blitz in seinen Körper einschlug, ihn von den Beinen warf und quer durch den Raum schleuderte. Er prallte mit dem Rücken gegen die Wand und riss fast eine Vase von einem kleinen Tisch. Seine Hand brannte wie Feuer. Es fühlte sich an, als hätte er auf glühendes Eisen gefasst. Seine Handinnenfläche war gerötet, und Blasen hatten sich um den wunden Punkt gebildet. Er konzentrierte sich und schloss die Hand zur Faust. Als er sie einen kurzen Augenblick später wieder öffnete, war die Wunde verblasst.

Sein Blick schweifte zu dem Mädchen. Eine Jungfrau! Die Erkenntnis glich einem weiteren Aufprall gegen die Wand. Das war also der Grund, warum er sich so stark zu ihr hingezogen fühlte und warum sie diese außergewöhnliche Präsenz umgab. Er merkte, dass er aus der Übung war. Darauf hätte er wirklich kommen können. Ein Dämon spürte so etwas. Sie war rein, unschuldig, strahlend. Es gab wohl nichts, das für einen Dämon wie ihn verlockender war als ebendiese Reinheit. Die Sehnsucht, ihren Körper unter seinen Händen zu fühlen, war jetzt noch größer und wurde fast unerträglich. Aber er durfte sie nicht berühren. Verflucht, wer hatte nur diese Regeln gemacht?

Er würde einen Weg finden, sie zu umgehen. Er wollte diese Frau besitzen. Sie aus ihrem reinen Schlaf wachküssen und ihre Lebensenergie in sich aufnehmen. Welch ein Hochgenuss das sein würde. Ein köstliches Mahl, eine Delikatesse. Aber vorher brauchte er ihr Einverständnis. Explizit.

»Ist da jemand?«, hörte er plötzlich ihre leise Stimme. Sie jagte ihm einen heißkalten Schauer über den Rücken, denn sie klang so lieblich und warm, wie nur die Stimme einer Jungfrau klingen konnte.

Die junge Frau knipste das Licht ihrer Nachttischlampe an. Rasch verschmolz er mit dem Schatten des Kleiderschrankes, während ihre Blicke den Raum nach einem Eindringling absuchten. Vielleicht spürte sie seine Anwesenheit, aber sie konnte ihn nicht sehen.

Ihre Bettdecke lag über ihren nackten Beinen. Sie trug einen Schlafanzug mit kurzer Hose. Es sah neckisch aus. Das Gelb passte zu ihren goldenen Augen, die ihn an die Farbe der Sommersonne denken ließen.

»Hallo? Karli, bist du das?«

Sie stieg aus dem Bett, schlüpfte in ihre Pantoffeln und griff nach der leeren Blumenvase auf dem Tischchen. Auf leisen Sohlen schlich sie in den Flur und knipste das Licht an. Kendrael hörte, wie sich ihre Schritte entfernten. Doch schon nach kurzer Zeit kehrte sie wieder in ihr Schlafzimmer zurück. Natürlich hatte sie nichts finden können. Kendrael würde sich ihr erst zum richtigen Zeitpunkt zu erkennen geben. Wenn er jetzt aus dem Schatten trat, würde sie ihn fürchten und ihm niemals gewähren, sie zu berühren.

Kendrael wartete, bis sie sich ins Bett legte und er sicher war, dass sie wieder schlief. Erst dann verließ er sein Versteck und hockte sich neben sie. Ihr Gesicht war wunderschön. Und dieses Lächeln auf ihren vollen Lippen ließ ihn schwach werden. Eine Jungfrau. Es war nicht zu glauben. Sie waren schon immer eine Besonderheit gewesen, selbst in prüderen Zeiten. Der natürliche Schutz, der sie umgab, machte es Jägern wie ihm sehr schwer, sie zu erbeuten. Oft verloren sie ihre Reinheit dann auf einem anderen Weg, noch bevor ein Buhlteufel sie für sich gewinnen konnte.

Er beugte sich über sie, so dass er fast ihre Lippen berührte, die sich verführerisch öffneten, als wollte sie ihn küssen. Selbst aus dieser Entfernung spürte er die kleinen Blitze, die durch seine Haut zuckten, wenn er ihr zu nahe kam.

»Hab Geduld«, hauchte er zärtlich. »Schon bald werde ich deine Träume wahr machen.« Dann löste er sich von ihr. Er hatte auf seinem Weg durch die Stadt ein sogenanntes Internetcafé entdeckt. Er war hineingegangen, um sich einen Überblick über diese neue Welt zu verschaffen, hatte sich die neuartige Technik angesehen und was die Leute alles mit ihr anstellen konnten. Nun hatte er eine Idee, wie er Alexia verführen konnte, ohne sie durch ein plötzliches Erscheinen zu ängstigen.

Er trat an das Fenster, öffnete es leise und atmete die Nachtluft ein. Dieses Haus war von Sehnsüchten erfüllt. Und er würde sie alle wahr werden lassen.

Seit 8 Uhr morgens hallte das Geschrei von Frau Mangel aus dem dritten Stock durch den Flur. An Schlaf war von diesem Moment an nicht mehr zu denken gewesen. Alexia hatte jedoch ohnehin andere Pläne gehabt. Um 9.30 Uhr klingelte es an ihrer Tür. Melli stand mit zwei gefüllten Brötchentüten vor ihr und zuckte sichtlich zusammen, als Frau Mangel ihre Stimme zum wiederholten Male erhob.

»Wie kann man nur so blöd sein?«, brüllte sie.

»Hast du das letzte bisschen Verstand auch noch verloren?«

»Hör gefälligst zu, wenn ich mit dir rede!«

Dank der papierdünnen Wänge entging keinem Mieter der genaue Wortlaut von Frau Mangels Schimpftiraden. Ob sie sich über diesen Umstand bewusst war, wagte Alexia zu bezweifeln. Sie schätzte Frau Mangel als eine Frau ein, die nach außen hin gern einen anständigen und tadellosen Eindruck machte. Das Image eines Hausdrachens passte eher weniger dazu.

»Sag mal, streiten die sich vor ihrer Tür, oder warum ist das so laut?«, fragte Melli. Alexia zuckte hilflos die Achseln. Seit sie in die 23 gezogen war, stritt sich das Ehepaar regelmäßig. Sie hatte schon die eine oder andere Auseinandersetzung mitbekommen. Dabei war es meist Frau Mangel, die man hörte. Ihr Mann hielt sich sehr zurück.

»Komm rein, Melli«, sagte Alexia, die ihre Nachbarin zum Frühstück eingeladen hatte. Melli hatte das wohl missverstanden und selbst noch etwas zum Essen mitgebracht.

Alexia fragte sich bei dem Anblick der bis zum Rand gefüllten Tüten, wer das alles essen sollte.

Ihre Nachbarin zog ihre Mokassins aus, stellte sie neben die Tür auf eine Matte und folgte Alexia in die Küche.

»Oh, du hast ja schon gedeckt«, stellte Melli fest und setzte die beiden Tüten neben einem gefüllten Brötchenkorb ab. »Wenn ich das gewusst hätte.«

»Ich sagte doch, ich lade dich ein.«

»Ist mir irgendwie entgangen.«

»Das sehe ich. Warte kurz, ich muss nur noch eine Mail an eine Kommilitonin schicken. Wir schreiben an einer gemeinsamen Hausarbeit über differentielle Psychologie.« Alexia hatte ihren Laptop auf die Arbeitsfläche neben den Herd gestellt und hackte rasch etwas in die Tastatur.

»Aha. Das klingt spannend.« Melli schnappte sich eine saure Gurke aus einer Porzellanschüssel und biss herzhaft hinein.

»So. Fertig.«

Alexia setzte sich an den Tisch und bot Melli Orangensaft an, die aber dankend ablehnte und sich stattdessen zwei große Löffel Kakaopulver in die Milch gab. Ein wenig beneidete sie Melli um ihre schlanke Figur. Sie gehörte scheinbar zu dem Typ Frau, der alles essen konnte, ohne auch nur ein Gramm zuzunehmen.

»So, jetzt erzähl mal. Wie geht es dir, Melli? Was treibst du so?« Alexia musterte ihr Gegenüber unauffällig. Frau Wagner hatte behauptet, Melli sei noch dünner geworden. Tatsächlich wirkten ihre Wangen ein wenig eingefallen. Von den dürren Ärmchen, die fast nur aus Haut und Knochen bestanden, ganz zu schweigen.

»Gut, gut«, sagte Melli und beschmierte ein halbes Brötchen mit Ingwermarmelade. Während Alexia noch überlegte, wie sie das Thema am besten auf ihren Nachbarn Marcel lenken sollte, um herauszufinden, ob Melli sich noch immer Hoffnung machte, erklang aus den Lautsprechern ihres Laptops ein freundliches »Sie haben Post«.

»Entweder Trisha hat schon geantwortet, oder die Mail ist zurückgekommen. Ich seh kurz nach, ja?«

»Kein Problem.«

Sie checkte ihren Posteingang und entdeckte eine ihr unbekannte Mailadresse von einem Lucky_Luke. Wer war Lucky Luke? Vielleicht handelte es sich nur um eine Spamnachricht, überlegte sie. In letzter Zeit funktionierte ihr Spamfilter nicht mehr richtig, und sie bekam immer häufiger lukrative Angebote aus den USA für Penisverlängerung. Doch im Betreff stand »Hallo Alexia.« Der Typ musste also wissen, wen er angeschrieben hatte. Verwirrt öffnete sie die Mail. Melli musste bemerkt haben, dass etwas nicht stimmte, und fragte: »Alles in Ordnung?«

»Ja, mir hat hier nur jemand geschrieben, den ich nicht kenne.«

Als wären dies die magischen Worte gewesen, sprang Melli auf und stellte sich neugierig neben sie. »Wie aufregend, ein geheimer Verehrer?«

»Woher sollte der meine Mailadresse haben?«

»Lies doch erst mal, was er schreibt. Vielleicht klärt sich dann alles von selbst?«

Alexia nickte zögerlich.

Hallo Alexia,

ich bin der Lucas aus Berlin. Bin auf dein Profil im Flirtportal gestoßen und habe gesehen, dass du Nightwish-Fan bist. Ich finde die Band auch toll, mag besonders die neue Sängerin, klingt moderner als früher. Würde gern noch mehr über dich erfahren. Was hältst du davon, wenn wir uns mal treffen? Meld dich bei mir.

Ciao
Lucas.

Sie fand die E-Mail nicht sonderlich originell. Diese Dreizeiler, die rein gar nichts über einen Menschen verrieten, waren nicht ihr Ding. Auch wenn er durchaus nett klang, sofern man das bei einer so geringen Wörterzahl überhaupt sagen konnte. Wenigstens wusste sie jetzt, woher er ihre E-Mail-Adresse hatte. Nach der Pleite mit Sven hatte sie eigentlich beschlossen, ihr Profil im Flirtportal zu löschen, es aber dann vergessen. Wie gut, dass Lucas sie daran erinnerte. Das würde sie gleich heute erledigen.

»Ohhh, ist das süß.« Melli schlug vor Begeisterung die Hände zusammen. »Du wirst ihm doch schreiben, oder?«

»Ich denke nicht.«

Alexia setzte sich wieder an den Tisch und überlegte, was

sie essen sollte. Sie entschied sich für ein Vollkornbrötchen und etwas magere Hähnchenbrust. Das war gesund und hatte wenig Kalorien.

»Wieso denn nicht? Der scheint dich zu mögen«, sagte Melli völlig verständnislos und ließ sich wieder auf ihren Stuhl fallen.

»Er kennt mich doch gar nicht. Im Internet treiben sich viele Spinner herum. Man muss vorsichtig sein.«

Melli schwieg eine ganze Weile, aß ihr Marmeladenbrötchen und nippte nachdenklich an ihrem Kakao, während Alexia noch immer nach einer Möglichkeit suchte, das Thema geschickt auf Marcel zu lenken.

»Da stand etwas von einem Flirtportal«, sagte Melli plötzlich, als hätte sie eine Eingebung.

»Ja, er ist dort auch angemeldet, wie es scheint.« Sie wünschte wirklich, Melli würde das Thema auf sich beruhen lassen. Sie hatte kein Interesse mehr an einer Internetbekanntschaft. Aber Melli ließ nicht locker. Vielleicht, weil sie ganz genau wusste, worüber Alexia eigentlich mit ihr sprechen wollte.

»Wieso schaust du dir sein Profil nicht an? Der muss doch eins haben, wenn er da angemeldet ist.«

Alexia schluckte einen dicken Bissen hinunter und schüttelte den Kopf. Sie musste nur an Sven denken, und ihr verging jeglicher Enthusiasmus.

»Jetzt sei doch nicht so stur. Schau ihn dir wenigstens an. Da ist doch nichts dabei. Vielleicht sieht er ja ganz toll aus?«

»Es gibt Leute, die falsche Angaben machen, und welche, die falsche Bilder hochladen.«

»Und es gibt auch noch ehrliche Menschen auf der Welt.« Melli schien eine unverbesserliche Optimistin. Vielleicht hatte sie ja recht. Es war sicher falsch, jedem, der im Netz aktiv war, von Grund auf zu misstrauen.

»Darf ich ihn mir wenigstens ansehen?«, bat Melli.

»Meinetwegen. Die Adresse findest du bei den Lesezeichen.«

Melli hätte keine Ruhe gegeben, wenn sie ihr das nicht erlaubt hätte. Das wusste Alexia. Obwohl sie langsam selbst etwas neugierig wurde, wer sich hinter dem Pseudonym Lucky Luke verbarg.

»Ich brauche deine Hilfe, ich komme hiermit nicht klar.«

Alexia seufzte lange und gedehnt. Sie fragte sich ernstlich, ob Melli das mit Absicht machte. Doch die kleine Maus wirkte tatsächlich überfordert. Also erhob sie sich, ging zu ihrem Laptop und loggte sich ins Flirtportal ein, um in der portalinternen Suchmaschine nach Lucky Luke zu suchen.

In weniger als einer Sekunde wurde das Programm fündig. Lucas' Foto war sehr klein, aber man konnte schon jetzt erkennen, dass er tatsächlich nicht schlecht aussah.

»Wow«, kommentierte Melli.

Alexia, die alle guten Vorsätze beim Anblick des Bildes über Bord geworfen hatte, klickte es an, um eine größere Version einzusehen. Es öffnete sich ein weiteres Fenster, das ihr Lucky Luke in voller Größe präsentierte. Blonde Haare, ein freundliches Lächeln, das sowohl warm als auch frech aussah und sie an den jungen Harrison Ford denken ließ, ein markantes, männliches Kinn, das Willensstärke verhieß, und hinreißende blaue Augen, die etwas Melancholisches an sich hatten.

»Das muss ein Fake sein.« Niemand sah so gut aus und war trotzdem darauf angewiesen, im Internet einen Partner zu finden.

Melli war ganz anderer Meinung. »Das kann ich mir nicht vorstellen.« Sie nahm Alexia die Maus aus der Hand und klickte auf Lucas' Steckbrief.

Alter: 31 Jahre
Sternzeichen: Stier

Das war schon ein eigenartiger Zufall, Alexia war ebenfalls Stier! Außerdem war sie 9 Jahre jünger als er.

Größe/Figur: 197 cm/85 kg

Mein Gott, um ganze 37 cm würde er sie überragen. Alexia mochte große Männer, aber das war schon etwas grenzwertig.

Hobbys: Motorradfahren, Schwimmen, Kino, Musik (Nightwish)

Mit seinen Hobbys konnte sie sich theoretisch arrangieren.

Sexuelle Vorlieben …

Diese Sparte hatte er tatsächlich ausgefüllt? Das fand sie mutig.

… Ich bin einfühlsam, zärtlich, romantisch, erfahren, kann aber auch dominant sein. Alles ist erlaubt, solange wir uns dabei wohl fühlen. Bin offen für jede Spielerei, man sagt nicht umsonst, ich hätte eine fesselnde Persönlichkeit :o) Neugierig geworden? Wenn du mehr wissen möchtest, schreib mir. Ich freue mich.

»Fesselnde Persönlichkeit. Wenn das keine Anspielung ist.«

»Klingt doch aufregend«, sagte Melli zu ihrer Überraschung. Alexia hätte nicht gedacht, dass sich ihre Freundin für Fesselspiele begeistern konnte.

»Also schreibst du ihm?« Melli zerrte aufgeregt an Alexias T-Shirt-Ärmel. Es war klar, dass Melli diese Chance sofort ergreifen würde, wenn sie an ihrer Stelle wäre. Aber Alexia war unsicher, was sie tun sollte. Vielleicht war er ja tatsächlich ein netter Kerl …

Als Marcel Klett seine Wohnung verließ, stieß er fast mit Frau Mangel zusammen. Die wirkte ziemlich aufgelöst und durcheinander, atmete stoßweise und röchelte dabei wie eine Frau, die unter schwerem Asthma litt. Mit einem Taschentuch wischte sie sich hektisch über Stirn und Wangen und anschließend über das Dekolleté. Ihre sonst vornehm hochtoupierten Haare standen nach allen Seiten ab und entgegen ihrer sonstigen Angewohntheit trug sie heute kein Make-up, nicht einmal die Augenbrauen waren nachgezogen. »Vorsicht«, sagte Marcel und versuchte die ältere Dame aufzufangen. Erst jetzt fiel ihm auf, dass Frau Mangel einen kleinen Koffer in der Hand hielt.

»Es geht schon«, sagte sie unfreundlich, befreite sich aus der unfreiwilligen Umarmung und ging eilig an Marcel vorbei die Treppe hinunter. Er sah ihr verwundert nach und stellte dabei fest, dass Frau Mangel Pantoffeln an den Füßen trug. Es sah ganz danach aus, als hätte seine Nachbarin in großer Hektik die Wohnung und somit auch ihren Mann verlassen. Schon den ganzen Morgen hatte das Ehepaar gestritten. Es waren Türen zugeflogen und manchmal hatte es sogar danach geklungen, als hätte jemand Geschirr auf dem Boden zertrümmert. Das war an und für sich nichts Ungewöhnliches für Familie Mangel. Seit Marcel in die 23 gezogen war, spielten sich diese Szenarien in regelmäßigen Abständen ab. Heute hatte das Paar aber gar keine Ruhe finden wollen, und Marcel vermutete, dass der Streit schließlich eskaliert war. Als er auf die Straße trat, konnte er gerade noch beobachten, wie Frau Mangel in ein Taxi stieg, ohne sich umzublicken. Seine Gedanken drifteten zu Tanja ab. Sie hatte sich nicht mehr bei ihm gemeldet. Marcel war enttäuscht, aber nicht traurig. Vielleicht war es besser so.

Er schloss sein Fahrrad los und radelte durch den Park zum Hallenbad. Um diese Jahreszeit war es nicht sonderlich gut besucht, denn die meisten zogen das Freibad mit der Möglichkeit, sich auf den weitflächigen Wiesen zu sonnen, vor. Aber Marcel war im Augenblick in einer Phase, in der er allein sein wollte.

Zweites Opfer.
Name: Marcel Klett.
Alter: 27 Jahre.
Wohnhaft: Lazarusweg 23, 2. Stock.
Geheimer Wunsch: Dominanz- und Unterwerfungsspiele.

Marcel nahm eine kalte Dusche, ging in die Schwimmhalle und stürzte sich mit einem Hechtsprung ins Wasser. Er schoss wie ein Aal durch das kühle Nass, zog kleine Wellen hinter sich her und tauchte am Ende der Bahn prustend auf.

Die nächste Bahn meisterte er im Rückenschwimmen. Seine muskulösen Arme schossen in die Höhe, trieben eine

Flut aus glitzernden Perlen hinauf, die gleich darauf in einem herrlich kühlen Schauer ins Wasser zurückglitten. Nach einer halben Stunde kletterte er aus dem Becken, wickelte sich in ein großes warmes Handtuch und machte sich auf den Weg in die Dusche zurück.

Dort angekommen stellte er fest, dass er nicht allein war und sich außerdem in der Tür geirrt haben musste, denn die nackte schmale Gestalt, die mit dem Rücken zu ihm stand und sich mit schäumendem Duschgel einrieb, war gewiss kein Mann. Ihr Po war füllig, Taille und Schultern hingegen wirkten sehr schmal. Auf die seidig schimmernde Haut hatten sich einzelne Perlen gesetzt. »Verzeihung«, sagte er peinlich berührt und wollte sich umdrehen, da fuhr die Fremde herum und blickte ihn durch eine dichte Dunstwolke verführerisch an. Er konnte nur ihre Augen erkennen, die geheimnisvoll glitzerten, und Marcel, der seine Beine nicht mehr spürte, in ihren Bann zogen. Tropfend hingen ihr die nassen Haare ins Gesicht. Er konnte sich weder vor- noch zurückbewegen. Es fühlte sich an, als sei er am ganzen Körper gelähmt.

Die Situation, die mysteriöse Fremde, alles erschien ihm surreal, aber auch auf eine verwirrende Weise sehr erregend.

Er ließ seinen Blick über ihren Körper schweifen und versuchte, die Frau zu erkennen. Sie kam ihm vertraut vor, obwohl er sie nicht richtig einordnen konnte. Sie hatte kleine, aber feste Brüste, zarte Arme und ein süßes Becken, das nicht zu breit und nicht zu schmal war. Erst jetzt sah er, dass sich ihre Hände zwischen ihren Beinen befanden, sacht über den behaarten Streifen an ihrem Venushügel rieben und dabei zärtlich auf und ab glitten. Ganz offensichtlich hatte er sie bei etwas sehr Privatem gestört.

»Ich … sollte … besser gehen«, sagte er und seine Stimme klang heiser.

»Nicht doch. Sie haben sich nicht in der Kabine geirrt.«

»Nicht?« Die Hitze stieg ihm in die Wangen. Schweiß perlte von seiner Stirn.

»Ehrlich gesagt, habe ich hier auf Sie gewartet.«

Sie lachte leise und schüttelte sich, so dass ihr das Haar noch tiefer ins Gesicht fiel.

»Ich hoffe, Sie sind mir nicht böse, aber ich muss Ihnen noch ein weiteres Geständnis machen. Ich habe Sie auch beim Schwimmen beobachtet. Sie sind äußerst grazil und zugleich kraftvoll und sehr männlich.«

Ihre Beichte schmeichelte ihm, verschlug ihm aber gleichzeitig die Sprache.

»Kommen Sie.« Sie streckte ihm die Hand entgegen. »Sie wollen sich doch sicher ein wenig aufwärmen. Ich sehe da eine Gänsehaut an Ihren Beinen.« Ihr Blick war eindeutig nicht auf seine Oberschenkel, sondern knapp darüber gerichtet. Sie befeuchtete ihre Lippen mit der Zunge, wie eine Katze, die sich die süße Milch aus den Barthaaren schleckte. Ein heißer Schauer jagte über Marcels Rücken. Eine solche Einladung konnte er nicht ablehnen. Er war sehr gespannt, worauf das alles hinauslaufen sollte, und folgte ihr unter die Dusche. Eine Glocke aus Dunst umschloss ihn. Er hatte fast das Gefühl, durch eine dichte Nebelwand zu blicken. Das Wasser war herrlich warm. Angenehm weich prasselte es auf ihn hinab. Er wischte sich mit beiden Händen die feuchten Haare aus dem Gesicht.

»Haben Sie kein Duschgel?«, fragte die Fremde und blickte zu ihm auf. Sie war sehr zierlich und reichte ihm knapp bis zur Nase. Durch das heiße Wasser und den Dunst verschwamm seine Sicht. Seltsamerweise konnte er aber sehr genau ihre schimmernden Augen erkennen. Es schien, als würden sie ihn durch einen Schleier hindurch anblicken. Erneut stieg in ihm ein Gefühl der Vertrautheit auf. Er kannte diese Frau. Aber er wusste nicht woher. Ganz gewiss war sie keine seiner Exfreundinnen. Er hätte sie an ihren Stimmen erkannt.

»Nein.«

»Macht nichts, dann nehmen wir meins.« Plötzlich spürte er ihre Finger auf seiner Brust, die ihn sanft massierten. Mit der anderen Hand griff sie nach dem Duschgel, das auf einer kleinen Ablage stand.

»Ihre Brust ist verkrampft. Entspannen Sie sich, ich will Sie doch nur einreiben.«

Einreiben? Nach diesen Worten wünschte er, sie würde an einer ganz anderen Stelle reiben. Mit einem Lächeln auf den Lippen verteilte sie das angenehm kühle Gel auf seiner Haut, bis sich Schaum bildete.

»Machen Sie das öfter? Männer in Duschkabinen überfallen?«

Sie lachte. »Sie sind der Erste.«

Marcels Rechte begab sich auf Wanderschaft und umschloss kräftig ihren Po. Die andere streichelte zärtlich die Kuhle über ihrem Schlüsselbein. Genau an der Stelle, wo er selbst besonders empfindlich war. Dann glitt seine Hand tiefer. Über ihren flachen Bauch, bis sie den Venushügel erreichte. Sanft strich er durch ihr Schamhaar. Es war voll, weich, und er spürte etwas Feuchtes an seinen Fingern. Er wusste nicht, ob es ihre Lust oder das prasselnde Wasser war. Vorsichtig strich er mit der Zungenspitze über seine Fingerkuppe, um es herauszufinden, und schmeckte eine angenehme Süße.

»Sie scheinen den kleinen Überfall zu genießen«, sagte sie und lächelte geheimnisvoll.

Tatsächlich fand Marcel das alles sehr aufregend. Er wollte wissen, wer die fremde Verführerin war. Sacht hob er die Hand, in der Absicht, ihr die nassen Haare aus dem Gesicht zu streichen. Doch ehe er sie berühren konnte, verspürte er einen starken Druck auf seinen Schultern. Ihre Hände beförderten ihn langsam auf die Knie. Marcel war zu überrascht, um Protest zu erheben. Und als sein Gesicht vor ihrer Scham schwebte, hielt er das auch gar nicht mehr für nötig. Im Gegenteil, dieser Anblick war jede Unannehmlichkeit wert, und er ignorierte den leichten Schmerz, den die harten Kacheln an seinen Knien verursachten.

Mit beiden Händen befreite er sein Glied aus seiner Badehose, die inzwischen zu eng geworden war. Da spürte er ihren festen Griff in seinem nassen Schopf, und sie drückte seine Lippen gegen ihre Schambehaarung, führte sie tiefer, bis er ihre Feuchte schmeckte.

»Zu einem Überfall gehört es auch, dass der Überfallene die Kontrolle abgibt.«

Kontrolle abgeben? Marcel wurde immer heißer. Und das lag nicht an der Temperatur des Wassers. Diese Frau machte ihn höllisch an.

»Leck mich«, sagte sie mit fester Stimme. Das war keine Option, sondern ganz klar ein Befehl. Marcels Gesicht tauchte in ihre Feuchte ein. Seine Zunge glitt zärtlich zwischen die kleinen Schamlippen auf der Suche nach ihrer empfindlichsten Stelle.

Ihre Hand steuerte seine Kopfbewegung, und seine Hand schloss sich fest um sein Glied, rieb an ihm, während er sie gleichzeitig bediente. Nein, nicht bediente. Ihr diente. Marcel genoss seine Rolle. Es war, als hätte er seit langer Zeit etwas gesucht und es endlich gefunden. Hitze stieg ihm in die Wangen und in die Lenden, und das Wasser floss ebenso heiß über seinen Rücken. Die Fremde beugte sich zu ihm hinunter, küsste seinen Hals, zwickte hinein und steckte ihm schließlich ihre Zunge tief in den Mund. Marcel zuckte zurück, aber sie hielt seinen Hinterkopf fest. Es gelang ihm nicht, sich aus der Umklammerung zu befreien. Aber eigentlich wollte er das auch gar nicht, obwohl es ihm gefiel, ein wenig den Hilflosen zu spielen. Gierig stieß die Spitze seiner Eichel ins Leere, während ihre Lippen seinen Mund ganz und gar verschlossen, so dass er nur durch die Nase atmen konnte. Sie setzte sich auf seinen Schoß, aber sein Glied konnte nicht eindringen. Ihre Pobacken drückten es auf seine Oberschenkel. Ein leiser Schmerz durchfuhr ihn.

Sie drückte ihn kraftvoll mit dem Rücken gegen die kühle gekachelte Wand. Er war erstaunt darüber, wie kräftig diese dünnen Ärmchen doch waren. Dann sah sie ihm tief in die Augen. Das Funkeln in ihnen war ihm vertraut. Erneut wollte er ihre Haare zur Seite schieben und herausfinden, wer die schöne Verführerin war.

Aber anstatt das zu tun, stützten seine Hände ihren Po, während seine Lippen über ihren Mund, ihre Wange und über ihre Halsbeuge wanderten. Besitzergreifend schlug sie ihre Nägel in seine Schultern. Der leichte Schmerz machte ihn an. Marcel stöhnte leise. Seine Oberschenkel verkrampften sich, er rieb sich schneller und fester an ihrem Po, bis sich der Krampf endlich löste und er erschöpft an der Wand hinuntersank. Da spürte er ihre heißen Lippen auf seinen und ein eigenartiges Gefühl breitete sich in seiner Brust aus. Eine schier unerträgliche Hitze glühte in seinem Inneren. Er glaubte jeden Moment das Bewusstsein zu verlieren. Dann wanderte das Gefühl weiter hinauf, in seinen Hals, drohte ihn zu ersticken und floss schließlich in seinen Mund und von dort in ihren. Ein leidenschaftlicher, heißer, unbändiger Kuss, der viel zu kurz war. Die Fremde erhob sich und schaltete die Dusche ab.

»Mir ist schwindelig«, hauchte er. Grelle Flecken tanzten vor seinen Augen.

»Ich weiß«, sagte sie und verschwand hinter einem dunklen Schleier.

»Ist der Mann tot, Papa?« Eine helle Kinderstimme schreckte Marcel aus seinem Schlaf. Erschrocken schlug er die Augen auf und blickte in das kleine runde Gesicht eines ihm unbekannten Jungen.

»Ist Ihnen nicht gut?«, fragte der Vater des Kindes und hockte sich zu Marcel auf den Boden. Mit den Fingern tastete er nach Marcels Halsschlagader, um den Puls zu fühlen.

Marcel war irritiert, und es brauchte seine Zeit, ehe die Erinnerung zurückkam und er wieder wusste, wo er sich eigentlich befand.

»Alles in Ordnung«, sagte er erschöpft und drückte die Hand fort. Aber das entsprach nicht ganz der Wahrheit. Sein Herz raste ohne Unterlass, und ihm war so heiß, als fieberte er. Außerdem verspürte er einen unangenehmen Druck in der Brust.

»Ihr Puls ist ein wenig schnell«, sagte der Mann und wich zurück. »Sie sollten vielleicht einen Arzt konsultieren.«

»Es ist nichts«, beharrte Marcel und blickte sich um. Wo war die Fremde? »Haben Sie hier eine zierliche Frau gesehen?«, fragte er den hilfsbereiten Herrn, aber der runzelte nur verwirrt die Stirn und schüttelte den Kopf. »Sie sehen sehr blass aus. Wahrscheinlich hatten Sie einen Kreislaufzusammenbruch. An Ihrer Stelle würde ich …«

Marcel überhörte alle weiteren gutgemeinten Ratschläge und wankte zu den Umkleidekabinen. Er musste im Duschraum eingeschlafen sein und versuchte nun, das Geschehene zu rekapitulieren. Aber wo war sie? Warum hatte sie ihn allein zurückgelassen, anstatt ihm zu helfen? Sein Kopf schmerzte und pochte ohne Unterlass.

Aber dann sah er allmählich klarer. Die Fremde hatte ihm nicht helfen können, weil es sie nicht gab. Sie war nur seiner Phantasie entsprungen. Ein Traum. Mehr war es nicht gewesen.

Aber diese Augen! Er konnte sie nicht vergessen. Irgendwo hatte er sie schon einmal gesehen. Sein Blick fiel auf die große Wanduhr und er erschrak. Zwei Stunden waren vergangen, seit er in der Duschkabine eingeschlafen war. Erst jetzt hatte man ihn entdeckt. Ihm graute davor, was passiert wäre, wenn der junge Mann und sein Sohn nicht aufgetaucht wären. Wenigstens ging es seinem Kreislauf allmählich besser. Müde kleidete er sich an und machte sich auf den Heimweg.

Tanja Gärtenfeld hatte heute etwas getan, was sie normalerweise nie tun würde. Sie hatte sich krankgemeldet, obwohl ihr körperlich nichts fehlte. Die Nacht war sehr lang und ohne ergiebigen Schlaf gewesen. Die Erinnerung an Marcels Bildchensammlung hatte sie wach gehalten. Sie fühlte sich gerädert.

Tanja hatte genügend Zeit gehabt, sich Gedanken zu machen, wie es mit ihrer Beziehung weitergehen sollte. Aber sie war bisher zu keinem Entschluss gekommen. Wahrscheinlich mochte sie ihn mehr, als ihr lieb war, doch wiederum zu wenig, um ihm einfach so zu verzeihen und zu ihm zurückzukommen, was er sicherlich von ihr erwartete. Denn Marcel war von sich sehr eingenommen.

Tanja saß in ihrem Lieblingscafé und blickte gedankenverloren auf die Straße. Geschäftige Leute waren unterwegs. Männer und Frauen in Anzügen und mit Aktentaschen bewaffnet gingen in die feinen Restaurants auf der gegenüberliegenden Straßenseite, um dort ihre Mittagspause zu verbringen.

Es tat gut, einmal nicht zur Arbeit zu müssen und sich stattdessen um das eigene Wohlbefinden zu kümmern. Sie nahm eine Waffel von ihrer Untertasse und tunkte sie in ihren Milchkaffee, an dem sie gleich darauf nippte. Das Koffein würde ihr hoffentlich helfen, endlich wach zu werden und klar zu denken. Doch ihre Gedanken drehten sich immer weiter im Kreis. Sie war nicht dazu fähig, eine Entscheidung zu treffen. Es fehlte der letzte Anstoß in die eine oder andere Richtung.

Ein Teller mit einem Stück Aprikosenkuchen schob sich unter ihre Nase. »Den habe ich nicht bestellt«, sagte Tanja, während sie den verführerischen Duft des Kuchens einatmete. Er roch köstlich. Fast war sie versucht zu sagen, er solle den Kuchen doch stehen lassen. Aber sie bekam nun gewiss keinen Bissen hinunter.

Der Kellner schien ihre Anordnung nicht zu verstehen und stellte den Teller einfach ab.

Tanja hob irritiert den Blick und erschrak, als sie ihm ins Gesicht sah. Es war nicht die Bedienung, die vor ihr stand, sondern Daniel Rieber. Ihr Exfreund.

»Wusste ich es doch, dass ich diesen hübschen Rücken kenne«, sagte Daniel.

»Was ... machst du denn hier?«, stammelte sie immer noch verwirrt. Lebte er nicht mehr im Ausland? Er war doch nach London gegangen, um dort zu studieren.

»Das ist nicht nur dein Lieblingscafé. Darf ich?«

Sie nickte. Daniel setzte sich an ihren Tisch und reichte ihr die Gabel für den Kuchen. »Den magst du doch so gern«, erinnerte er sich völlig richtig.

Tanja freute sich ehrlich, ihn wiederzusehen. Sie hatten sich im Guten getrennt, weil sie eingesehen hatten, dass eine Fernbeziehung für beide nicht das Richtige war.

»Bist du zu Besuch?«, fragte sie und nahm einen zaghaften Bissen.

»Nein. Ich bleibe in Berlin.«

Die Überraschungen nahmen kein Ende. Daniel war damals so euphorisch gewesen, in England zu leben, dass sie nicht erwartet hatte, er würde jemals zurückkommen. Eine Frage brannte ihr nun auf der Zunge und sie musste sie unbedingt stellen. »Warum?«

Der Grund konnte alles Mögliche sein. Hatte das Studium ihn überfordert? Oder hatte er dort keinen Anschluss gefunden? Vielleicht war es ja auch, weil er sie ... nein, den Gedanken traute sie sich nicht zu Ende zu führen.

Daniel bestellte sich einen Cappuccino und spielte mit der Blüte der künstlichen Blume, die auf dem Tisch stand. »Um ehrlich zu sein«, fing er an und brach sogleich wieder ab, als ihm der Kellner die Tasse brachte.

»Um ehrlich zu sein?«, hakte sie nach.

»Ich habe mein altes Leben vermisst. Meine Familie. Meine Freunde.« Nun sprach er etwas leiser. »Dich.«

»Ging mir genauso«, platzte es aus ihr heraus. Es war die Wahrheit. Sie hatte ihn vermisst. Daniel sah nicht aus wie Johnny Depp, er hatte nicht dessen markantes Kinn und auch nicht seinen feurigen Blick. Er war nicht so athletisch wie Marcel, weder so groß noch so breitschultrig. Aber er hatte Tanja etwas gegeben, das Marcel nicht vermocht hatte. Das Gefühl, nicht allein zu sein. Jemanden zu haben, der sich um sie sorgte und auf sie achtete. Und als er sie verlassen hatte, hatte sie es bei keinem anderen Mann mehr so intensiv gespürt wie bei ihm.

Daniel lächelte verlegen. »Sag mal, würdest du …«

»Ja?«

»Mit mir ins Kino gehen? Heute Abend?«

»Sehr gern.«

Vielleicht war das der Anstoß, auf den sie gewartet hatte.

Als Alexia Kling die Jazz & Bass Bar betrat, zweifelte sie ernsthaft an ihrem Verstand. Sie musste einen Aussetzer gehabt haben, als sie Lucas' Mail entgegen ihrer Grundsätze beantwortet hatte. Melli war an dem Schlamassel schuld. Sie war am Nachmittag noch einmal zu ihr gekommen und hatte so lange auf sie eingeredet, bis Alexia schließlich nachgegeben hatte. Das Resultat war eine überschwängliche Antwort von Lucas, der darauf bestanden hatte, Alexia in die Jazz & Bass Bar einzuladen. Seiner Ansicht nach gab es hier die besten Cocktails der Stadt und gute Live-Musik.

Die Bar war überraschend voll. Alexia musste sich an zwei Herren in schwarzen Anzügen vorbeidrängen, um einen Blick auf die kleine Bühne zu erhaschen. Das für Jazzbars typische gedimmte Licht lag schwer über dem U-förmigen Raum, genauso wie der Geruch von Zigaretten. An der Decke war eine Lichterkette angebracht, die alle paar Sekunden die Farben wechselte. Überall standen kleine runde Tische, an denen Leute in Anzügen und schicken Kleidern saßen. Alexia fühlte sich plötzlich in ihrer Jeans und dem einfachen T-Shirt extrem schäbig, dabei war sie so stolz gewesen, dass sie endlich wieder in diese Hose passte. Zwei Kilo mehr oder weniger machten bei festem Jeansstoff einiges aus.

Ein Pianist schlug in die Tasten, wippte mit dem Kopf im Takt, und eine Sängerin hauchte süße Klänge in ein leicht übersteuertes Mikrophon. Alexia hatte sich im Internet über die Jazz & Bass Bar schlaugemacht. Hier traten regelmäßig unbekannte Talente auf, die darauf hofften, entdeckt zu werden. Die Stimme der Sängerin gefiel ihr. Obwohl sie eher schwach klang und sie mehr flüsterte als sang, gelang es ihr doch wunderbar, die geheimnisvolle Atmosphäre der Bar einzufangen. Alexia stand eine Weile da und hörte ihr zu, ehe sie sich an qualmenden Damen in verflucht offenzügigen Kleidern vorbei zur Bar vorarbeitete. Hier wollte Lucas sie um Punkt 20 Uhr treffen. Alexia war zu früh da.

»Was darf's denn sein?«, fragte ein schrankhoher Barkeeper in einer viel zu engen Weste. Alexia hatte keine Ahnung, was man hier in der Regel bestellte, also wählte sie etwas Unverfängliches.

»Ein Ginger Ale, kommt sofort.«

Zwei Minuten später stand ein schmales Glas mit einem kohlensäurehaltigen Ingwersoftdrink vor ihr. Lucas ließ auf sich warten. Nach zwanzig weiteren Minuten kamen Alexia Zweifel, ob ihr Internetbekannter überhaupt noch auftauchen würde. Jetzt war er schon zehn Minuten überfällig, und der Zeiger bewegte sich rasend schnell auf die 15-Minuten-Grenze zu. Alexia war eigentlich ein geduldiger Mensch, doch Pünktlichkeit war ihr extrem wichtig. Sie nippte an ihrem Ginger Ale, und als sie das nächste Mal zum Glas griff, waren bereits weitere zehn Minuten vergangen. Na fein, dann war sie eben wieder auf einen Blender hereingefallen. Sie würde jetzt nicht länger auf ihn warten. Aber Melli würde etwas von ihr zu hören bekommen.

»Zahlen, bitte.« Sie gab dem Barkeeper ein Handzeichen, der auch gleich ordentlich abkassierte. Vier Euro für einen Viertelliter. Das waren astronomische Preise.

»Ick find die sowatt von heiß, Fritz, dit kannste mir glooben tun«, hörte sie den Mann neben sich krakeelen. Diese Stimme! Die kannte sie doch!

Alexia drehte sich so abrupt auf ihrem Hocker um, dass sie um ein Haar hinunterfiel. Neben ihr saß tatsächlich der widerliche Sven aus dem Antiquitätenladen.

»Ditte sind mal Titten, ick fühl mir schon richtig uffjeheizt.«

Sein Blick war auf die Sängerin gerichtet, die zugegebenermaßen einen äußerst ansehnlichen Vorbau ihr Eigen nannte. Alexia wurde mit einem Schlag alles klar. Sven hatte sie neulich doch erkannt und ihr die E-Mail geschickt. Er hatte sie hierhergelockt. Er war Lucas und das alles nur ein verzweifelter Versuch, sie doch noch ins Bett zu bekommen. Seinen Kumpel Fritz hatte er auch gleich mitgebracht. Na, da hatten sich diese Typen aber mächtig geschnitten. Glaubten die allen Ernstes, sie würde auf so einen billigen Trick hineinfallen? Wut packte sie. Sie schob sich die Ärmel hoch und baute sich vor den beiden Männern auf. Ganz instinktiv ging sie dabei etwas auf die Zehenspitzen, um ihre geringere Körpergröße auszugleichen. Fritz fühlte sich gestört, weil sie ihm den Blick auf die Bühne versperrte. Svens Augen jedoch weiteten sich, als er sie plötzlich erkannte.

» Ach nee, die kenn ick doch. Die unfreundliche Kundin aus meenem Laden.«

»Du musst mich wirklich für unglaublich dumm halten«, fuhr sie ihn an. In ihrer Wut ballte sie ihre Hände zu Fäusten. Kein Wunder, dass sie völlig umsonst auf den attraktiven Lucas gewartet hatte. Es gab ihn überhaupt nicht. Wie sie es von Anfang an vermutet hatte, war Lucas nichts als ein Internetfake. Sie ärgerte sich maßlos, ein zweites Mal auf Sven reingefallen zu sein. Am liebsten hätte sie ihn dafür geohrfeigt. Sie musste sich ziemlich beherrschen, damit ihr die Hand nicht ausrutschte.

»Ick weeß nich, watt du meenst, aber ick mag Frauen mit Temperament, und dat wir uns hier wiedersehen, is wohl ooch keen Zufall.« Er zwinkerte ihr anzüglich zu. O ja, von Zufall konnte wohl kaum die Rede sein.

»Bin ick dir wohl nich mehr aus'm Kopf jegangen, wa?« Das reichte! Was bildete er sich ein? Nun mischte sich auch noch Fritz ein.

»Ist ja echt ne heiße Biene. Die würd ick echt gern mal bestäuben.«

Diese Kerle waren wirklich mehr als hohl.

»Erstens werden nicht die Bienen, sondern die Blumen bestäubt. Und zweitens könnt ihr mich mal kreuzweise.«

Sie wusste nicht, was sie eigentlich erwartet hatte. Vielleicht eine Entschuldigung. Aber die beiden Männer hatten kein Benehmen und würden den Teufel tun, ehe sie ihren Fehler eingestanden. Sie hatte genug von ihnen, wollte sich nicht länger über sie ärgern und marschierte los in Richtung Ausgang, da hielt Fritz sie plötzlich am Arm fest. Mit einem Ruck versuchte sie sich loszureißen, brachte aber nicht genug Kraft auf.

»Nich so schnell mitten jungen Pferden. Ick globe wir haben da ooch noch een Wörtchen mitzureden.«

Er zog sie zurück und starrte sie mit gierigen Augen an. Sein Blick blieb auf ihren Brüsten haften, und Alexia wünschte inständig, sie hätte eine Jacke dabeigehabt, die sie sich hätte überziehen können. Die beiden Männer wurden ihr allmählich unheimlich. Sie würden doch nicht so dumm sein, sie mitten in der Bar zu belästigen, wo es jeder mitbekommen würde. Ein Blick um sie herum verriet, dass die beiden gar nicht so blöd gedacht hatten. Die meisten Leute waren mit sich selbst oder dem Geschehen auf der Bühne beschäftigt, und der Barkeeper hatte sich gerade in den Lagerraum zurückgezogen. Niemand bemerkte ihr Gerangel, und die Musik war so laut, dass man das Gespräch am Nachbartisch schon nicht mehr richtig mitbekam. Noch dazu hielt Fritz sie lediglich am Arm fest. Aus der Entfernung sah das ganz harmlos aus. Sie war schließlich nicht gefesselt, geknebelt oder wurde im Schwitzkasten gehalten.

»Lasst das, oder ich schreie«, sagte Alexia und meinte es ernst. Einen Schrei würden die Leute hören. Das war so sicher wie das Amen in der Kirche. Ihre Stimme war laut und kräftig.

»Jetzt mach uns mal keene Angst hier, Süße. Wir tun dir doch jar nichts«, lenkte Sven ein und lachte, als wollte er die Situation entschärfen.

»Dann sag deinem Kumpel, dass er mich loslassen soll, wenn ihr keinen Ärger wollt.« Noch immer quetschte Fritz ihren Arm, der langsam zu schmerzen begann.

»Ick find dir aber süß«, sagte er und kräuselte die wulstigen Lippen, als wollte er ihr einen Kuss aufdrücken. Alexia wich angewidert zurück. Da zog er sie einfach näher zu sich heran. Eine widerliche Fahne schlug ihr entgegen.

»Gibt es ein Problem?« Dunkel und kraftvoll drang eine fremde Stimme über das Getöse hinweg.

Alexia drehte den Kopf ungelenk zur Seite und blickte über ihre Schulter. Hinter ihr stand ein wahrer Hüne! Sie konnte den Kopf nicht weit genug drehen, um sein Gesicht zu erkennen. Dafür hätte sie größer sein müssen. Sie sah nur seine mächtigen Schultern.

»Die Dame sagte, sie möchte losgelassen werden.«

Auch Fritz und Sven schienen von der imposanten Gestalt beeindruckt. Fritz parierte sofort, ließ Alexia los und senkte den Blick, wie es Menschen tun, die sich unterlegen fühlen.

Ihr unbekannter Retter machte einen Schritt hinter sie, so dass sie mit dem Rücken gegen seine harte Brust stieß. Unter dem Stoff seines Hemdes glaubte sie jeden einzelnen Muskel zu spüren.

»Jehn wa besser ma«, sagte Sven auffällig hastig, warf ein paar Münzen auf die Theke und sprang von seinem Hocker. Fritz tat es ihm gleich und folgte ihm zum Ausgang. Alexia war verblüfft, wie schnell die beiden aufgegeben hatten. Gleichzeitig war sie froh und erleichtert.

»Vielen Dank«, sagte sie und drehte sich zu ihrem Retter um. Der war mindestens einen Kopf größer als sie, wahrscheinlich sogar mehr. Etwas Finsteres lag in seinem Blick, aber dennoch kamen ihr seine Züge vertraut vor. Dann fiel es ihr wie Schuppen von den Augen.

Das war Lucas!

In natura sah er irgendwie anders aus als auf den Bildern im Netz. Doch sie erkannte ihn wieder. Er wirkte dunkler und geheimnisvoller, was sicherlich an seinem Outfit lag, das ganz in Schwarz gehalten war. Irgendwie hatte sie nach den Fotos zu urteilen mehr mit einem Sunnyboy gerechnet. Einem Mann mit solariumgebräunter Haut und blondierten Haaren. Der Lucas vor ihr gefiel ihr besser. Seine Haut war sehr hell, und die blonden Haare schienen nicht gefärbt zu sein. Zwei hellblaue Augen strahlten ihr entgegen. Einen solch intensiven Blick hatte sie nie zuvor gesehen.

Über seine beachtlich starke Brust spannte ein schwarzes Hemd. Es betonte seine breiten Schultern, doch im rechten Moment ging sein mächtiger Brustkorb in eine schmale, sehr elegante Hüfte über. Das Gesamtbild konnte aus einem Unterwäschekatalog für Männer stammen. Seine Beine, die in dunklen Jeans steckten, wirkten sehr kräftig, muskulös und wohlproportioniert. Sie hoffte auf einen günstigen Moment, bei dem sie ihm unauffällig auf den Po blicken konnte, und war von ihren eigenen Gedanken überrascht. Wie konnte sie in so einer Situation überhaupt an derartige Äußerlichkeiten denken? Aber wer so einen durchtrainierten Körper hatte, der musste auch ein ebenso knackiges Gesäß besitzen.

»Gern geschehen. Ich mag es nicht, wenn solche Typen nette Mädchen belästigen.«

»Du bist Lucas, nicht wahr?« Sie war sich nicht ganz sicher. Die Ähnlichkeit war frappierend, aber er wirkte so gänzlich anders als auf seinem Internetprofil.

»Lucas Arnold. Dann bist du …«

»Alexia Kling.«

»Wenn das so ist.« Er deutete mit dem markanten Kinn zu den beiden leeren Hockern. »Setzen wir uns doch.«

Sie nickte, noch immer völlig von seiner Erscheinung und seiner charmanten tiefen Stimme fasziniert. Wie gut, dass Melli sie so gedrängt hatte.

»Entschuldige, dass du warten musstest«, sagte er und bestellte beim Barkeeper zwei Piña Coladas. »Aber mein Motorrad hat gestreikt. Ich konnte es einfach nicht überreden, loszufahren, und habe dann ein Taxi nehmen müssen.«

Sie war froh über diese Erklärung, zeigte sie doch, dass Lucas sie nicht vergessen, sondern einfach nur etwas Pech gehabt hatte.

Der Barkeeper stellte zwei bauchige Gläser mit cremiger Flüssigkeit vor sie auf die Theke. Am Rand steckte je ein Ananasstückchen, und zwei große bunte Strohhalme ragten aus den Gläsern heraus. Alexia nahm einen kräftigen Schluck, und ein leicht fruchtiger Geschmack erfreute ihren Gaumen.

»Ich wollte eigentlich mit dir anstoßen«, sagte Lucas.

»Oh, Verzeihung.« Sie hob ihr Glas. »Worauf trinken wir?«

»Wie wäre es mit einer erfreulichen Überraschung?«

»Erfreuliche Überraschung?«

»Ich hatte nicht erwartet, dass du so hübsch sein würdest.« Klirrend stieß sein Glas an ihres. Alexia lachte und blickte verlegen zur Seite. Ob er das wirklich ernst meinte? Als sie wieder aufsah, fiel ihr zufällig der Blick einer Frau auf, die schräg hinter Lucas saß und ihn mit ihren Augen geradezu verschlang. Aber die Frau war nicht die einzige, die ein Auge auf ihren Begleiter geworfen hatte. Lucas schien diesen Umstand entweder nicht zu bemerken oder es war ihm gleich. Selbst jene Damen, die mit anzüglich wippenden Hüften an ihnen vorbeischlenderten, um zur Toilette zu gelangen, wurden von ihm geflissentlich ignoriert. Alexia war mehr als geschmeichelt. Immerhin arbeitete sie noch hart an ihrer Traumfigur, und trotzdem schien ihr Begleiter kein Interesse an den wesentlich schlankeren Frauen im Raum zu haben. Lucas hatte nur Augen für sie. Und sie genoss es, in eben diese Augen zu blicken und in ihnen zu versinken. Sie waren so außergewöhnlich markant und durchdringend, fast ein wenig dämonisch.

»Erzähl doch mal etwas über dich«, schlug sie vor. »Ich kenne dich ja nur dem Profil nach.«

Er löste die Ananas von seinem Glas und biss ein Stück ab. Alexia tat es ihm gleich und verzog das Gesicht. Die Frucht schmeckte extrem sauer. Lucas schien das aber nichts auszumachen.

»Ich erfülle Wünsche«, flüsterte er, und ein geheimnisvolles Leuchten blitzte in seinen blauen Augen auf. Alexia vergaß einen Moment lang zu atmen. Dieser Blick ging wirklich unter die Haut. Lucas legte das Ananasstückchen zur Seite und wischte sich mit einer Serviette die Hand ab.

»Tatsächlich.«

Er ließ sie nicht aus den Augen, und das Funkeln in dieser blauen Tiefe schien jetzt noch intensiver zu werden. Beiläufig legte er die Serviette zur Seite und streckte ihr die geöffnete Hand hin. Sie war sehr groß, aber trotzdem nicht grob, sondern gepflegt und sauber.

»Ja, tatsächlich. Aber um Wünsche zu erkennen, muss ich deine Gedanken lesen.«

Meinte er das ernst? Sie war neugierig, was er vorhatte, und hielt ihm zögerlich ihre Hand hin. Er umschloss sie mit seiner. Ein Gefühl von Geborgenheit und Wärme stieg in ihr auf.

Kendrael verzog keine Miene, doch innerlich war er äußerst zufrieden. Der erste Schritt war getan. Sie hatte es ihm gestattet, sie zu berühren, und der Schutz, der sie bis eben noch wie eine magische Aura umgeben hatte, war aufgelöst. Mit den Fingerspitzen seiner oberen Hand streichelte er ihren zierlichen Handrücken. Ihre Haut war weich und warm. Schon sehr bald würde er noch viel mehr von ihr spüren.

Er versuchte, in ihre Gedankenwelt einzudringen, ihr tiefstes Inneres zu erforschen, ihre geheimen Gelüste zu ergründen, aber sie verkrampfte sich zu sehr. Normalerweise konnte er durch eine bloße Berührung die Wünsche seiner Opfer erspüren. Manchmal drängten sie sich ihm förmlich auf, wie bei Marcel Klett, dem er im Schwimmbad aufgelauert hatte. Für Kendrael war es eine leichte Übung gewesen, in die Rolle einer Verführerin zu schlüpfen. Als hochrangiger Inkubus besaß er die Fähigkeit, sein Geschlecht zu ändern. Kendrael machte von dieser Fertigkeit nicht oft Gebrauch, denn als männlicher Dämon fühlte er sich stark zu Frauen hingezogen. Marcel war jedoch ein so dankbares Opfer gewesen, dass er der Gelegenheit nicht hatte widerstehen können. Der junge Mann hatte sich nicht einmal gewehrt, als Kendrael ihm die Lebensenergie geraubt hatte.

»Klappt es?«, fragte sie neugierig und blinzelte ihn an.

»Noch nicht. Schließe bitte die Augen und entspanne dich. Versuche an nichts Bestimmtes zu denken.«

Alexia lächelte amüsiert und tat, worum er sie gebeten hatte. Nach außen hin versuchte sie locker zu sein, aber er spürte ihre große Anspannung.

Sie hatte einen Schutzwall aufgebaut, doch Kendrael wusste, wie er ihn umgehen und dahinterblicken, die wahre Alexia und ihre geheimen Wünsche sehen konnte. Ganz langsam schloss er ihre Hand fester in seine und bemühte sich, ihr ein Gefühl von Sicherheit zu vermitteln.

»Sei einfach du selbst«, flüsterte er.

Sie atmete tief durch, ließ die Schultern entspannt hängen, doch es gelang ihr nicht, sich gänzlich fallen zu lassen. Zumindest erlaubte sie ihm einen kurzen Blick hinter den Vorhang.

Er empfing schwache Signale, die für ihn jedoch leicht zu deuten waren. Sinnlichkeit. Wärme. Vertrauen. Leidenschaft. Sie träumte davon, sich einem Mann ganz und gar hinzugeben und von ihm aufgefangen zu werden, ihm die Kontrolle zu überlassen. Kendrael war von diesen Bildern, wenn sie auch nur sehr schwach waren, entzückt. Diese Frau war viel leidenschaftlicher, als er gedacht hatte, und er wollte mehr über sie erfahren. Aber in dem Moment fiel der Vorhang wieder zu.

Alexia öffnete die Augen und blickte ihn neugierig an. »Und was sind meine Wünsche?«

»Ich bin nicht ganz sicher. Hättest du etwas dagegen, wenn wir das Experiment wiederholen?«

Sie zuckte die Schultern: »Bei Gelegenheit.« Dann nahm sie einen kräftigen Schluck ihres Cocktails.

Lucas beobachtete sie dabei und blickte in ihre Augen. Sein durchdringender Blick machte sie auf eine angenehme Weise nervös.

»Ich glaube, du bist eine sehr emotionale Frau«, sagte er und seine Lippen kräuselten sich leicht, ehe sie sich in ein süffisantes Lächeln verwandelten.

Alexia stellte ihr Glas ab, wischte sich mit dem Handrücken über den Mund und lachte leise. »Meinst du?«

»Ich bin mir sicher.«

»Und bist du auch ein emotionaler Mann?«

Er wog den Kopf hin und her. »Vielleicht. Das kommt auf die Frau an und ob ich sie gern habe.«

»Eine diplomatische Antwort. Entschuldige mich einen Moment«, sagte sie und stieg von ihrem Barhocker.

Kendrael beobachtete, wie sie in Richtung Toilette ging. Er machte sie nervös. Das sah er in ihren Augen. Das Spiel wurde immer interessanter, immer anregender. Dieses Mädchen sprudelte vor leidenschaftlicher Energie. Dieser kurze Blick hinter die Kulissen hatte seine Neugierde geweckt. Nun wollte er alles über sie wissen. Er wollte derjenige sein, der ihre Lust entfachte, sie freisetzte. Die Lebensenergie einer Jungfrau schmeckte rein und war von solch exquisiter Süße, dass sie unter Inkubi als Delikatesse galt. Für ein Wesen seiner Art gab es keine begehrtere Beute, und kein Jäger würde sich einen solchen Fang entgehen lassen.

Aber eine Beute wie sie zog auch andere Jäger an. Seine Sinne erfassten eine vertraute Präsenz. Sie war stark, aktiv und nicht menschlich. Und sie war hier, in diesem Raum, in dieser Zeit. Kendrael blickte sich in der Bar um, ob er irgendwo ein vertrautes Gesicht ausmachte, aber die waren allesamt ausdruckslos und unbekannt.

In einer dunklen Nische saß ein Mann in einem schwarzen Mantel, der scheinbar gelangweilt an seinem Bier nippte. Den breitkrempigen Hut hatte er tief ins Gesicht gezogen, so dass Kendrael seine Augen nicht erkennen konnte, doch ihn umgab eine feurige Aura, die dämonischen Ursprungs war. Kendraels Augen sahen mehr als die der Menschen in der Bar. Er erkannte den Fremden. Ein Inkubus, der es auf dieselbe Beute abgesehen hatte wie er.

Unaufgefordert setzte sich Kendrael neben den Fremden. Dieser schob seinen Hut ein Stück hoch und blickte ihn herausfordernd an. »Du wilderst in meinem Revier, Kumpel. Darauf steh ich gar nicht.«

Kendrael zuckte gelassen die Schultern. »Dein Revier, aber meine Beute.« Seit seiner Befreiung hatte er nicht die Muße gehabt, sich über die Revierverteilung der Stadt zu informieren. Er hatte auch kein sonderliches Interesse an einem eigenen Revier. Im Moment genügten ihm die Leute aus dem Lazarusweg 23.

»Jedes Mädchen, das sich in mein Revier verirrt, gehört mir. Das gilt ganz besonders für deine kleine Begleiterin. Die riecht köstlich und unverbraucht.«

Kendrael unterdrückte ein Lachen. Wie durchschaubar der Kerl war. Natürlich ging es ihm vor allem um Alexias Reinheit. Aber er würde sie nicht bekommen. Das würde Kendrael zu verhindern wissen.

»Vorsicht, Freund, du hast keine Ahnung, mit wem du dich anlegst.«

»Ach ja, wer bist du denn, Bürschchen? Hab dich noch nie hier in der Gegend gesehen. Wenn du auch nur halb so viele Jahre auf dem Buckel hast wie ich, sollte mich das wundern. Und jetzt verzieh dich aus meinem Gebiet, sonst lernst du Asmadeon richtig kennen.« Seine Hand schnellte auf Kendraels Hemdkragen zu, doch der fing seinen Gegner am Handgelenk ab und drückte ihn mit einem kräftigen Ruck auf die Tischplatte. Ein leises Aufstöhnen drang aus Asmadeons Kehle. »Verdammt noch mal«, keuchte der und versuchte, sich aus Kendraels Griff zu befreien. Aber seine Finger lagen wie Eisenschellen um Asmadeons Arm. »Scheiße, was bist du?« Angestrengt blickte er zu Kendrael hoch, der es genoss, den Kollegen zu demütigen.

»Mächtiger als du. Also lass deine Finger von meinem Mädchen«, zischte er und seine Augen glühten bedrohlich. Dieser Asmadeon war eine kleine Nummer. Wahrscheinlich gehörte er nicht einmal einem Clan an. Er war schwach. Und Schwächlinge überlebten in seiner Welt nicht lange. Sie waren unbrauchbar für die anderen Dämonen. Nicht mehr als ein Spielball oder ein lustiger Zeitvertreib. Es war gar nicht nötig, ihn mehr von seiner Macht spüren zu lassen. Asmadeon hatte auch so verstanden.

Eingeschüchtert zog er den Kopf ein. »Alles klar, Kumpel. Aber jetzt lass mich los, bevor jemand hersieht.«

Kendrael wartete noch einen Moment ab, ehe er seinen Rivalen abrupt freigab. Der fiel nach hinten in seinen Stuhl zurück und verlor fast das Gleichgewicht. Sein Gesicht war vor Aufregung puterrot angelaufen und seine Hände zitterten merklich. Was für eine armselige Kreatur, dachte Kendrael angewidert.

»Gut. Ich wiederhole mich nur ungern. Sollte ich dich jemals in der Nähe dieser Frau sehen, bist du die längste Zeit ein Mann gewesen.« Sein Blick glitt über den Tisch hinweg zwischen die Beine des Inkubus. Der presste seine Oberschenkel zusammen und schluckte hörbar.

»Ich halte mich dran. Keine Sorge.«

Diese Drohung hatte gesessen. Kendrael erhob sich zufrieden und kam Alexia entgegen, die inzwischen zurückgekehrt war und an der Theke wartete. Sie spielte mit einem Schirmchen, das in der Piña Colada gesteckt hatte.

»Bereit?«, fragte er und legte sanft einen Arm um sie.

»Ja, wir können aufbrechen.« Sie setzte das Schirmchen ins Glas zurück. Es rutschte hinein und versank mit dem Holzstil in der cremigen Flüssigkeit.

Kendrael warf einen letzten drohenden Blick zu Asmadeon, ehe sie die Jazz & Bass Bar verließen.

Die Nacht war herrlich klar und warm. Sie entschieden sich, zu Fuß den Heimweg anzutreten. Alexia schwärmte von dem prachtvollen Sternenhimmel, der sich wie ein großes glitzerndes Tuch über die Stadt spannte. Kendrael hatte der Schönheit des nächtlichen Firmaments nie großartig Beachtung geschenkt, doch in diesem Moment fand auch er, dass es ein sehr schöner Anblick war. Beruhigend, friedlich.

Im Lazaruspark angekommen, verlangsamte Kendrael seine Schritte, um den wunderbaren Abend noch etwas länger auszukosten. Die Grillen im kniehohen Gras gaben ein mitternächtliches Konzert, dem sie andächtig lauschten, ehe sie den Hauptpfad verließen, um stattdessen die verschlungenen Umwege zu nehmen. Alexia hatte seinen Arm nicht abgewehrt, und Kendrael zog sie näher an sich. Sie fühlte sich so herrlich warm an. Er genoss ihre Gegenwart und streichelte sanft mit einer Hand ihre Schulter.

Vor der Hausnummer 23 blieben sie stehen. Alexia stellte sich auf die untere Steinstufe vor dem Hauseingang und war trotzdem immer noch ein Stückchen kleiner als er.

»Das war ein sehr schöner Abend«, sagte sie und lächelte zauberhaft. Sein Blick verweilte auf ihren vollen Lippen. Sie waren herrlich geschwungen, die Unterlippe stand ein winziges Stückchen vor und war größer und runder als die obere. Alexia trug keinen Lippenstift, dennoch glänzten ihre Lippen in einem kräftigen natürlichen Rot, das wie eine Einladung aussah. Er wollte sie küssen. Jetzt. Leicht beugte er den Kopf vor. Doch noch ehe sich ihre Münder zärtlich berühren konnten, hielt er inne und sah ihr tief in die golden funkelnden Augen.

»Er muss noch nicht zu Ende sein.«

Alexias Atem ging rascher. Er strich warm und verführerisch über seinen Mund. Sekundenlang versanken ihre Augen in seinen. Sie strahlten wie zwei besonders helle Sterne. Sein Verlangen, ihre Lippen zu kosten, war fast unerträglich stark. Da stellte sie sich leicht auf die Zehenspitzen, und ihr Mund strich sanft und doch verlangend über seinen. Wie herrlich süß sie schmeckte. Viel süßer als jede Frau, die er je geküsst hatte. War dies womöglich sogar ihr erster Kuss?

Kendrael legte seine Hand auf ihren Hinterkopf, zog sie näher an sich heran. Die andere Hand glitt über ihren Po, streichelte ihn, und er wäre am liebsten unter ihrer Jeans verschwunden, um ihn richtig anzufassen. Aber da zuckte sie leicht zurück. Ihre Lippen lösten sich von ihm, und er bedauerte, dass er womöglich zu schnell vorgestürmt war.

»Soll ich mit hinaufkommen?«, fragte er und nahm ihr Gesicht in beide Hände.

»Ich muss morgen sehr früh raus, Lucas. Ein anderes Mal gern. Wenn wir uns besser kennen.«

Er war enttäuscht. Nach diesem heißen Kuss wollte er sie noch viel mehr als zuvor. Er wollte ihr die Jungfräulichkeit rauben, sie halten, besitzen, erfüllen. Aber nun schob sie ihm einen Riegel vor, so kurz vor dem Ziel. Das kränkte ihn. Keine Frau hatte ihm je widerstehen können.

»Sei mir bitte nicht böse«, sagte sie leise. Sie musste ihm die Enttäuschung angesehen haben und lächelte entschuldigend.

»Ich bin nicht böse«, erwiderte er und zwang sich ebenfalls zu einem Lächeln. Die Jagd ging also weiter. Das hatte auch etwas für sich. Es blieb spannend.

Er ließ sie los und machte einen Schritt zurück. »Gute Nacht, Alexia.«

»Gute Nacht, Lucas. Wann sehen wir uns wieder?« Ihre Unterlippe zitterte leicht und sah dabei so süß aus, dass er sie noch einmal küssen wollte. Aber er zwang sich, Haltung zu bewahren.

»Schon sehr bald«, versprach er und zwinkerte. Dann verschwand er um die Ecke und lief eine Runde um den Block.

Sie hatte all seine Energien geweckt, ihn auf ihre unschuldige Art derart betört, dass er sich jetzt irgendwo Erleichterung verschaffen musste. Sein Weg führte ihn noch einmal zur 23. Aus diesem Haus empfing er so viel Sehnsucht. Und genau in diesem Moment spürte er ein besonders starkes Verlangen im dritten Stock …

Drittes Opfer.
Name: Gerhard Mangel.
Alter: 59 Jahre.
Wohnhaft: Lazarusweg 23, 3. Stock.
Geheimer Wunsch: Die eigene Männlichkeit wiederzuentdecken.

Es hatte eine halbe Ewigkeit gedauert, ehe der alte Mann vor laufendem Fernseher in seinem Sessel eingeschlafen war. Kendrael trat aus dem Schatten der Wanduhr und umkreiste das olivgrüne Polstermöbel, musterte sein Opfer, das darin mit halbgeöffnetem Mund und schlaff herunterhängenden Armen schlief. Die schmale Lesebrille drohte von seiner Nase zu rutschen und auf seinem Schoß lag ein altes Fotoalbum. Kendrael warf einen Blick hinein und entdeckte ein Hochzeitsbild, das einen jungen Mann im edlen Frack und eine hinreißend schöne Braut in einem engen weißen Kleid und mit einem Schleier vor dem Gesicht zeigte. Mit diesem Foto waren viele Erinnerungen verbunden. Das spürte er. Aber er wollte mehr über sein Opfer wissen. Kendrael legte vorsichtig die Hand auf seine Stirn und versuchte zu ergründen, wer der knochige Mann war, dem er gleich die Lebensenergie rauben würde … Bilder strömten auf ihn ein. Er hörte seine Gedanken, die alle um nur eine Sache zu kreisen schienen. Um einen Streit, der eskaliert war, und das Gefühl großen Verlustes.

Margret war zu ihrer Schwester gefahren, nachdem sie ihren Mann einen Dummkopf geschimpft hatte. Wie so oft hatte es Streit zwischen den Eheleuten gegeben. Dieses Mal aber war es heftiger als sonst. Der Grund war eine unbedeutende Kleinigkeit, zumindest sah Gerhard das so. Er hatte vergessen, ein Kopfschmerzmedikament zu besorgen. Margret hatte ihm daraufhin schwere Vorwürfe gemacht. Eines hatte zum anderen geführt, und in Gerhard hatte sich so viel Wut angestaut, dass er sie undankbares Miststück genannt hatte. Schließlich war er es gewesen, der jahrelang für ihren Lebensunterhalt gesorgt hatte, während Margret es vorgezogen hatte, daheimzubleiben und den Haushalt zu führen.

Nun war sie seit mehreren Stunden fort und hatte kein einziges Mal angerufen. Gerhard hatte längst bereut, dass er sie so angebrüllt hatte. Aber die ständigen Vorwürfe und Demütigungen waren nicht mehr zu ertragen gewesen. Margret hatte sich über die Jahrzehnte hinweg verändert. Von der jungen lebenslustigen Frau, die sie einst gewesen war und in die er sich verliebt hatte, war nicht mehr viel übriggeblieben. Sie war jetzt sturköpfig, respektlos und hatte kaum ein freundliches Wort für ihn übrig. Er schaltete auf Durchzug, hörte ihr nicht zu und zog es vor, früh zu Bett zu gehen, um nur nicht länger als nötig mit ihr auszuharren. Das war nicht immer so gewesen. Er hatte sie wegen ihrer klugen Gedanken und ihrer blühenden Phantasie geliebt. Und weil sie ihn begehrt hatte. Doch das Feuer der Lust war längst erloschen. Und tief in Gerhards Innerem sehnte er sich nach dieser Zeit zurück. Er sehnte sich danach, dass sie ihn als Mann sah, ihn auf diese verliebte Weise anblickte, sich an ihn schmiegte, ihm vertraute, ihn unterstützte, ihn liebte.

Er fragte sich, ob er sich so sehr verändert hatte, dass sie zu diesen Gefühlen nicht mehr fähig war. Was hatte er damals anders gemacht. Die Antwort lag in ihm selbst … und Kendrael würde ihm dabei helfen, sie zu finden.

Gerhard Mangel hörte ein leises Säuseln. Es war mehr ein Hauchen, ein Stöhnen. Und ganz allmählich wurde ihm warm und wärmer. »Wach auf, Gerd«, flüsterte die vertraute Stimme. Schlaftrunken rieb er sich die Augen. Sein Geist war noch nicht ganz wach, aber sein Körper zeigte Reaktionen, die er lange nicht mehr verspürt hatte. Es war dunkel draußen. Vor ihm sah er die Silhouette seiner Frau. Margret. Sie war zurück. Gerhard fühlte sich unendlich erleichtert. Und angenehm erregt. Margret drehte sich seitlich und legte beide Hände auf ihre Brüste, die in der Dunkelheit groß und rund wirkten. Größer, als er sie in Erinnerung hatte. Sie steckten in einem BH. Zwei Kinder und die vergangenen Jahrzehnte hatten freilich ihre Spuren hinterlassen, aber er fand sie dennoch wunderschön. Es war viel zu lange her, seit er sie hatte berühren dürfen.

Aber anstatt die Hände auszustrecken, sie zu liebkosen und zu verwöhnen, meldete sich sein Verstand und suchte nach einer Erklärung für das Unglaubliche. Sie hatte sich ihm seit Jahren nicht mehr so gezeigt. Immer war sie ins Bad verschwunden, um sich umzukleiden oder bettfertig zu machen. Fast als fürchtete sie sich vor seinen Blicken. Hinzu kam, dass sie ihn seit geraumer Zeit auf die Couch verbannt hatte und das eheliche Bett ganz für sich beanspruchte, so dass er selbst da keinen Blick auf seine Frau hatte werfen können.

»Warum bist du nackt?«, fragte er irritiert.

Sie lachte. Es war ein freundliches Lachen, nicht so gehässig, wie sie sonst lachte, wenn sie sich über ihn lustig machte. Es wirkte warm, herrlich warm.

»Warum nicht, Gerd? Gefall ich dir nicht mehr?«

»Doch sehr, aber ...«

Plötzlich hockte sie sich vor ihn, legte beide Hände auf seine Oberschenkel und blickte ihn erwartungsvoll an. Es fiel gerade genügend Licht von der Straßenlaterne durch das Fenster, dass er ihr Gesicht schemenhaft erkennen konnte. Die hellen Augen, die etwas zu lange Nase, die ihr stets einen erhabenen Ausdruck verlieh, und der kleine Leberfleck an ihrer Unterlippe verrieten, dass diese Frau eindeutig Margret war. Aber sie verhielt sich nicht wie sie.

»Willst du mich nicht in den Arm nehmen, Gerd?«

Gerhard war sprachlos. Einige Sekunden verstrichen, ohne dass ein Wort über seine Lippen kam. Dann nickte er zögerlich, und sie setzte sich auf seinen Schoß, schmiegte sich an seine Brust und kraulte mit einer Hand sein Kinn, wie sie es früher getan hatte, wenn sie in die Kinospätvorstellung gegangen waren, um irgendeinen Liebesfilm zu sehen.

Es fühlte sich schön an, ihre Nähe und Wärme zu spüren. Erst zaghaft, doch dann immer bestimmter, schloss er die Arme um sie und drückte sie sacht an sich. Margret hauchte einen Kuss auf seine Stirn, ehe sie ihre Wange an seine rieb.

»Das fühlt sich schön an«, flüsterte sie.

»Ja.«

Er wusste noch immer nicht, wie ihm geschah, aber er beschloss, sich darüber keine Gedanken mehr zu machen und den glücklichen Augenblick einfach zu genießen.

Margrets Hände glitten durch sein schütteres Haar, kraulten seinen Nacken und strichen zärtlich über sein Hemd. Ihre Berührungen weckten Gefühle in ihm, die lange Zeit vergessen gewesen waren.

Schon waren ihre flinken Finger an seinem Gürtel. Die zufälligen Berührungen ihrer Hände zwischen seinen Beinen jagten ihm heißkalte Schauer über den Rücken. Es fühlte sich einfach wunderbar an, sie an dieser Stelle zu spüren.

Er half ihr dabei, die Hose bis zu den Knien hinunterzuziehen. Seine Unterhose folgte.

Ihre Augen leuchteten wie zwei funkelnde Sterne, als er sie ansah. Und ihr Lächeln sah fast genauso schön aus wie früher. All die negativen Gefühle, die er ihr gegenüber aufgebaut hatte, die Wut, die sich bisweilen in Hass verwandelt hatte, schienen auf einmal wie weggeblasen.

»Setz dich auf mich«, sagte er, denn jetzt waren sie an einen Punkt gekommen, an dem es kein Zurück mehr gab.

Sie tat es ohne Widerrede, und das gefiel ihm. Seine Hände legten sich unter ihren Po, der nicht mehr so rund wie einst war, sich aber immer noch unglaublich schön anfühlte. Ihre Haut war aufregend weich. Und sie roch nach Honig.

Ihr süßer Duft weckte die Erinnerung an ihre Jugend und an ihren Urlaub in San Francisco vor knapp vierzig Jahren.

Sie hatten am Lagerfeuer im Golden Gate Park gesessen, beobachtet, wie die Flammenzungen immer höher schlugen, während jemand auf einer Akustikgitarre Musik machte. Die Mädchen hatten kurze Röcke und die Männer lange Haare getragen, in die sie Blumen steckten.

Margret und er waren dieser munteren Gruppe ganz zufällig begegnet und hatten sich ihnen für diesen Abend angeschlossen. Es waren nette Leute, sehr friedfertig und lebensfroh. Gerhard hatte seinen Augen kaum getraut, als sich die jungen Männer und Frauen ganz ungeniert vor seinen Augen geküsst hatten. Wie Hände unter die Röcke geschlüpft waren und die Schenkel gestreichelt hatten.

Nackte Leiber hatten sich aneinandergeschmiegt, Lippen wanderten über Hügel und Täler, über jede Rundung, die sie finden konnten. Die Musik war längst verstummt und stattdessen hatte er nur den raschen Atem der jungen Leute gehört, bis er einen Blick zur Seite auf Margret geworfen hatte.

Zu seiner Überraschung hatte auch sie ihren BH abgelegt, und als er ihre Brüste in seiner Erinnerung sah, wurde ihm gleich noch heißer, denn sie waren mit Abstand die wohlgeformtesten und rundesten, die er an diesem Abend gesehen hatte.

»Sei nicht so steif, Gerd«, hatte sie gesagt und nach einem Honigtöpfchen gegriffen, das neben Wurst und Käse auf der Platte für das Abendbrot gestanden hatte. Sie schraubte den Deckel ab, leerte das kleine Gefäß über ihren wonnigen Brüsten aus und beobachtete genauso gespannt wie er, wie ein zähflüssiger Faden langsam über ihren Busen glitt. Die Flüssigkeit schimmerte golden im Licht der Flammen, und der Geruch des Honigs stieg ihm verführerisch in die Nase.

Margret stellte das Töpfchen wieder ab und fuhr mit dem Finger über die klebrige Süße auf ihrer nackten Haut. Danach steckte sie sich den Finger in den Mund und stöhnte genüsslich. »Den solltest du probieren, Gerd.«

Er hatte sich über ihre Brüste gebeugt, sie vorsichtig mit den Lippen berührt und sie dann abgeschleckt. Seine Zunge war über ihre Vorhöfe geglitten und hatte ihre Brustwarzen in den Mund genommen, sanft an ihnen gesaugt, bis er ihre Härte spürte.

»Mmh, das fühlt sich gut an«, hörte er Margret stöhnen. Ihre Worte rissen ihn ins Hier und Jetzt zurück.

Er sah den Schweiß auf ihrer Stirn und das verführerische Kräuseln ihrer Lippen.

Ihre Atmung beschleunigte sich. Gerhard schloss die Arme fester um sie, küsste sie leidenschaftlich, streichelte ihre Schultern, fuhr ihr besitzergreifend durchs Haar und bewegte sich schneller. Er spürte ihre Hitze auf seinen Schenkeln, das Vibrieren ihrer Muskeln und das heftige Pochen ihres Herzens. Ihre Zunge schob sich tief in seinen Mund. Etwas stieg in ihm hoch. Es fühlte sich an, als söge sie es aus ihm heraus. Es war aufregend, prickelnd, aber auch ermüdend. Sein Unterleib erschauerte. Dann versank er in seliger Entspannung.

Kendrael nahm die Lebensenergie in sich auf. Er schmeckte das Alter, die Erfahrung, einen Teil von Gerhard Mangel. Es stärkte ihn, aber es war nicht das, wonach er sich eigentlich sehnte. Kendrael verwandelte sich zurück, ehe er in den Schatten verschwand und den alten Mann mit seinem glückseligen Lächeln ruhen ließ.

Alexia suchte sich einen Platz in der hinteren Reihe des Hörsaals und ließ sich auf ihre Sitzbank fallen. Das Seminar hatte längst begonnen, aber es war an der Uni nicht unüblich, dass Studenten verspätet eintrafen. Meist wurde ihnen keine Beachtung geschenkt, weil es zur Tagesordnung gehörte. Dennoch hatte Alexia das Gefühl, dass alle Augen im Raum auf sie gerichtet waren.

Sie versuchte, diesen Umstand zu ignorieren, und zog einen

Notizblock aus ihrem Rucksack. Eigentlich hatte sie sich zwei Wecker gestellt. Aber einer war ausgefallen und den anderen hatte sie im Halbschlaf selbst ausgestellt. Das Ergebnis war, dass sie nun über eine halbe Stunde zu spät erschienen war.

Das Schlimmste war aber, dass sie sich partout nicht auf die Vorlesung konzentrieren konnte. Ihre Gedanken drifteten immer wieder zu Lucas Arnold und dem gestrigen Abend ab, den sie so sehr genossen hatte. Diese interessante Mischung aus Gentleman und Badboy faszinierte sie. Um genau zu sein, hatte sie noch nie einen Mann wie ihn getroffen. Er wirkte düster, aber gleichzeitig zärtlich und sogar ein wenig romantisch.

Seine Augen waren außergewöhnlich. Sie waren sehr ausdrucksstark und doch sehr ernst. Es schien fast, als konnte er mit ihnen direkt in ihr Herz blicken. Sie fragte sich, ob er wohl tatsächlich ihre Gedanken lesen konnte. Ein wohliger Schauer kroch über ihren Rücken, als sie sich an den Moment erinnerte, in dem er sacht ihre Hand mit seiner umschlossen hatte. Und sein Kuss war überirdisch gewesen. Etwas flatterte in ihrer Brust, wenn sie an den köstlich herben Geschmack seiner Lippen dachte. Er hatte nach Moschus gerochen, männlich, herb, markant. Vielleicht war es ein Fehler gewesen, ihn nicht mit hinauf zu bitten. Aber immerhin kannte sie ihn tatsächlich kaum – auch wenn es sich anders anfühlte. Sie wusste nicht mehr über ihn als das, was in seinem Internetprofil stand. Und das war nicht sonderlich viel. Was er beruflich machte? Sie hatte keine Ahnung. Ob er überhaupt an einer festen Beziehung interessiert war? Das wusste sie auch nicht. Sie hatten darüber nicht gesprochen. Aber etwas anderes als eine feste Partnerschaft kam für sie nicht in Frage.

Der Kurs war nach einer Stunde zu Ende, und Alexia hatte nichts aus dem Seminar mitbekommen. Sie würde den Inhalt nacharbeiten müssen. Als sie über den Flur ging, folgte ihr eine Kommilitonin. »He, Alexia. Du siehst heute so frisch aus«, sagte sie freundlich.

Alexia fuhr sich über die Wange. Frisch? Sie hatte doch gar keine Zeit gehabt, sich großartig herzurichten, weil sie verschlafen hatte. Der Bus kam nur alle zwanzig Minuten, und sie hatte lossprinten müssen, um ihn noch zu bekommen. Der frische Morgenwind hatte ihre Haare völlig durcheinandergebracht. Ein solches Kompliment war das Letzte, was sie erwartet hatte.

»Danke«, sagte sie verwirrt.

»Was hast du denn jetzt?«, wollte die Studentin wissen.

»Nichts. Das Tutorium von Matt fällt heute aus.« Sie wollte die Zeit nutzen, um auf den Friedhof zu fahren und sich um das Grab ihrer Großmutter zu kümmern, um anschließend an ihrer Hausarbeit zu arbeiten. Der Abgabetermin rückte immer näher, und sie hatte noch keine einzige Zeile geschrieben.

»Hast du es gut. Ich habe jetzt noch einen Statistikblock. Ich wünsch dir viel Spaß.«

»Danke, dir auch.«

Schon war ihre Kommilitonin in einem Seitengang verschwunden. Alexia mochte die Anonymität der Universität nicht sonderlich. Man traf zwar auf viele Leute, doch nur mit viel Glück begegnete man ihnen auch ein zweites Mal, es sei denn, sie hatten zufällig die gleichen Kurse wie man selbst belegt.

Im Vorhof des Gebäudes war ein kleiner Büchermarkt aufgebaut worden. Alexia hatte hier schon öfter zu günstigen

Preisen etwas Brauchbares gefunden und durchstöberte interessiert die einzelnen Stände. Ein Lexikon der Psychologie wurde für 3,50 Euro angeboten. Der Ladenpreis lag deutlich darüber. Alexia öffnete ihren Rucksack und zog ihre Geldbörse heraus. Nach einem ausführlichen Nachschlagewerk hatte sie schon lange gesucht und zu einem so günstigen Preis würde sie sicherlich kein anderes finden. Da fiel ihr ein 50-Cent-Stück aus der Börse und kullerte über den Pflastersteinweg. Wenige Schritte von ihr entfernt blieb es am Boden liegen. Alexia beeilte sich, es aufzuheben. Doch da war ihr auch schon jemand zuvorgekommen. Eine gepflegte Hand griff nach der glänzenden Münze. Alexia blickte zu dem Finder hoch und traute ihren Augen nicht. Lucas Arnold! Was machte er denn hier?

»Das nenn ich einen glücklichen Zufall«, sagte er und gab ihr die Münze.

»Ich wusste nicht, dass du auch hier studierst.«

Er zuckte die Schultern. »Schon eine ganze Weile.«

Ja, richtig. Er war ja bereits 31.

Alexia schlenderte zu dem Stand zurück und kaufte das Psychologielexikon. Sorgsam verstaute sie es in ihrem Rucksack.

»Also bist du doch kein hauptberuflicher Wunscherfüller.«

»Ich gestehe, da habe ich ein wenig übertrieben.«

»Verstehe. Typisch männliches Verhalten.«

»Ach ja?«

Sie gingen zum Ausgang und blieben vor dem eindrucksvollen Tor stehen.

»Ja, sicher. Imponiergehabe eben«, scherzte sie. »Und was hast du hier studiert?«

»Medizin.«

»Tatsächlich?«

Er nickte. »Tatsächlich.«

Nicht schlecht, dachte Alexia. Der Mann musste einiges im Kopf und obendrein einen unempfindlichen Magen haben. Sie hatte sich damals für Psychologie und gegen Medizin entschieden, weil ihr beim Anblick von Blut übel wurde.

»Ich habe jetzt Schluss«, sagte sie und deutete die Straße hinunter.

»Sehr schön. Was hast du denn vor?«

»Ehrlich gesagt nichts besonders Spannendes.«

»Vielleicht können wir ja gemeinsam etwas unternehmen?«

Sie schüttelte den Kopf. Die letzten Tage waren sehr heiß gewesen, und die Blumen auf dem Grab ihrer Großmutter mussten unbedingt gegossen werden. Sie konnte das nicht länger aufschieben.

»Ich muss zum Friedhof.«

Er sah sie fragend an.

»Das Grab meiner Oma pflegen. Wir können uns gern ein anderes Mal treffen. Das würde mich sehr freuen.«

Lucas fuhr sich nachdenklich mit Daumen und Zeigefinger über sein kantiges Kinn. »Weißt du was, ich komme mit. Vorausgesetzt, es stört dich nicht und du gestattest mir, dass ich dich danach auf einen Kaffee einlade.«

»Du willst ehrlich mitkommen?«, fragte sie verwundert.

»Ja, wieso nicht. Ich habe keine anderen Pläne und verbringe gern Zeit mit dir. So schlage ich zwei Fliegen mit einer Klappe.«

Alexia war von dem Angebot überrascht, aber ganz gewiss nicht abgeneigt. Sie fürchtete nur, er könne sich auf dem

Friedhof langweilen. Da er jedoch selbst diesen Vorschlag gemacht hatte, hatte sie nichts einzuwenden. »Einverstanden«, sagte sie und lächelte.

Der Friedhof lag am anderen Ende der Stadt und war schon sehr alt und dicht bewachsen. Riesige marmorne Engel säumten einen breiten Sandweg, der zu einem großen steinernen Springbrunnen führte. Es war sehr ruhig hier. Man hörte nur das sanfte Rascheln der Blätter im Wind und das entfernte Summen durch die Luft schwirrender Insekten.

Alexia holte eine alte Gießkanne hinter einem Gebüsch hervor, die sie dort versteckt hatte, und tauchte sie in das Wasser. Dann führte sie Lucas zum Grab. Ein kleiner Grabstein mit Gravur erinnerte daran, dass Adelia Kling vor fünf Jahren verstorben war. Wie sie es befürchtet hatte, waren die Blumen vertrocknet. Weder ihre Eltern noch ihre ältere Schwester Cornelia hatten offenbar die Zeit gefunden, sich um das Grab zu kümmern. Es tat ihr in der Seele weh, es in diesem Zustand zu sehen, und das schlechte Gewissen suchte sie heim, weil sie selbst es so lange vernachlässigt hatte.

Sie vergoss mehrere Kannen Wasser, in der Hoffnung, dass sich die Blümchen wieder erholten.

Kendrael beobachtete sie schweigend. Nachdem sie die Gießkanne neben das Grab gestellt und sich auf den Boden gehockt hatte, setzte er sich hinter sie und legte sanft beide Hände auf ihre Schultern, um vorzugeben, er würde sie massieren. Es war ein günstiger Moment, um in ihre Gedankenwelt einzudringen. Sie wirkte gelöst, unverkrampft und viel zu abgelenkt, um sich seiner Kraft zu erwehren.

Bilder aus ihrem Inneren strömten auf ihn ein. Aber es waren nicht ihre sexuellen Wünsche, sondern die Erinnerungen an vergangene Zeiten. Er sah die kleine Alexia mit ihren dunkelblonden Zöpfen, die ihr die Großmutter geflochten hatte. Sie war nicht älter als zehn Jahre und verbrachte ihre Nachmittage zusammen mit ihrer Schwester bei der Oma, weil beide Eltern berufstätig waren. Adelia Kling war eine sehr warmherzige Frau mit einem gutmütigen Lächeln gewesen, die sich rührend um ihre Enkel gekümmert hatte. Sie hatte für die Mädchen gekocht, ihnen Geschichten erzählt und nur selten mit ihnen geschimpft. Kendrael spürte, wie sehr Alexia an ihr gehangen hatte und immer noch hing.

Vor sieben Jahren hatte Adelia einen Schlaganfall erlitten und war ins Krankenhaus gekommen. Alexia hatte ihretwegen die Schule geschwänzt, war Tag und Nacht an ihrem Krankenhausbett gesessen, hatte ihre Hand gehalten und mit ihr geredet, voller Hoffnung, dass Adelia sie hören konnte, wenigstens aber ihre Nähe spürte. Alexia war so lange geblieben, bis sich Adelia erholt hatte und wieder zu Kräften gekommen war. Von dem Tag an hatte Alexia das Leben ganz anders wahrgenommen. Sie hatte gelernt, seine Kostbarkeit zu schätzen und die Zeit, die sie mit ihrer Großmutter verbringen durfte, noch mehr zu genießen.

Zwei Jahre später erlitt Adelia einen weiteren Schlaganfall, den sie nicht überlebte. Alexia hatte nicht die Möglichkeit gehabt, sich von ihr zu verabschieden, weil sie zu dieser Zeit im Urlaub in London gewesen war. Darunter litt sie noch heute.

Ein leises Schluchzen beförderte Kendrael in die Wirklichkeit zurück. »Tut mir leid«, sagte Alexia leise und zog ein Taschentuch aus ihrer Hosentasche.

»Nicht doch. Du brauchst dich nicht zu entschuldigen. Ich weiß, wie du dich fühlst.«

Sie schnäuzte sich. Kendrael hielt ihr die Hand hin, half

ihr auf und führte sie zu einer Bank in der Nähe des Springbrunnens. In diesem Moment war sie sehr verletzlich und dadurch für ihn leicht zu erreichen und zu manipulieren.

Sie ließ sich auf die Bank sinken und blickte zu Boden. In den Händen hielt sie das Taschentuch. Die Haare fielen ihr ins Gesicht, ihre Augen waren geschlossen und an ihren dichten Wimpern glitzerte ein Tropfen. In diesem Moment schien sie ihm nur noch reiner als sonst.

»Ich habe auch jemanden verloren, der mir sehr nahestand«, erklärte er und setzte sich neben sie, berauscht von ihrem engelsgleichen Anblick. »Das Fatale ist, dass ich mich nicht von der Person verabschieden konnte.«

Alexia öffnete die Augen und sah ihn überrascht an. »Mir ging es ganz genauso.«

Wie sollte sie auch ahnen, dass Kendrael ihre Geschichte längst kannte und zu seinem Vorteil nutzte. Frauen ließen sich auf Männer ein, wenn sie das Gefühl hatten, ihnen vertrauen zu können. Und was verband mehr als eine gemeinsame Leidensgeschichte.

»Mein Großvater«, sagte er und wandte den Blick ab.

Alexia war sich nicht ganz sicher, aber sie glaubte, Tränen in seinen Augen zu sehen. Das Gefühl, ihn in den Arm nehmen und trösten zu wollen, überkam sie sehr plötzlich, aber sie hielt sich aus Unsicherheit zurück. Er legte sich die Hand an seine Stirn und sein Körper sank leicht vornüber. Offenbar hatte sie schlimme Erinnerungen in ihm geweckt. Das tat ihr sehr leid. Sie wusste selbst, wie quälend diese Gedanken sein konnten.

»Er hatte einen Schlaganfall. Doch als ich das Krankenhaus erreichte, war er schon gestorben. Es hätte mir alles bedeutet, ihm Lebewohl zu sagen.«

Alexia kannte diesen Schmerz. Sie wusste genau, wie schrecklich es sich anfühlte, nicht Abschied nehmen zu können. Vorsichtig tastete sie nach seiner Hand.

»Er war meine Bezugsperson«, fuhr Lucas mit tränenerstickter Stimme fort. »Meine Eltern konnten sich nicht um mich kümmern, weil sie beide Ärzte waren. Er war immer für mich da. Nur als er mich am meisten brauchte, war ich nicht in der Nähe.«

›Genau wie bei mir‹, dachte sie und bekam eine Gänsehaut vor lauter Anteilnahme.

»Wann war das?«, fragte sie vorsichtig, in der Hoffnung, dass die Wunden nicht allzu frisch waren.

»Vor fünf Jahren.«

Nein! Vor fünf Jahren war auch ihre Großmutter von ihr gegangen. Sie drückte seine Hand fester. Wie viel sie doch verband. Sie teilten nicht nur gemeinsame Interessen, auch ihre Schicksale glichen sich.

»Merkwürdig ist es schon«, fuhr er fort.

»Was denn?«

Er richtete sich auf, saß gerade neben ihr und wirkte sehr erhaben. »Seit ich mit dir darüber spreche, geht es mir viel besser.«

Er sah sie tief und eindringlich an. Nun konnte sie sehen, dass tatsächlich Tränen in seinen Augen glitzerten. Sie waren stark gerötet und die helle Iris leuchtete durch den Farbkontrast noch stärker hervor als sonst. Doch es rann keine Träne über seine Wange. Vermutlich wollte er vor ihr Stärke zeigen, analysierte sie. Wie unnötig das eigentlich war. Seine sanfte Seite, die nun durchschien, rührte sie so viel mehr.

Sie rückte etwas näher, in dem Versuch, ihm Halt zu geben. Der Verlust musste schrecklich für ihn sein. Aber seine Worte machten sie auch sehr glücklich.

Lucas schmiegte sich eng an sie. Er strahlte so viel Wärme aus, dass ihr heiß wurde.

»Es ist schön, von jemandem verstanden zu werden.« Ihre Hand glitt hinauf und streichelte sacht sein Gesicht. Wie weich und eben sich seine Haut anfühlte. Sie zeichnete seine Kieferkontur nach, die so männlich ausgeprägt war.

»Es hilft, über den Schmerz zu reden. Du kannst dich jederzeit an mich wenden, Lucas. Wenn ich kann, werde ich dir helfen.«

»Danke. Es hilft bereits zu wissen, dass man nicht allein ist.« Er seufzte leise. Einen Moment verweilten sie schweigend. Dann beugte er sich über sie und seine Lippen berührten sacht ihre Stirn. Sie hinterließen ein brennendes Feuer auf ihrer Haut, und sie wünschte, dass er sie noch einmal so innig küssen würde wie gestern Nacht.

Nun legte er seinen Zeigefinger unter ihr Kinn und hob es sacht an. Sie konnte sehen, wie sich sein Blick auf ihren Mund konzentrierte, und ein Schauer lief ihr über den Rücken. Seine Augen erinnerten an die eines Raubtiers. Sie waren undurchdringlich, funkelten stolz, aber auch gefährlich. Leicht neigte sie den Kopf zur Seite, in der Erwartung, seine Lippen zu spüren, da hörten sie nahende Schritte. Eine Trauergemeinde hatte den Friedhof betreten. Männer und Frauen in schwarzer Kleidung sammelten sich um ein offenes Grab. Neugierige Blicke flogen zu ihnen hinüber, und Alexia begriff, dass dies sicher nicht der rechte Ort war, um einander näherzukommen.

Sie lächelte ihn entschuldigend an. »Lass uns besser gehen.« Sie wollte die Leute in ihrer Trauer nicht stören.

»Ich wollte dich zu einem Kaffee einladen«, erinnerte er sie.

»Ehrlich gesagt, habe ich einer Kommilitonin versprochen, mich heute um unsere gemeinsame Hausarbeit zu kümmern. Der Abgabetermin rückt immer näher.«

»Das ist schade.« Er klang enttäuscht.

»Aber wir holen das nach, ja?«

»Und wann?«

»Was hältst du von morgen Nachmittag?«

»Oder heute Abend? Du wirst doch sicher nicht den ganzen Tag mit der Arbeit verbringen, oder?«

Eigentlich hatte sie genau das vorgehabt. Doch sie fühlte sich schlecht dabei, ihm noch einmal abzusagen. »Heute Abend? Na gut.«

»Hervorragend. Ich bringe Wein mit.«

»Ich dachte, wir trinken Kaffee«, scherzte sie.

»Das machen wir ein anderes Mal. Dieser Abend soll etwas Besonderes werden.«

Er erhob sich, und Alexia folgte ihm. Etwas Besonderes? Da war sie sehr gespannt.

Ihre Wege trennten sich, und Alexia ließ sich Zeit mit der Heimfahrt, stieg zweimal in der U-Bahn um und nahm schließlich den Bus bis zum Lazaruspark. So hatte sie genügend Zeit, über Lucas nachzudenken. Es war schon seltsam, wie nah sie sich in so kurzer Zeit gekommen waren. Sie konnte es nicht leugnen, sie fühlte sich zu ihm hingezogen. Er war so geduldig, einfühlsam und sanft. Und was noch viel wichtiger war, sie fühlte sich von ihm verstanden.

Als sie in den Sandweg einbog, bemerkte sie eine alte Dame, die auf einer Parkbank saß und die Tauben mit Brotkrumen fütterte. Im ersten Moment glaubte sie, es sei ihre Oma, denn die Ähnlichkeit war frappierend. Aber dann drehte die Dame leicht den Kopf, und Alexia erkannte ihre Nachbarin.

»Guten Tag, Frau Wagner«, grüßte sie freundlich.

Die ältere Dame hob den Blick, und als sie Alexia erkannte, erstrahlte ein Lächeln auf ihrem Gesicht, das voll Güte und Lebenserfahrung war.

»Alexia, Sie sehen heute aber sehr glücklich aus. Liegt das etwa an Ihrem Internetbekannten?« Sie schaute sie vielsagend über ihren Brillenrand hinweg an. Alexia war verblüfft. Das war heute schon die zweite Person, die sie auf ihr Aussehen ansprach. Verlegen fuhr sie sich über die Wangen.

»Woher wissen Sie das?«

»Sie strahlen über das ganze Gesicht und haben eine rosig frische Farbe. Wenn das keine Anzeichen sind.«

Frau Wagner klopfte mit der flachen Hand auf den Platz neben sich, und Alexia setzte sich zu ihr. Da fiel ihr ein, dass ihre Nachbarin sicherlich Sven mit dem »Internetbekannten« meinte. Daran wollte sie lieber gar nicht mehr denken.

»Ich war auch einmal in Ihrem Alter, Kind. Ich weiß, wie das ist, wenn man sich verliebt.«

Verliebt? Oh, so weit wollte sie sicher nicht gehen. Es bestand eine gegenseitige Anziehung zwischen Lucas und ihr, aber zum Verliebtsein gehörte mehr.

»Wir verstehen uns gut.«

»Das ist wichtig. Viel wichtiger als manch andere Dinge. Meine Eltern hielten nicht viel von dem Mann, den ich mir ausgesucht hatte. Sie glaubten, er wäre ein Tunichtgut, weil er keine Arbeit hatte. Er sah sich als Künstler, doch es gelang ihm nicht, Fuß in dieser Branche zu fassen. Ich konnte mich wunderbar mit ihm unterhalten. Er war sehr klug und kannte die verrücktesten Geschichten aus aller Welt. Wir waren wie zwei Seelenverwandte, und die Entscheidung, ihn zu heiraten, war die beste Entscheidung meines Lebens. Auch wenn dadurch das Verhältnis zu meiner Familie sehr getrübt wurde. Später hat er dann in einer Rüstungsfabrik gearbeitet. Das waren harte Zeiten, und er kam oft spät nach Hause. Aber die Zeit zum Reden haben wir uns immer genommen. Selbst wenn es spät in der Nacht war.«

Ein seliger Ausdruck trat auf Frau Wagners Gesicht, und ihre Augen blickten sehnsuchtsvoll in die Ferne.

Alexia war froh, dass ihre Eltern modern genug waren, jede ihrer Entscheidungen zu akzeptieren. Für sie war der Gedanke, ihre Familie könnte sich von ihr abwenden, unerträglich.

»Wie sind Sie damit umgegangen? Sie konnten doch nicht wissen, ob Sie beide für die Ewigkeit bestimmt sind.«

»Es gibt keine Garantie. Doch ich habe es hier drinnen gespürt«, sagte sie und legte die Hand auf ihre Brust. »Man sollte nicht verlernen, auf sein Herz zu hören.«

Alexia hoffte, dass sie sich genauso auf ihr Gefühl verlassen konnte wie Frau Wagner.

»Ich werde jetzt nach Hause gehen.« Sie hatte noch genug zu tun. Alexia erhob sich, und Frau Wagner nickte ihr zu, öffnete eine kleine durchsichtige Plastiktüte und holte einen alten Kanten heraus, den sie nach und nach an die Tauben verfütterte. »Einen schönen Tag noch.«

Frau Mangel war wütend. So hatte sie sich ihr Leben an Gerds Seite nicht vorgestellt. Sie redeten kaum noch miteinander. Und wenn sie es doch taten, so waren es meist böse Worte, mit denen sie einander verletzten. Auf sein Mitgefühl und sein Verständnis hoffte sie vergebens. Es schien ja sogar zuviel verlangt, dass er ihr einfach zuhörte, wenn sie über ihre Probleme sprach. Doch die interessierten ihn nicht. Wenn es nach ihm ging, wollte er einfach nur seine Ruhe haben, in seinem Sessel sitzen und fernsehen. Am liebsten mit einer warmen Mahlzeit auf dem Schoß, die sie für ihn zubereitet hatte.

Wenn er doch nur wieder der Alte wäre. Der Mann, in den sie sich einmal verliebt hatte. Er war voller Tatendrang gewesen, sie hatten als Team agiert und große Pläne gemacht. Sie hatten so viel erreichen wollen. Und die Liebe … Sie waren süchtig nacheinander gewesen. Kein Tag, ohne dass sie nicht miteinander im Bett gelandet wären und sich mit ihren Händen und Lippen gegenseitig erforscht hätten. Aber dann, ganz langsam, hatte sich der Alltag in ihr Leben geschlichen. Am Anfang waren ihr die kleinen Veränderungen gar nicht aufgefallen. Bis sie schließlich unerträglich für sie geworden waren. Er war länger auf der Arbeit geblieben, war an den Wochenenden immer öfter mit seinen Kumpels unterwegs gewesen und hatte die Abende vor dem Fernsehgerät oder mit einem guten Buch verbracht. Wenn es hochkam, hatten sie ein Mal in der Woche miteinander geschlafen. Das war der Status quo von vor zehn Jahren!

Heute herrschte nur noch Kälte im Bett. Frau Mangel kannte ihren Gerd kaum wieder. Vielleicht lag es an ihr. Vielleicht hatte sie sich so sehr verändert, dass er sie nicht mehr begehrte? Das hatte wohl oder übel zur Folge gehabt, dass auch sie sich nicht mehr körperlich zu ihm hingezogen fühlte. Aber ganz ohne ihn konnte sie auch nicht sein. Das hatte sie gemerkt, als sie bei ihrer Schwester Veronica übernachtet hatte. Ständig hatte sie sich Sorgen um Gerd gemacht. Ob er mit der Mikrowelle zurechtkam oder ob er wusste, wie er die Waschmaschine zu bedienen hatte. Er war in Haushaltsdingen sehr unbeholfen, weil sie ihm diese Arbeit immer abgenommen hatte. Aber am schlimmsten war die Tatsache, dass sie ihn unendlich vermisste.

Heute Mittag hatte er überraschend bei Veronica angerufen. Mit fester Stimme hatte er sie aufgefordert, zurückzukommen, er würde sie brauchen. So emotional und doch männlich hatte er schon lange nicht mehr geklungen. Margret war sofort die Hitze ins Gesicht gestiegen, und ihr Herz hatte ihr bis zum Hals geklopft. Sie hatte schnell ihre Sachen gepackt und sich ein Taxi gerufen. Veronica, die das mitbekommen hatte, hatte sie für verrückt erklärt. Sie hatte nicht verstehen können, warum Margret vor ihrem Mann kuschte. Aber Margret hatte endlich wieder das gespürt, wonach sie sich so lange gesehnt hatte. Sie fühlte sich als Frau gewollt und gebraucht. Und Gerd war ihr Mann.

Sie schloss die Tür auf und trat ein. Gerd kam aus dem Wohnzimmer und ging auf sie zu. Seine Haltung war anders als sonst. Selbstbewusster, energischer, zielstrebiger. Er nahm ihr den Koffer aus der Hand und stellte ihn neben die Fußmatte, auf der sie ihre Schuhe abstellten. Dann zog er sie ins Schlafzimmer.

»Gerd!«, rief sie überrascht aus. Sie hatte mit allem Möglichen gerechnet, aber nicht damit, dass er plötzlich über sie herfallen würde.

Schon hatte er ihre geblümte Bluse aufgerissen. Ein Knopf löste sich. Für Margret war das normalerweise ein Grund, mit ihm zu schimpfen, aber das wagte sie jetzt nicht mehr. Er war so seltsam erhaben, und sie spürte instinktiv, dass es besser war, zu schweigen.

Seine Hände befreiten ihre Brüste aus dem BH. Von hinten umschloss er sie, knetete sie, rieb an ihnen und massierte sie. Margret ließ den Kopf nach hinten fallen. Seine Brust stützte sie. Er hauchte einen feuchten Kuss auf ihren Hals, und sie spürte einen heißen Schwall zwischen ihren Beinen aufsteigen.

»Oh ... Gerd.« So war er seit Jahren nicht mehr zu ihr gewesen. Was immer auch in ihn gefahren war, sie war froh, dass es passiert war.

Sie wand sich in seinem Griff, machte sich an seiner Hose zu schaffen und hatte sie geschwind ausgezogen. Er befreite sein Glied aus seiner Unterhose, und sie stellte mit Erstaunen fest, dass es viel größer war, als sie es in Erinnerung hatte. Ein aufregendes Prickeln überkam sie, als sie die Lust in seinen Augen sah.

Margret ließ sich nach hinten auf die weiche Decke fallen und hob ihren Rock. Es war so viel Zeit vergangen, seit sie sich ihm zuletzt auf diese Weise präsentiert hatte. Ob er sie noch anziehend fand? Er setzte sich zwischen ihre Schenkel, beugte sich über sie und drückte ihre Arme über ihrem Kopf zusammen. Dort hielt er sie fest, so dass Margret sich nicht mehr bewegen konnte. Seine Entschlossenheit raubte ihr den Atem.

Dann küsste er sie. Wild. Zärtlich. Noch wilder.

Das Bett wippte unter seinen schweren Bewegungen. Es knarrte und quietschte. Margret war sicher, dass die kleine Kling unter ihnen alles hören würde, denn dieses Haus hatte Augen und Ohren. Doch in diesem Moment war ihr alles egal. Sollten die Nachbarn wissen, was hier geschah.

Endlich fühlte sie sich wieder wie vor zwanzig Jahren. Gerd war ausdauernd, kraftvoll und voller Energie. Sie fühlte seine Härte. Wieder und wieder. Doch das Verlangen in seinem Blick genügte völlig, um sie in Ekstase zu versetzen.

Das Bett krachte, machte einen Satz nach unten und riss Margret und Gerd mit sich. Der Lattenrost lag direkt auf dem Teppich. Aber das waren Dinge, die man reparieren konnte.

»Oh … oh … Gerd.« Er küsste sie, und Margret schlang ihre Arme gierig um seinen Hals.

Sie war völlig außer Atem. Ihre Kondition hatte sehr nachgelassen. Erschöpft ließ sie sich ein Stück nach unten gleiten und schmiegte ihren Kopf an seine Brust. Ihr Zeigefinger spielte mit seinen grauen Brusthaaren.

»Fast wie früher«, flüsterte sie.

Gerd drückte ihr einen sanften Kuss auf die Stirn. »Nein, besser.«

Sie blickte ihn fragend an, und er erklärte: »Man lernt etwas erst dann richtig zu schätzen, wenn man es fast verloren hat.«

Diese Worte klangen klug und richtig. Aber was genau hatte ihn verändert? Sie wollte es jetzt wissen. Gerd schien ihre Gedanken erraten zu haben, denn noch ehe sie ihn fragen konnte, erklärte er: »Ich hatte einen Traum, der mir die Augen geöffnet hat.« Er zog sie näher an sich heran, legte schützend den Arm um sie. »Unsere Zeit ist zu kostbar, also lass sie uns von jetzt an besser nutzen.«

Margret war mit allem einverstanden, solange sie den neuen, besser gesagt, den alten Gerd behalten durfte …

Alexia hatte ihrer Kommilitonin einen Teil der Hausarbeit gemailt, war dann unter die Dusche gesprungen und kam gerade wieder aus dem Bad, als es an ihrer Wohnungstür klingelte. Rasch wickelte sie sich in ein großes Handtuch und legte ein kleineres um ihre nassen Haare. Sie eilte zur Tür, stolperte fast über Karli, der ihr zwischen den Beinen durchlief, und linste durch den Spion.

Im Flur stand Lucas. In der einen Hand hielt er einen riesigen Strauß roter Rosen, in der anderen die versprochene Weinflasche. Alexia legte erschrocken die Hand auf den Mund. Sie hatte nicht damit gerechnet, dass er vor 18 Uhr auftauchen würde. Sie öffnete die Tür einen Spalt und lugte hindurch.

»Guten Abend«, sagte er und musterte sie amüsiert. »Ich komme offenbar ungelegen?«

»Wir hätten wohl den Abend genauer definieren müssen. Aber wenn es dich nicht stört, dass ich noch mal schnell im Bad verschwinde …«

»Wird es nicht«, versicherte er.

Sie ließ ihn ein und fühlte seinen Blick, der über ihren Körper wanderte, von ihren Fußspitzen aufwärts bis zu ihren Augen. Ein wenig länger verharrte er an der Stelle, an der sich ihre Brüste sichtbar unter dem Handtuch abhoben. Mit einem Schritt stand er in seiner imposanten Größe vor ihr und reichte ihr die Blumen. Sie war gezwungen, bis an die Wand zurückzuweichen. Sein mächtiger Körper schmiegte sich an sie, und seine weichen Lippen tasteten forschend Millimeter für Millimeter über ihre. Beiläufig schlug er die Tür mit der Hand zu.

Seine Zunge schob sich über ihre Unterlippe, ihre Zähne und massierte ihre Zunge mit sanftem Druck. Alexia war von dieser Begrüßung so überwältigt, dass sie jetzt nicht mehr an einen Einspruch dachte. Sie ließ den Blumenstrauß zu Boden sinken und legte beide Arme um seinen Nacken, erwiderte den Kuss, erforschte mit ihrer Zunge seinen Mund, schmeckte seine herbe Süße. Das Handtuch rutschte gefährlich über ihre Brüste, während sie auf ihren Zehenspitzen balancierte, um diese süßen Lippen zu erreichen, aber in dem Moment war ihr alles egal. Erst als es ihre Brustwarzen zu passieren drohte, hielt sie es mit einer Hand fest. Das war auch der Augenblick, in dem Lucas von ihr abließ und ihr lächelnd den Wein präsentierte. »Ich hoffe, du magst Weißwein?« Es war ein Chardonnay in einer edlen schlanken Flasche.

»Ja, ich hole uns zwei Gläser. Geh doch bitte schon mal ins Wohnzimmer.« Sie deutete mit der Hand nach links, wo sich zwei Türen befanden. Die eine führte in ihr Schlafzimmer, die andere in den Wohnbereich.

Alexia eilte in die Küche, stellte die Blumen in eine Vase, öffnete den Hängeschrank und holte die Gläser aus dem oberen Fach. Echte Weingläser besaß sie nicht, doch sie hoffte, Sektgläser wären ein guter Ersatz. Seltsamerweise kribbelte es noch immer in ihren Lippen, und als sie mit der Zunge versuchte, ihre Unterlippe zu beruhigen, glaubte sie, seine herbe Süße dort zu schmecken. Sein Geschmack auf ihrer Zunge trieb ihr die Hitze ins Gesicht, bis ihre Wangen glühten. Er schmeckte himmlisch, und sie hoffte inständig, ihn heute noch öfter küssen zu dürfen.

»Ich hoffe, die Gläser sind okay«, sagte sie, als sie ins Wohnzimmer kam. Sie stellte die Sektgläser vor Lucas auf den kleinen Rundtisch. Ihr sonst eher neugieriger Kater Karli war nirgends zu entdecken. Normalerweise hatte er nichts gegen Fremde und ging zutraulich auf sie zu. Wie merkwürdig, dass er sich Lucas gegenüber so anders verhielt. Offenbar hatte sich der Kater unter ihr Bett zurückgezogen.

»Hast du auch einen Korkenzieher?«

»Ja, natürlich. Einen Moment.« Sie holte das Gerät und verschwand dann kurz im Bad, um sich die Haare zumindest anzuföhnen. Anschließend zog sie sich T-Shirt und Shorts über.

Als sie zu Lucas zurückkehrte, hatte dieser bereits zwei gefüllte Gläser in der Hand. Er reichte ihr eines und stieß mit ihr an. »Auf die Frau mit den schönsten goldenen Augen, die ich je gesehen habe.« Sie lachte leise. Ihre Augenfarbe hatte sie von ihrer Großmutter geerbt. Niemand sonst in ihrer Familie besaß goldene Augen.

Lucas' Blick rutschte von ihren Augen eine Etage tiefer und verharrte dort. Sie bemerkte, wie sich sein freundliches Lächeln zu einem lüsternes Grinsen verzog, und als Alexia selbst an sich hinunterblickte, erkannte sie das Malheur. Das T-Shirt war feucht geworden, weil sie in der Eile nicht die Zeit gefunden hatte, sich vollständig abzutrocknen. Nun sah man ihre Brüste durch den Stoff hindurchschimmern.

Sie wollte sich rasch noch einmal umziehen, aber da hielt Lucas sie auch schon an der Schulter fest. Wie seltsam er sie plötzlich ansah. Und dieses lüsterne Grinsen, das dennoch warm, ja sogar anziehend war, wurde noch größer. Ihre Knie zitterten leicht, wurden ganz weich bei diesem durchdringenden Blick, und sie wusste nicht recht, wo sie hinsehen sollte. Rasch nahm sie einen großen Schluck. Sie brauchte dringend Mut, denn auf diese Weise hatte sie noch kein Mann angesehen.

»Ich finde den Anblick sehr reizvoll«, gestand Lucas und legte plötzlich sacht eine Hand auf ihre Brust. Alexia verkrampfte sich. Ihr Hals fühlte sich wie zugeschnürt an. Sie konnte nichts sagen. Selbst wenn sie es gewollt hätte. Stattdessen beobachtete sie schweigend, was er tat, unsicher, ob sie es zulassen sollte oder nicht.

Ganz vorsichtig massierte er ihre Brust durch den nassen Stoff hindurch. Es fühlte sich gut an. Ein sachtes Prickeln erfasste sie von Kopf bis Fuß. Aber am intensivsten war es in ihrer Brustwarze, die sich aufrichtete und sich ihm fordernd entgegenreckte. Lucas streichelte nur um sie herum, als wollte er sie ganz bewusst necken.

Dann hob er ihr Kinn mit Daumen und Zeigefinger an und blickte ihr tief in die Augen, ehe er seine schloss und langsam seine Lippen auf ihre senkte. Endlich. Wieder ein Kuss. Als ihre Lippen ineinander glitten, spürte sie ein Zwicken in ihren Brustwarzen. Es reizte und verstärkte das Prickeln, das durch ihren ganzen Körper strömte. Langsam, doch bestimmt, drängte er sie zurück, bis sie mit den Waden gegen ihre Couch stieß und sich auf das Polster fallenließ. Für einen kurzen Moment wurden ihre Lippen voneinander getrennt. Aber Lucas saß schon neben ihr, nahm ihren Kopf mit beiden Händen und drehte ihn in seine Richtung. Sie spürte seinen warmen raschen Atem, als seine Lippen sich ihrem Mund näherten. Sehnsuchtsvoll öffnete sie ihn. Aber dieses Mal blieb seine Zunge außen, fuhr sacht ihre Oberlippen entlang und massierte sie. Seine Hände legten sich auf ihren Busen. Hoben ihn an, kneteten ihn, zwirbelten ihre Brustwarzen, bis sie steif wurden.

Kendrael war seinem Ziel so nahe, dass er beschloss, alles auf eine Karte zu setzen. Er konnte und wollte nicht länger warten. Er wollte diese Frau jetzt. Doch als er sich an ihrem Hosenbund zu schaffen machte, um ihr die Shorts auszuziehen, legte sie beide Hände auf seine Brust und drückte sich ein wenig ab. Der Kuss wurde jäh unterbrochen. Und als er in ihre strahlenden goldenen Augen sah, erkannte er in ihnen eine starke Unsicherheit. Angst.

»Das geht mir zu schnell, Lucas«, sagte sie. »Ich weiß fast nichts über dich.«

»Das kann ich verstehen«, heuchelte er und nahm ihre Hand, strich beruhigend über sie und versuchte zu erkennen, was in ihr vorging, was er falsch gemacht hatte und wie er den Fehler korrigieren konnte, um doch noch an sein Ziel zu gelangen. Er wollte sie. Heute Nacht.

An die Stärke der Bilder und der damit verbundenen Emotionen, die sich vor seinen Augen kristallisierten, hatte er sich inzwischen gewöhnt. Alexia war eine sehr sensible Frau. Dementsprechend intensiv wirkten ihre Gefühle auf ihn ein. Aber dieses Mal war der Schmerz, den er spürte, derart groß, dass er sich konzentrieren musste, um die Bilder nicht aus den Augen zu verlieren.

Er wollte wissen, was in ihrer Vergangenheit geschehen war, denn nur so konnte er ihr Wesen verstehen. Langsam lichtete sich der Nebel, und er tauchte ein in schmerzliche Erinnerungen. Er hörte Musik, sah bunte Lichter, und schließlich befand er sich in einem abgedunkelten Klassenzimmer. Mädchen und Jungen tanzten miteinander. Er hörte ihr Getuschel, das Lachen und spürte die spöttischen Blicke.

Alexia war eine Außenseiterin, die von ihren Mitschülern aufgrund ihrer Figur gehänselt wurde. Es hatte sie einiges an Überwindung gekostet, zu der Klassenfete zu gehen. Aber sie hatte darauf gehofft, Tom Henning aus der Parallelklasse zu treffen, für den sie heimlich schwärmte. Unbeachtet stand sie in einer Ecke und beobachtete, wie die Jungen ihre Mitschülerinnen zum Tanzen aufforderten. Nur Alexia wurde nicht aufgefordert. Sie hatte überlegt, ob sie nach Hause gehen sollte, aber dann hatte Tom plötzlich neben ihr gestanden. Er war gutaussehend, groß und der Kapitän der Fußballmannschaft ihrer Schule. Normalerweise beachtete er sie genauso wenig wie die anderen, doch an diesem Abend war das anders. Nachdem er sie entdeckt hatte, wich er kaum von ihrer Seite. Alexia fühlte sich geschmeichelt, aber auch sehr unsicher, denn sie fürchtete, sobald sie etwas Falsches oder Dummes sagte, würde er sich den anderen Mädchen zuwenden. Das tat er glücklicherweise nicht. Im Gegenteil. Er war unglaublich zuvorkommend und schenkte ihr immer wieder etwas vom Früchtepunsch nach.

Nach einigen Gläsern fühlte sich Alexia merkwürdig. Ihr Gang war wackelig, und die bunten Lichter, die überall im Klassenraum aufgestellt worden waren, blinkten so grell, dass ihr davon schwindelig wurde.

»Ist alles in Ordnung?«, fragte Tom und stützte sie, als sie zur Seite zu kippen drohte.

»Ich fühl mich komisch«, gab Alexia zu. Ihr schwirrte der Kopf.

»Gehen wir an die frische Luft«, sagte Tom, aber Alexia wollte lieber nach Hause. Davon wollte Tom nichts hören. »Einmal um den Hof, und dir geht es besser«, meinte er.

Sie gab sich redlich Mühe, ihn nicht zu enttäuschen, und drehte mit ihm eine Runde. Aber ihr Körper machte das nicht mit. Plötzlich spürte sie, wie das Stück Torte, das sie vor einer halben Stunde verzehrt hatte, wieder nach oben kam. Wie ungeheuer peinlich ihr das war. Rasch riss sie sich von Tom los, torkelte quer über den Hof und übergab sich hinter einem kleinen Gebüsch. Sie hoffte inständig, er hätte das nicht gesehen. Aber Tom war ihr besorgt gefolgt und bot ihr eine hilfreiche Hand.

»Nicht schlimm«, sagte er, um sie zu beruhigen. »Setz dich erst mal.« Er führte sie zu einer Bank, und was dann geschah, daran erinnerte sich Alexia nicht sehr deutlich. Sie wusste nur, dass ihr immer noch sehr übel war, dass sie Tom aber auch nicht enttäuschen wollte und deshalb einfach stillgehalten hatte. Er würde sie entjungfern. Das war okay für sie. Sie war immerhin achtzehn. Alle anderen Mädchen aus ihrer Klasse hatten die Erfahrung viel früher gemacht. Sie hoffte nur, dass es schön würde, dass Tom sie küsste und zärtlich dabei streichelte.

Aber Tom hatte etwas ganz anderes vor. Sie spürte seine Finger an ihrer Unterhose, an der er heftig zog, als wollte er sie zerreißen. Erst als seine Kumpels plötzlich hinter ihm auftauchten und sie alle laut lachten, dämmerte ihr, dass etwas nicht stimmte.

»Alter, du hast die Wette gewonnen. Gratuliere, Mann«, hörte sie einen Jungen sagen.

Wette? Was für eine Wette? Ihr wurde noch schlechter.

»Ein bisschen nachhelfen musste er ja schon. Ohne den Alkohol in ihrem Punsch wäre die Kleine sicher nie so weit gegangen«, sagte ein anderer.

Sollte das bedeuten, dass Tom sie absichtlich betrunken gemacht hatte?

Plötzlich stand die ganze Klasse vor ihr. Inklusive Herrn Obermaier, der aber im Gegensatz zu all den anderen nicht mitlachen konnte.

Alexia blickte an sich hinunter. Es war kühl zwischen ihren Beinen. Und als sie sah, woran das lag, war ihr Verstand plötzlich wieder klar. Ihre Hose und ihr Slip hingen ihr zwischen den Knien. Ihre Bluse war aufgeknöpft, und der BH lag neben ihr auf der Bank. Sie war fast nackt, und alle konnten es sehen! Am liebsten wäre sie vor Scham im Boden versunken.

»Hast du echt geglaubt, der interessiert sich für dich? Wie blöd kann man denn sein«, sagte eine Mitschülerin.

»Ihr geht jetzt alle wieder rein, hier gibt es nichts zu sehen«, rief Herr Obermaier, doch er hatte die Schar lästernder Teenager nicht unter Kontrolle. Jeder wollte einen Blick auf die kleine Dicke werfen.

Alexia war in Tränen ausgebrochen. Wären es nicht ohnehin nur noch ein paar Monate bis zur Abiturverleihung gewesen, sie hätte mit Sicherheit die Schule gewechselt. Die nächsten Wochen wurden jedoch zur Hölle. Und immer wieder fragte sie sich, warum Tom ihr das angetan hatte. Zum ersten Mal, seit sie aufs Gymnasium ging, hatte sie sich von jemandem angenommen und gemocht gefühlt. Und dann war alles nur ein Trick gewesen, um sie bloßzustellen?

Alexia wusste nicht, dass Kendrael diese Geschichte nun kannte. Er verspürte das Bedürfnis, sie zu trösten. Zärtlich streichelte er ihre Wange. Er konnte sie jetzt besser verstehen. Deswegen sehnte sie sich nach Halt, nach Hingabe, nach Sicherheit. Schmerzlich wurde ihm bewusst, dass auch er ihr nicht geben konnte, wonach sie sich sehnte. Er würde sie benutzen, wie es der junge Mann getan hatte. Sich nehmen, was er brauchte, und sie dann liegenlassen. So wie er es immer tat. Nur dieses Mal fühlte es sich falsch an.

Alexia lächelte ihn plötzlich an. Ihre Augen schimmerten, und sie hauchte einen kleinen Kuss in seine Handfläche. »Sei mir nicht böse, Lucas. Bitte.«

»Das bin ich nicht.«

Das war die Wahrheit. Es störte ihn nicht, noch etwas zu warten.

Ein leises »Danke« kam über ihre Lippen, und sie blickte mit ihren wunderschönen Augen zu ihm auf. Ganz langsam schien sie vor ihm größer zu werden, bis sich ihre Lippen auf der Höhe seiner Lippen befanden. Kendrael nahm die Einladung an und zog ihr Kinn mit einer Hand näher an sich heran. Dann verschmolzen ihre Münder ineinander. Sie schmeckte so herrlich süß. Ganz zärtlich glitt ihre Zunge in seinen Mund. Sie war weich, etwas zögerlich, und doch spürte er, wie die Leidenschaft in ihr erwachte. Und das sorgte dafür, dass etwas ganz anderes in ihm erwachte. Seine Hose wurde allmählich zu eng. Er war überrascht von der heftigen Reaktion seines Körpers. Ein einfacher Kuss dieser Frau genügte bereits, um ihn in einen Rausch zu versetzen. Nun fiel es ihm noch schwerer, zu verzichten. Doch Alexia zuliebe übte er sich in Geduld. Wenn sie erst bereit war, würde ihr Orgasmus viel intensiver sein, und er könnte all diese Lebensenergie in sich aufnehmen. Es würde das köstlichste Mahl werden, das er je zu sich genommen hatte.

Seine Hand legte sich auf ihren Oberschenkel und strich dabei ganz unauffällig in Richtung ihres Zentrums. Kendrael würde es nicht wagen, sie noch einmal zu bedrängen. Aber er wollte ihr an dieser Stelle nah sein. Alexia erlaubte es ihm. Ihre Hand glitt über seine Wange, während ihr Kuss allmählich leidenschaftlicher und intensiver wurde.

Sie atmete auf, schmiegte sich an seine Brust und schloss die Augen. Er spürte ihre Wärme, den Schlag ihres Herzens und legte den Arm um sie. Es war schön, sie auf diese Weise zu halten und ihre Nähe zu spüren. Er griff nach dem Sektglas, um sich einen Schluck Weißwein zu genehmigen, da spürte er plötzlich eine starke Präsenz. Sie war dämonischen Ursprungs. Vor Schreck verschluckte er sich.

»Was ist los?«, fragte Alexia.

»Ich … muss kurz ins Bad«, sagte er und eilte hustend auf

die Toilette. Die Präsenz war dunkel, gefährlich, und sie war wegen Alexia hier. Er schloss die Badezimmertür ab, huschte in den Schatten und tauchte auf dem Dach des Hauses Nummer 23 wieder auf. Hier war die Präsenz am stärksten. Doch er konnte niemanden sehen. Er ging umher, blickte sich um, aber er war allein, und dennoch spürte er sie. Es waren mehrere ihrer Art. Sie waren gekommen, um Alexia zu holen. Schweiß trat auf seine Stirn. Das musste er verhindern!

Etwas bewegte sich im Schatten eines alten Schornsteins. Er trat näher und erkannte, dass es ein Gesicht war. Es hatte Hörner, streckte ihm die Zunge heraus und verdrehte wirr die Augen. Dazu erklang ein grässlich hysterisches Lachen. Ein Sukkubus. Und wo einer von diesen lästigen Kreaturen war, war auch eine ganze Schar.

»Prinz Kendrael«, erklang eine Stimme hinter ihm. Er drehte sich um und entdeckte eine wunderschöne Frau, die in ein hauchdünnes Tuch gehüllt war. Aus dem Schatten des Schornsteins trat eine weitere Gestalt. Ehe er sich versah, war er von fünf Sukkubi umzingelt. Jede von ihnen sah engelsgleich aus. Große Brüste, schmale Taillen, weite Hüften, runde Gesäße, lange Beine, eine Haut aus Samt, Locken bis zu den Kniekehlen.

Eine geisterhafte Aura umgab diese Wesen, deren Blicke rot und wild glühten, während sie den Kreis um ihn langsam verengten. Ihre Haare bewegten sich schlangengleich im sanften Nachtwind. Nur ein hauchdünner Stoff umschmiegte ihre Rundungen. Die helle Haut schimmerte silbern im Licht des Mondes. Sie sahen aus wie Statuen.

Die Anführerin des Clans gab den anderen Frauen ein Zeichen. Diese blieben darauf stehen und warteten mit unruhigen Blicken ab.

»Rampustate«, sagte Kendrael. Er kannte diese Frau. Sie war die Anführerin des Clans der Süßen Orchideen. Im Dämonenreich bekleideten sie einen hohen Rang, doch Kendrael hatte eine weitaus höhere Position inne.

Sie grüßte ihn mit einem ehrwürdigen Nicken. »Mein Prinz.«

»Was hat diese Versammlung zu bedeuten?«, verlangte er zu erfahren. »Warum seid ihr hier, was ist euer Anliegen?«

»Die alten Gesetze gelten auch für einen Prinzen. Dieses Revier gehört dem Clan der Süßen Orchideen. Ihr habt hier nichts verloren.«

Es ging also wieder um Revierüberschreitungen. Wenn da nicht Asmadeon aus der Jazzbar seine Finger im Spiel hatte.

»Wir wollen keinen Ärger mit Euch, mein Prinz. Aber wir müssen auf die Einhaltung der Regeln bestehen.«

Ihre Stimme war so verlockend und herrlich süß wie der Klang einer Harfe, die von zarten Frauenhänden gespielt wurde. Dabei spitzte sie sinnlich die vollen Lippen, die ihn an eine Rosenblüte erinnerten. Ein Mensch wurde schnell Opfer solcher Reize. Aber Kendrael war dagegen immun.

Er wusste, was die Sukkubi im Schilde führten. Sie würden Alexia betören, ihr die Unschuld rauben und mit ihr die Lebensenergie. Das würde er nicht zulassen. Alexia gehörte ihm. Nur ihm!

»Ich hatte keine Kenntnis davon, dass das Revier den Süßen Orchideen gehört. Ich war über zweihundert Jahre nicht mehr in dieser Sphäre. Habt also Nachsehen.«

»Ihr seht Euren Fehler ein und überlasst uns die Menschenfrau?« Erstaunen schwang in dieser lieblichen Stimme mit, die darauf ausgelegt war, Männern zu gefallen.

»Die Menschenfrau gehört mir«, sagte er fest. Ein Grollen

und Zetern ging durch die Reihe der Dämoninnen, und ihre lieblichen Gesichter verzogen sich zu grässlichen Fratzen.

»Ihr wisst, was das bedeutet, Prinz?«, grollte Rampustate und machte einen Schritt zurück. Die alten Regeln ließen keinen Zweifel zu, in Fällen wie diesen wurde um das Revier gekämpft. Rampustates Augen glühten, und zwei Hörner wuchsen aus ihrer Stirn. Aus ihren Schulterblättern ragten nun zwei mächtige Lederschwingen hervor, von denen jeder Flügel an die zwei Meter maß. Ihre Statur wurde muskulöser, größer, und ihre Brüste schwollen mächtig an. Ihre Haut war nicht länger weich und eben, sondern schuppig und ledern. Ein Schwanz peitschte wie der einer wütenden Katze über die Ziegel des Daches. Mit den mächtigen Klauen an ihren Füßen fand sie guten Halt auf der unebenen Fläche, während Kendrael um sein Gleichgewicht rang.

»Ich fordere dich und deinen Clan heraus«, rief er aus und streckte die Arme empor.

Noch ehe er sich verwandelt hatte, erzeugte die Dämonin mit ihrem Flügelschlag einen mächtigen Wind, der Kendrael fast vom Dach fegte. Er verlor den Halt unter den Füßen, sauste in die Tiefe und konnte sich mit beiden Händen an der Regenrinne abfangen. Auch die anderen Frauen veränderten ihre Gestalt. Kendrael zog sich wieder hinauf auf das Dach und spürte, wie sich sein Körper verformte, wie sich Muskeln ausbildeten und riesige Klauen aus seinen Finger- und Fußspitzen schossen. Bald ragte er in seiner gewaltigen Größe über den deutlich kleineren Sukkubi auf. Sie stürzten sich kreischend auf ihn. Ein Sukkubus krallte sich in seine Schulter und grub die Klauen in sein Fleisch. Der Schmerz ließ ihn noch einmal das Gleichgewicht verlieren, und er glitt den steilen Winkel des Daches hinunter bis zur Regenrinne. Dabei lösten sich einige Schindeln und fielen zu Boden.

Auch die anderen Sukkubi hielten sich an ihm fest, während er sich wie ein mächtiger Raubvogel in die Lüfte erhob. Sie klebten an ihm wie Blutegel an menschlicher Haut. Gierig gruben sie die Zähne in seine Muskeln und sogen das dämonische Blut aus seinen Adern. Kendrael packte einen Sukkubus am Nacken, riss ihn über seine Schulter und fuhr in einer raschen Bewegung mit seinen Klauen über das Gesicht der Dämonin, ehe er sie losließ. Der Sukkubus kreischte wie von Sinnen, hielt sich den blutenden Schädel und stürzte in die Tiefe.

Es gelang ihm, zwei weitere Sukkubi abzuschütteln, während er im Sturzflug auf die Straße niedersauste. Sie stießen gegen eine Hauswand und rissen mit ihrem Aufprall das Gemäuer auf, die Fassade bröckelte und einzelne Steine und Ziegel sausten hernieder, zerschmetterten die Dächer parkender Autos und das Straßenpflaster.

Der letzte Sukkubus hatte es irgendwie geschafft, von Kendraels Bein auf seinen Rücken zu klettern und mit den Reißzähnen die Haut zwischen seinen Schwingen zu zerreißen. Der Schmerz ließ ihn schwindeln. Schlimmer aber war, dass Kendrael seinen Flug nicht mehr gänzlich unter Kontrolle hatte, ins Schwanken geriet und versuchte gegenzusteuern. Er knallte gegen ein Haus, riss sich Arme und Beine an der rauen Oberfläche auf und torkelte durch die Luft.

»Gib auf«, kreischte der Sukkubus auf seinem Rücken. Doch Kendrael musste nur an Alexia denken und daran, was diese Plagegeister mit ihr vorhatten. Und schon belebte der Zorn seinen Körper, weckte neue Kräfte und Energien in ihm.

Ein lauter Kampfschrei drang aus seiner Kehle, und er

sauste im Sturzflug auf das Dach der 23 zu, griff mit beiden Händen nach dem Hals des Sukkubus, und als es ihm gelang, die Dämonin zu packen, warf er sie gegen die siegessichere Rampustate, die auf dem Schornstein stand und den Kampf beobachtete. Beide Sukkubi prallten zusammen und stürzten hinab. Ihr Kreischen hallte durch die Nacht. Lichter gingen in den Häusern an. Leute beschwerten sich über den Lärm. Doch es war zu dunkel, sie konnten die Dämonen nicht sehen.

Kendrael landete auf dem Dach und aktivierte seine Selbstheilungskräfte. Seine Wunden bluteten heftig. Die grüne Flüssigkeit lief heiß und brennend über seine Haut. Aber die Wunden schlossen sich langsam, und der Schmerz verklang. Sukkubi waren anstrengend, aber gegen einen Dämonenprinzen hatten sie keine Chance. In der Ferne sah er sie am Nachthimmel aufsteigen und in einem düsteren Schwarm davonfliegen.

Das Revier gehörte nun ihm. Und mit ihm all die Menschen, die darin lebten.

Alexia machte sich allmählich Sorgen um Lucas. Jetzt war er schon seit zwanzig Minuten im Badezimmer. Sie hatte sich zunächst nicht getraut, nach ihm zu sehen. Dann aber hatte sie beschlossen, nachzufragen, ob alles in Ordnung sei. Als sie an die Badezimmertür geklopft und ihn gefragt hatte, war keine Antwort gekommen. Danach war sie nervös durch den Flur gelaufen, ohne zu wissen, was sie jetzt tun sollte. Ihr Blick blieb am Telefon hängen, das in der Ladestation auf der Kommode stand. Wenn er in fünf Minuten kein Lebenszeichen von sich gab, würde sie den Notarzt rufen.

In dem Moment ging die Tür auf und Lucas trat aus dem Bad, als sei nichts geschehen. Er sah ein wenig blass aus, und seine Haare wirkten zerzaust. Davon abgesehen setzte er wieder dieses charmante Lächeln auf, bei dem ihr abwechselnd heiß und kalt wurde.

»Lucas! Geht es dir gut? Ist alles in Ordnung?«, fragte sie.

»Ja, mach dir keine Sorgen. Es geht mir gut«, sagte er, und seine Stimme klang fest und ehrlich.

Sie wusste nicht, was sie erwidern sollte. Er fuhr sich durchs Haar, glättete und ordnete es, und schließlich trat auch wieder etwas Farbe in seine Wangen.

Er stand dicht vor ihr. So dicht, dass nicht einmal eine Hand zwischen sie gepasst hätte. Seine Brust fühlte sich herrlich warm, ja geradezu heiß an. Oder war es ihr eigener Körper, der so stark glühte?

»Ich habe mir Sorgen um dich gemacht. Warum hast du mir denn nicht geantwortet?«

»Tut mir leid, ich habe dich nicht gehört.«

Sie neigte dazu, besonders leise zu sprechen, wenn sie aufgeregt war. Vielleicht war ihre Stimme tatsächlich nicht zu ihm vorgedrungen? Nun war sie erst einmal froh, dass es ihm gutging und dass er wieder bei ihr war.

Kendrael konnte sein Verlangen kaum noch zügeln. Nachdem er sie fast an diese lästigen Sukkubi verloren hätte, wollte er nicht länger warten. Niemand sollte ihm zuvorkommen. Dieses Mädchen gehörte ihm.

Er spürte ihre Sorge um ihn, und das machte ihn noch mehr an. Zeigte es doch, dass sie ihn begehrte und dass sie ihn ebenfalls wollte.

Energisch drängte er sie in ihr Schlafzimmer. Alexia stolperte rückwärts hinein, erhob Protest und versuchte ihn wegzudrücken, da griff er kraftvoll nach ihren Handgelenken und hielt ihre beiden Arme fest.

Ihre Unterlippe bebte, als sie zu ihm hinaufsah. Die großen Pupillen zitterten nervös, und doch spürte er, wie sehr sie sich nach seinem Kuss sehnte. Barsch drückte er seine Lippen auf ihre, biss an ihrer Unterlippe, schob ihr fordernd die Zunge in den Mund. Alexias Stöhnen und Seufzen erhitzte das Feuer in seinen Lenden immer mehr. Seine Händen glitten über den Stoff ihres T-Shirts, rieben an ihren Brüsten und packten es schließlich am Kragen. Mit einem einzigen Ruck zerriss er es in zwei Teile.

Alexia erschrak, stieß einen leisen Schrei aus, aber er hatte sie schon auf das Bett gestoßen und sich auf sie gelegt. Vor Schreck und Überraschung riss sie die Augen weit auf, doch ehe sie etwas sagen konnte, war ihr Mund schon wieder versiegelt durch einen heißen, innigen Kuss.

Kendrael achtete darauf, sich nicht mit seinem vollen Gewicht auf sie zu legen. Mit dem Knie seines linken Beines schob er sacht ihre Oberschenkel auseinander. Alexia versuchte sich zu wehren, doch er musste sie nur eindringlich ansehen, um ihren halbherzigen Versuch zunichtezumachen.

Nie zuvor hatte sie jemand derart heiß begehrt. Alexia wurde ganz schwindelig. Alles ging plötzlich so schnell, dass sie kaum noch wusste, wo oben und wo unten war. Kendraels Hände hielten sie fest, fesselten sie an ihr Bett, und in dem Moment erinnerte sie sich an die Angaben in seinem Internetprofil. Er hatte von sich selbst behauptet, eine fesselnde Persönlichkeit zu sein. Nun konnte sie im Ansatz erahnen, wie das gemeint gewesen war.

Lucas' Lippen befeuchteten ihre Wangen, glitten weiter,

zupften an ihren Ohrläppchen, bis es in ihrem Nacken heiß prickelte. Sie konnte seinen Atem hören. Er ging sehr schnell und stoßweise. Es machte sie an.

Plötzlich spürte sie etwas zwischen ihren Beinen. Es rieb sich an ihr, war groß und hart. Sie versuchte, einen Blick darauf zu werfen, aber als sie den Kopf hob, blickte sie direkt in seine Augen. Die glühten förmlich und wirkten kaum menschlich, sondern teuflisch. Alexia wurde bei dem Anblick immer heißer. Er küsste ihr Kinn, ihren Hals und den Fleck zwischen ihren Brüsten, die sich ihm nun, da sie tief einatmete, entgegenstreckten. Seine Lippen wanderten tiefer und tiefer, bis sie ihren Bauchnabel erreichten. Mit der Zunge umkreiste er ihn, bis es kitzelte.

Alexia lachte leise, befreite ihre Hände und versuchte, ihn wegzudrücken. Aber Lucas griff erneut nach ihren Handgelenken und fesselte sie auf die Matratze, so dass sie sich nicht bewegen konnte und ausharren musste, was er sich als Nächstes für sie einfallen ließ. Mit den Zähnen schnappte er nach dem Bund ihrer Shorts und zog sie ein Stück hinunter. Dasselbe machte er mit ihrem Unterhöschen.

Alexia verkrampfte sich und versuchte instinktiv, die Beine zusammenzupressen, aber er hockte zwischen ihnen und verhinderte, dass sie sich schließen konnten.

Ihr wurde klar, dass dies kein Spiel mehr war. Er meinte es ernst. Sie spürte seinen heißen Atem an ihrer Scham, der sich jedoch kühl anfühlte, weil sie innerlich so stark glühte. Es war ungewohnt, und ihr Herz klopfte noch einige Takte schneller.

»Du siehst wunderschön aus«, flüsterte er beruhigend. »Wie ein Schmetterling, der seine Flügel ausbreitet, um davonzufliegen.« Seine Hände strichen verführerisch über ihren Venushügel und kraulten ihre Schamhaare. Es fühlte sich schön an. Er war zärtlich und behutsam, gleichzeitig so besitzergreifend, dass es sie erregte. Aber würde seine Hand jetzt auch noch tiefer gleiten? Sie fragte sich, wie es sich anfühlen würde, wenn seine Finger vorsichtig ihre Schamlippen auseinanderstrichen und ein Finger womöglich sogar in sie drang. Die Vorstellung trieb ihr die Hitze ins Gesicht. Solche Gedanken waren ganz und gar untypisch für sie. Aber in diesem Moment fand sie es aufregend. So nah war seine Hand bis jetzt noch nie vorgedrungen, und sie konnte sehr genau spüren, dass er sie nur zu gern auf ihre Scham gelegt hätte. Sie spürte das Pulsieren in ihrem Inneren, und fast hätte sie alle guten Vorsätze über Bord geworfen und sich ganz diesem wunderbaren Augenblick hingegeben. Aber ihr Verstand setzte wieder ein. Das sollte er also sein. Der große Moment, auf den sie gewartet und für den sie sich aufgehoben hatte. Sie hatte sich ihr erstes Mal anders vorgestellt. Romantischer. Mit Kerzenlicht und einem schönen Abendessen. Es sollte etwas ganz Besonderes sein. Nun lag sie unter den Händen eines Mannes, den sie zwar sehr anziehend fand, den sie aber kaum kannte. Sollte sie nicht mehr fühlen als nur körperliches Begehren und ein wenig Zuneigung? Sie wollte den Mann, mit dem sie schlief, lieben. Aus ganzem Herzen. Und um jemanden zu lieben, musste man ihn viel näher kennen und ihm vertrauen können.

Auch bei Lucas war es nur die körperliche Anziehung. Wie sollte es denn auch mehr sein? Nein, so wollte sie ihre Unschuld nicht verlieren. Sie war keines dieser Mädchen, die nur auf Sex aus waren. Wenn sie mit jemandem schlief, sollten echte Gefühle im Spiel sein. Von beiden Seiten.

Ganz klar mochte sie Lucas, und er sie auch. Sehr sogar.

Wenn sie noch etwas warteten, würde sich alles von ganz allein regeln. Sie brauchten nur etwas mehr Zeit.

»Nicht heute Nacht«, sagte sie. Wenn er ehrliches Interesse an ihr hatte, würde er sie verstehen. Das hoffte sie zumindest.

Kendrael hielt inne. Er spürte, dass ihre Anspannung deutlich zunahm. Ihr Körper verkrampfte sich. Er konnte jetzt weitergehen, sie würde es zulassen, aber würde sie es auch wirklich wollen?

Diese Frage hatte er sich noch nie gestellt, wenn er mit einer Frau geschlafen hatte. Die Sukkubi mussten ihn doch schwer am Kopf erwischt haben, dass ihm plötzlich solche Gedanken kamen.

Er versuchte sie abzuschütteln und küsste zärtlich ihren Venushügel. Ihr weiblicher Duft strömte ihm entgegen und weckte seine Lust.

»Bitte. Gib mir noch etwas Zeit.«

Ihre Stimme zitterte. Sie hatte Angst. Vor ihm. Das gefiel ihm nicht. Gegen ihren Willen konnte er sie nicht nehmen. Aber verdammt, er wollte sie endlich spüren und glücklich machen. Jede Faser seines Körpers sehnte sich nach ihr.

»Wir müssen doch nichts überstürzen.«

Er blickte zu ihr hinauf. In ihren Augen schimmerte Unsicherheit und Angst, aber auch Zärtlichkeit und Zuneigung, wie er sie nie zuvor in den Augen einer Frau gesehen hatte.

Kendrael brauchte ihr Einverständnis. Explizit. Und das hatte er jetzt nicht mehr. Doch selbst wenn er es gehabt hätte, er wusste nicht, wie weit er unter diesen Umständen gegangen wäre.

Seine Lippen wanderten wieder hinauf, liebkosten ihre Brüste und verursachten ihr eine Gänsehaut. Oh, er liebte es, wenn eine weibliche Brust vor Erregung größer und fester wurde. Wenn sie erblühte wie die Wüste nach langanhaltendem Regen. Er ließ ihre Hände los, und die legten sich auf seinen Hinterkopf, zogen ihn drängend und fordernd nach oben, wo ihre heißen Lippen auf ihn warteten. Kendrael küsste sie lange und leidenschaftlich. Und als er von ihr abließ, sah er ihre Augen leuchten.

Zwei Stunden später war Alexia in seinen Armen eingeschlafen. Kendrael hatte nie zuvor das Bett einer Frau geteilt, mit der er nicht geschlafen hatte. Meistens war er bereits verschwunden, nachdem er bekommen hatte, was er wollte. Aber in diesem Fall war es ganz anders. Er blickte auf sie hinab, bewunderte ihre schönen Lippen und den leicht geöffneten Mund und beobachtete das Zucken ihrer Augenlider. Sie träumte. Und wie süß sie dabei aussah.

Im Schlaf drehte sie sich leicht und legte besitzergreifend den Arm auf seine Brust, als wollte sie ihn festhalten. Kendrael schmunzelte und genoss die Berührung. Wie zart sich ihr menschlicher Körper anfühlte. Mit nur einer Hand wäre es ihm möglich, ihn zu zerbrechen, wenn er es wollte. Aber das tat er nicht. Im Gegenteil. In ihm stiegen Gedanken und Gefühle auf, die er nicht kannte. Er wollte sie nicht zerstören, er wollte sie schützen. Vor anderen Dämonen, vor jeder Gefahr, die sich einem Menschen stellte. Sie weckte eine ungekannte Zärtlichkeit in ihm. Es war aufregend. Seit er existierte, hatte er nie auch nur etwas Ähnliches empfunden.

Sein Blick glitt durch das Schlafzimmer. Jedes Möbelstück, jedes Bild, selbst der Vorhang vor den Fenstern – alles trug ihre Handschrift. Alles roch nach ihr. Ohne dass Alexia aufwachte, befreite er sich aus ihrer Umklammerung und sah sich um. Wie schön dieser Ort war. So unschuldig und inzwischen vertraut. Wie ein Zuhause, dass er nie gehabt hatte. Er betrachtete die Porzellanfiguren in ihrer Vitrine. Ja, auch die sahen nach ihr aus. Eine lustige Tonschildkröte, eine große Muschel, ein Rokokopärchen aus Porzellan. Nichts anderes hätte zu ihr gepasst.

Er entdeckte einen Schülerlotsenpokal aus dem Jahr 1997. Damals war sie zehn Jahre alt gewesen. Er stellte sich die kleine Alexia in ihrer Uniform vor und wie sie die anderen Schüler sicher über die Straße geleitete. Mit einer Kelle in der Hand. Pflichtgefühl, Loyalität und Verantwortungsbewusstsein. Auch das war ein Teil von ihr, zeichnete sie aus.

Sein Blick wanderte weiter, hin zu einem kleinen silbergerahmten Foto. Es zeigte Alexias Familie. Ihre Eltern, ihre Schwester und ihre Großmutter Adelia. Ja, die alte Dame sah Alexia ein wenig ähnlich. Sie hatte dieselben goldenen Augen, die Kendrael so faszinierten. Einen kurzen Moment fühlte er sich schlecht, Alexia auf dem Friedhof so dreist belogen zu haben. Aber anders wäre er ihr nie so nah gekommen. Und das wäre äußerst bedauerlich gewesen.

Diese Vitrine war ein wahrer Schatz. Sie verriet ihm alles über sie, was er wissen wollte. Er sah darin ihre Vorlieben, ihren Humor und ihren Sinn für das Schöne. Dann aber traf sein Blick eine goldbeschlagene Schatulle, die nicht viel kleiner war als ein Schmuckkästchen. Seine Nackenhaare stellten sich auf, und sein Körper spannte sich an. Wie hätte er sie nicht erkennen sollen? Diese Schatulle war für über zweihundert Jahre sein Gefängnis gewesen. Die rätselhaften Runen, die in das Holz gekerbt waren, hatten ihn in ein zeitloses Nichts verbannt. Aber nun war er frei. Leise öffnete er die Glastür und holte das Kästchen heraus. All die zärtlichen

Gefühle, die in ihm erblüht waren, erloschen. Zorn keimte in ihm auf. Er musste die Schatulle vernichten, bevor sie ihm ein zweites Mal zum Gefängnis wurde …

Sie ging ihm nicht aus dem Kopf. Seit er diesen eigenartigen Traum gehabt hatte, war Marcel Klett überzeugt davon, dass er die Frau aus dem Schwimmbad kannte, ihr zumindest schon einmal begegnet war. Etwas Vertrautes hatte in ihren Augen gelegen. Sie waren groß gewesen, eindringlich und dunkel, ja, sehr dunkel, fast so schwarz wie der Ozean. Nur wenn das Licht auf sie fiel, hatten sie blau gewirkt. Er war seine Aktsammlung durchgegangen, um nach diesen Augen zu suchen. Aber sie gehörten keiner der Frauen, die er fotografiert hatte.

Die Sonne schien durch den Vorhang hindurch und flutete nach und nach sein Schlafzimmer. Marcel lag mit einer Morgenlatte im Bett, doch seine Gedanken waren ganz woanders. Er musste endlich wissen, wer die Fremde war.

Kurzentschlossen sprang er aus seinem Bett, eilte ins Bad, um sich Abhilfe zu verschaffen, und packte anschließend ein Handtuch und Badesachen in einen Rucksack. Dann machte er sich auf den Weg zum Hallenbad, das um diese Uhrzeit bereits geöffnet hatte.

Marcel war nicht allein deswegen gekommen, um zu schwimmen, er war in der Hoffnung hier, ihr zu begegnen. Er wusste, wie unsinnig und albern der Gedanke war, denn die Frau, die ihn Tanja und all die anderen Mädchen hatte vergessen lassen, existierte nicht in der Realität. Sie war seinen Träumen und Wünschen entsprungen. Dennoch hoffte er aus irgendeinem naiven Grund, sie könne in der Schwimmbaddusche auftauchen, wie sie es schon mal getan hatte. Nur diesmal real.

Marcel machte alles genau so wie beim ersten Mal. Erst sprang er ins Wasser, schwamm einige Bahnen und machte sich dann auf den Weg zur Dusche. Sein Herz pochte heftig, als er die Tür aufschob und ihm warme, stickige Luft entgegenschwebte. Würde sie auf ihn warten? Würde sie ihn ein zweites Mal überfallen?

Aber der Raum war leer.

Marcel setzte sich auf eine hölzerne Bank nahe der Handtuch- und Duschgelhalter und wartete. Zwei Rentner kamen herein, duschten und beachteten ihn nicht weiter. Genauso schnell, wie sie gekommen waren, verschwanden sie aus seinem Blickfeld.

Marcel harrte aus. Seine Gefühle für diese Frau waren echt. Er fühlte sich zu ihr hingezogen, wünschte, sie in die Arme nehmen oder vor ihr knien zu können, um sie zu verwöhnen. Doch die bittere Realität holte ihn rasch wieder ein. Er hatte sich in einen Traum verliebt. Nur wieso konnte ein Traum solch starke Empfindungen hervorrufen, was echte Frauen nicht bei ihm vermochten?

Er musste nach Hause. Dort wartete ein Auftrag. Als er das Hallenbad verließ, stieß er mit einer jungen Frau zusammen, die gerade das Schwimmbad betreten wollte. Im ersten Augenblick hoffte er, sie wäre es. Doch als er ihr ins Gesicht sah, wurde er enttäuscht, obwohl das Mädchen für seine Begriffe wunderschön war. Ihr Lächeln ließ die Sonne aufgehen. Es war strahlend weiß und wirkte sehr sympathisch. Unter normalen Umständen fiel sie in sein Beuteschema, aber heute reagierte er verhalten.

»Sorry«, sagte die Brünette und strich sich eine Strähne hinter das Ohr.

»Macht nichts. Ich habe nicht auf den Weg geachtet.«

»Nein, es ist meine Schuld. Ich hätte aufpassen müssen.« Sie suchte Blickkontakt zu ihm, doch er wich ihr aus. Er wollte lieber seine Ruhe haben.

»Vielleicht kann ich es ja mit einem Eiskaffee wiedergutmachen?«

Sie hatte eine tolle Figur, lange Beine und eine Wespentaille. Aber ihre Augen waren grün und glichen nicht im Entferntesten den dunklen Kohlestücken seiner geheimnisvollen Verführerin. Er musste wohl ein kompletter Idiot sein, sich diese Chance entgehen zu lassen, aber es wollten einfach nicht dieselben Glücksgefühle aufkommen. Er winkte dankend ab. Sein Herz schlug für eine andere. Schmerzlich musste er sich damit abfinden, dass er mit der nie würde zusammen sein können. Außer in seiner Phantasie.

Die Brünette zog eine enttäuschte Schnute. »Naja, macht ja nichts. Man sieht sich«, sagte sie halbherzig. Schon war sie im Inneren des Hallenbads verschwunden. Marcel sah ihr nicht nach und machte sich auf den Heimweg.

Eines war ihm mittlerweile klar geworden. Er hatte genug von diesen Kurzzeitbeziehungen ohne Hand und Fuß, ohne echte Gefühle und Zukunftsplanungen. Sie wurden ihm langweilig und teilweise zu anstrengend. Nein, er suchte etwas anderes. Etwas Festes, das Bestand hatte und Halt gab, dennoch aber aufregend war und diese gewisse Spannung in sein Leben brachte.

Zu Hause angekommen, legte er sich auf das ungemachte Bett, verschränkte die Arme hinter dem Kopf und ließ seine Gedanken treiben. Noch nie hatte er eine Beziehung geführt, die länger als fünf Monate gehalten hatte. Wie mochte das sein, ein ganzes Leben mit einem anderen Menschen zu verbringen, ihn in- und auswendig zu kennen und ihm zu vertrauen, sich ganz und gar auf ihn verlassen zu können? Früher hatte ihn der Gedanke abgeschreckt, aber heute sah er die Sache mit anderen Augen. Es musste erfüllend sein.

Sein Blick glitt zu seinem Computer. Er sollte eine neue Software entwickeln. Der Abgabetermin war nächste Woche, doch er konnte sich nicht auf seine Arbeit konzentrieren. Das hatte er bereits gestern Abend vergeblich versucht. Stattdessen versank er in einem süßen Tagtraum. Allein wenn er sich ihre Augen ins Gedächtnis zurückrief, regte sich etwas in seiner Hose. Und dieses Mal war es sehr energisch.

Er schloss die Augen und träumte davon, sie würde am Fußende seines Bettes stehen, gekleidet in einen dunklen Spitzenslip, der gerade genug verbarg, um seine Phantasie in Fahrt zu bringen, und weil er nicht wusste, wie ihr Gesicht aussah, stellte er sie sich in einer Maske vor, die ihre Haare gänzlich verbarg, doch ihre Lippen und ihr zierliches Kinn frei ließ. Erhaben blickte sie auf ihn hinunter. Stolz. Herrisch.

Er ließ den Blick über ihren Körper schweifen. Sie war sehr zierlich und wirkte durch die Stiefel etwas größer, als sie eigentlich war. Kleine, feste und sehr ansprechende Brüste in der Farbe von Sahne erregten seine Aufmerksamkeit. Sie passten perfekt zu diesem drahtigen Körper. Ihre Augen funkelten geheimnisvoll, und als sich ihre Lippen auch nur leicht öffneten, spürte er ein heftig erregtes Pulsieren in seinen Lenden.

Ganz langsam setzte sie sich in Gang, lief mit geschmeidig wippenden Hüften um das Bett herum und blieb am Kopfende stehen. Knapp oberhalb des Bunds ihres Slips entdeckte er den Ansatz eines schmalen Haarstreifens, der frech unter dem schwarzen Stoff hervorblitzte. Marcel konnte den Blick nicht von dieser Verlockung lassen. Er war versucht, die Hand auszustrecken und diese winzigen Haare zu streicheln. Aber dann bemerkte er etwas Rotes in ihrer Hand. Es war ein Halstuch, das sie vom Stuhl genommen hatte und hinter sich herzog wie eine Hundeleine, an deren Ende jedoch kein Vierbeiner hing. Die Matratze gab kaum nach, als sie sich neben ihm auf das Bett platzierte und sich so tief über ihn beugte, bis die Spitzen ihrer Brüste beinahe über seine Mundpartie strichen.

Ihr Atem zog eine sanfte, warme Spur über seine Haut. Unvermittelt griff sie nach seinem rechten Handgelenk. Er war von ihrer immensen Kraft überrascht, mit der sie seinen Arm ein Stück weit nach oben zu dem Bettpfosten drehte. Ihr Knie platzierte sich spitz auf seiner Brust, drückte ihn ins Bett. Er wollte fragen, was sie vorhätte, aber die Antwort war offensichtlich.

Entschlossen wickelte sie den roten Stoff um sein Handgelenk und verknotete ihn so fest mit dem Bettpfosten, dass er leise aufzischte. Ihre Hand packte sein Kinn und hob es an, so dass er nicht anders konnte, als ihr in die Augen zu blicken. Diese Ozeane, er wollte in sie hinabtauchen, in ihnen ertrinken. Ihr Daumen bohrte sich in seine rechte, die anderen Finger in seine linke Wange, wodurch sie seine Lippen zu einem Kussmund zusammendrückte. Dann neigte sie ihren Kopf, und ihre Lippen schoben sich über seine, verschlossen sie, so dass er kaum zu Atem kam. Blindlings band sie sein linkes Handgelenk an den zweiten Bettpfosten. Er ließ es geschehen. Die Regung in seiner Hose wurde stärker.

Sie drehte sich auf ihm um und kroch über seinen Körper,

zupfte gierig an der Hose, zog sie hinab, so dass sie einen Blick auf seine Unterwäsche und die sichtbare Beule werfen konnte. Mit einem Ruck waren beide Hosen ausgezogen.

Sein Glied hatte sich zu seiner vollen Größe aufgerichtet und es befand sich zwischen ihren Lippen, die zärtlich an ihm hinabglitten. Es erregte ihn sehr, ihre Zunge zu spüren, die ihn sanft massierte. Hätte er nur eine Hand frei gehabt, er hätte sie so gerne berührt, ihre Brüste gestreichelt, ihre Knospen zwischen seinen Fingern gerieben.

Die Maskierte setzte sich zwischen seine Beine, blickte ihm ins Gesicht und grinste ihn frech an, ehe sie wieder zwischen seinen Schenkeln verschwand. Oh, es fühlte sich so verdammt gut an, sie dort unten zu spüren. Er schloss die Augen und genoss es, ihr gänzlich ausgeliefert zu sein. Seine Fesseln hielten ihn zurück, erlaubten ihm nicht, in das Geschehen einzugreifen, die Kontrolle zu übernehmen. Sie bestimmte die Regeln.

Mit ihrem zarten Gewicht setzte sie sich auf ihn und begann sich rhythmisch zu bewegen. Ihre Wärme entzündete ein Feuer in seinem Inneren, das sich rasch von seinen Fußspitzen bis hinauf in seine Brust ausbreitete. Marcel warf den Kopf ekstatisch zur Seite, da riss ihn ein schrilles Klingeln an der Tür aus seinem wunderbaren Tagtraum. Wer störte ihn ausgerechnet jetzt?

Es klingelte noch einmal. Mürrisch raffte er sich auf und schleppte seine müden Glieder zur Tür.

»Ich hatte es Ihnen versprochen«, empfing ihn ein leises Stimmchen.

»Was? Wie? Wo?«

Sie drückte ihm einen Tetrapack in die Hand. Was sollte das?

Er musste sie wohl äußerst verwirrt angesehen haben, denn sie fühlte sich plötzlich genötigt, es zu erklären. »Erinnern Sie sich nicht? Ich hatte mir Milch von Ihnen ausgeliehen.«

Sie lächelte.

Ah, richtig. War das nicht sogar der Abend, an dem ihn Tanja verlassen hatte? Wie war doch noch der Name der Kleinen? Er blickte sie nachdenklich an. Elli … Elli Braun?

Ihre Augen lachten förmlich und strahlten wie zwei dunkle Sterne.

Dunkle Sterne?

Ihr Blick bohrte sich in seinen. Marcel erschrak, und sein Herz pochte so heftig, dass er das Blut in seinen Ohren rauschen hören konnte.

Das war sie doch!

Die Frau aus seinem Traum! Es waren ihre Augen, da war er sich sicher. Niemand sonst hatte zwei derart dunkle Ozeane als Augen. Auch die Figur passte perfekt. Sie war genauso klein, genauso zerbrechlich und doch auch sportlich drahtig.

Die Milchpackung glitt ihm aus der Hand und zerplatzte auf der Türschwelle. Die kleine Maus wich erschrocken zurück. Schon hatte sie ein Taschentuch in der Hand, bückte sich und wischte das Malheur auf.

Marcel aber starrte sie nur an. Er war nicht in der Lage, etwas zu sagen, und erst recht nicht, sich zu bewegen.

Sie hob die Packung auf, reichte sie ihm und hatte in Windeseile den Schaden beseitigt. Wieso war ihm nie zuvor aufgefallen, wie strahlend schön ihr Lächeln war?

»Hab … haben Sie schon etwas … gegessen? Zum Frühstück … meine ich«, stammelte er. Wo war sein Erobererinstinkt geblieben? Er hatte doch sonst keine Schwierigkeiten, eine Frau anzusprechen.

»Zum Frühstück? Nein. Warum fragen Sie?«

»Nun … ich … dachte, vielleicht wollen Sie … ich müsste allerdings … erst den Tisch decken.«

Ihre Augen wurden größer und strahlten jetzt sogar noch mehr. Die Wellen in den Ozeanen schlugen so hoch, dass sie glitzernden Schaum bildeten.

»Nur wenn Sie Zeit und Lust haben …«, sagte er rasch.

Sie nickte heftig. »Sehr gerne, Marcel.«

»Oh, Sie kennen meinen Namen?«

»Ja sicher.« Sie errötete leicht. Es sah süß aus. Marcel bat sie hinein. Diese kleine Maus wirkte nach außen hin schüchtern, aber in ihren Augen las er mehr. Viel mehr. Wie sagte man so schön? Stille Wasser sind tief.

Und Melli Braun, ja, das war ihr Name, war ein tiefer Ozean.

Es war ein wunderbarer Morgen. Alexia musterte den noch immer schlafenden Lucas. Sein Mund war leicht geöffnet, und sie hörte ihn leise atmen. Sein schwerer Arm lag auf ihrer Brust, aber sie schob ihn nicht hinunter, sie genoss es, ihn zwischen ihren Brüsten zu spüren. Sacht streichelte sie ihm durch das blonde Haar. Wie schön es war, plötzlich neben einem Mann aufzuwachen, der die ganze Nacht über sie gewacht hatte. Sie fühlte sich geborgen, sicher, beschützt. Es war schwer, das in Worte zu fassen. Genauso wie es schwer auszudrücken war, was sie empfand. Lucas war ihr noch immer fremd und gleichzeitig doch so vertraut. Nie war ihr ein Mann näher gewesen, und doch wusste sie nicht viel über ihn. Aber einiges hatte er doch verraten, und das, was er ihr erzählt hatte, bestärkte sie in ihrem Glauben, dass er ein guter, aufrichtiger Kerl war. Dass er sich ihr gegenüber wegen seines verstorbenen Großvaters geöffnet hatte, zeugte von einem Vertrauen, das sie rührte. Dafür hatte er ihr ganz elementare Dinge verschwiegen. Zum Beispiel, wo er lebte. Aber das war eben das, was sie an ihm reizte. Das Geheimnisvolle. Auf der anderen Seite brauchte sie Klarheit, was er sich eigentlich von ihrer ›Beziehung‹ versprach. Auch das war noch offen. Sie würde ihn später fragen, wenn der Zeitpunkt günstig war.

Lucas drehte sich im Schlaf herum, so dass sie einen Blick auf seinen Rücken werfen konnte. Er war sehr muskulös, wie eigentlich alles an seinem Körper. Sie schob die Decke vorsichtig mit der Fußspitze weiter runter, um einen Blick auf seinen Po zu erhaschen. Er trug keine Unterhose! Das hatte sie gestern Abend gar nicht bemerkt. Sie war eigentlich davon ausgegangen, dass er sich wieder eine angezogen hatte, als er zu ihr ins Bett gestiegen war. Offenbar war das ein Irrtum gewesen. Doch in einer Beziehung hatte sie recht behalten. Jemand, der einen solch stählernen Körper besaß, hatte auch einen äußerst ansehnlichen Po.

Alexia hätte gern noch etwas länger bei ihm gelegen, aber sie hatte heute noch einige Seminare, bevor auch für sie endlich das Wochenende begann. Geräuschlos schlüpfte sie aus dem Bett, sammelte ihre Kleidung vom Boden auf und schlich ins Badezimmer, wo sie ausgiebig duschte. Danach trocknete sie ihre Haare, kleidete sich an und stellte Karli ein ordentliches Frühstück hin. Seltsamerweise ließ sich ihr Kater nicht blicken, obwohl er sonst ein unersättlicher Vielfraß war. Vermutlich störte ihn der fremde Besuch. Katzen konnten in dieser Beziehung sehr eigen sein.

Sie schrieb Lucas eine Nachricht, heftete sie mit einem Magneten an die Kühlschranktür und machte sich auf den Weg zur Uni.

Kaum hatte sie die Tür hinter sich zugeschlagen, öffnete Kendrael die Augen. Ein Dämon brauchte keinen Schlaf. Aber er konnte sich schlafend stellen. Als er in die Küche ging, um ihre Nachricht zu lesen, bemerkte er den Kater, der im Wohnzimmer saß und ihn anfauchte. »Du wirst dich mit mir anfreunden müssen«, zischte er. »Ich werde wohl länger bleiben. Ob es dir gefällt oder nicht.« Solange es eben nötig war. Es machte ihm zusehends mehr Spaß, sie langsam zu verführen, ihren Widerstand zu brechen. Irgendwann würde sie von ganz allein zu ihm kommen und verlangen, dass er sie nahm.

Er folgte ihr, saß auf dem scheinbar leeren Platz neben ihr im Bus, ohne dass sie etwas von der Präsenz ihres finsteren Schutzengels ahnte. Er war hinter ihr, als sie ausstieg und die Treppen zum Bahnsteig hinunterging. Selbst als sie den Hörsaal betrat, wich er nicht von ihrer Seite. Er setzte sich zu ihrer Linken, beobachtete sie und ergötzte sich an ihrer Schönheit. Aus jeder Faser ihres Körpers strahlte das blühende Leben. Keine Menschenfrau hatte ihn je so sehr in ihren Bann gezogen. Er wusste nicht, was genau es war, dass ihn an sie band. Aber es war stark, sehr reizvoll und sehr anziehend. Zur Mittagszeit ging sie in die Mensa. Es war sehr warm, und sie zog ihre Strickjacke aus, nachdem sie sich mit einer großen Schüssel Linseneintopf ans Fenster gesetzt hatte. In dem T-Shirt, das sie darunter trug, wirkten ihre Brüste geradezu riesig, und Kendrael verspürte den unwiderstehlichen Drang, sie zu berühren.

Alexia blickte auf die Uhr. Sie hatte noch eine Viertelstunde, ehe sie sich auf den Weg zum Hörsaal machen musste, da strich ein warmer Windhauch über ihre Wange und löste ein wohliges Kribbeln aus, wie eine von Lucas' unwiderstehlichen Berührungen. Sie versuchte sich nichts anmerken zu lassen und machte sich daran, den Eintopf schnell aufzuessen, als erneut Wind über ihren Körper hinwegstrich.

Dieses Mal zupfte er an ihrem T-Shirt, glitt verspielt über ihre Brustwarzen, die sich unter dem dünnen Stoff sichtbar aufrichteten. Verschämt rutschte Alexia etwas tiefer und versuchte, ihre Brüste hinter ihrem Arm zu verbergen. Dabei blickte sie zu den Fenstern, aber keines von ihnen war geöffnet. Der Wind musste also von woanders hereinwehen. Vielleicht durch die Küche oder den Flur. Der Wind ließ sie an die letzte Nacht zurückdenken. Ihre Gedanken kreisten um die zärtlichen Berührungen von Lucas. Die Erinnerungen waren so intensiv, dass sie sie selbst jetzt noch spürte. Seine Hände auf ihren Brüsten, die sie massierten, wogen und liebkosten. Er konnte mit seinen Lippen so unglaubliche Dinge anstellen. Ihr wurde mit einem Mal ganz heiß.

Der Wind strich um ihre Sandalen, schlüpfte durch das Bein ihrer Shorts und streichelte ihre Schenkel. Es fühlte sich an wie die hauchzarte Berührung bloßer Fingerspitzen. Alexia verschluckte sich fast vor Schreck. Eine Gänsehaut bildete sich, und die inzwischen wohlbekannten heißkalten Schauer ließen nicht lange auf sich warten. Rasch fächelte sie sich mit einer Hand frische Luft zu. Es war wohl besser, wenn sie sogleich aufbrach, bevor noch jemand etwas mitbekam. Der eine Student am gegenüberliegenden Tisch sah sie schon so merkwürdig an. Hoffentlich hatte er nichts mitbekommen. Sie nahm einen letzten Löffel und stellte die Schüssel samt Tablett in die Geschirrrückgabe.

Die Zeit verging sehr zäh, und Alexia war froh, als sie endlich am Abend den Heimweg antreten konnte. Falls Lucas ihre Nachricht gelesen hatte, würde er sie zu Hause erwarten. Vorausgesetzt, er hatte für heute keine anderen Pläne, was sie allerdings nicht hoffte. Sie mochte den Gedanken, nach Hause zu kommen und von einem treusorgenden Mann begrüßt, in die Arme genommen und leidenschaftlich geküsst zu werden.

Um 19.45 Uhr stieg sie aus dem Bus und nahm wie immer die Abkürzung durch den Lazaruspark. Die Sonne stand für einen Sommertag schon recht tief und tauchte die Sandwege und raschelnden Blätterdächer in ein warmes Orange. Am Horizont waren dunkle Wolken zu sehen. Heute Nacht würde es sicherlich ein Gewitter geben. Im Moment war es noch immer herrlich warm, trotzdem war der Park menschenleer. In der Ferne hörte sie einen Hund bellen. Sie zog ihre Strickjacke aus, trug sie über dem rechten Arm und legte einen Schritt zu. Hoffentlich war Lucas noch nicht gegangen. Sie wollte gern da anknüpfen, wo sie gestern Abend aufgehört hatten. Nun lag das ganze Wochenende vor ihnen, und sie hoffte, dass sie es zusammen verbringen würden. Außerdem war ein ernstes Gespräch fällig. Sie musste wissen, woran sie bei ihm war, wie er ihre Beziehung, oder was immer es war, sah und wie er sich die Zukunft vorstellte. Suchte er überhaupt eine Partnerin, oder war er nur auf ein Abenteuer aus? Bei dem Gedanken, es könne sich nur um eine kleine Affäre handeln, die er schon morgen wieder vergessen würde, krampfte sich ihr Herz zusammen. Aber so schätzte sie ihn nicht ein. Nein. Wenn sie in seine Augen blickte, sah sie aufrechte Zuneigung. So etwas konnte man nicht vortäuschen.

Plötzlich hörte sie rasche Schritte hinter sich, die in ein Rennen übergingen. Gerade als sie sich umdrehen wollte, spürte sie eine schwere Hand auf ihrer Schulter. Ihr ganzer Körper wurde stocksteif. Fast hätte sie einen Schrei ausgestoßen, aber da erkannte sie Lucas' Gesicht.

»Was … machst du denn hier?«, fragte sie immer noch erschrocken und doch so froh, ihn zu sehen.

Er lachte. »Habe ich dich erschreckt?«

»Etwas. Ja.«

»Ich habe einen Abendspaziergang gemacht und dachte, ich fange dich ab. Ich wusste nicht, wann der Bus kommt, und habe dort drüben auf der Bank gewartet, in der Hoffnung, du würdest durch den Park gehen.« Er deutete zu der abgeblätterten Holzbank, die direkt vor einem kleinen Steinbrunnen stand, der allerdings seit Jahren trockengelegt war.

Alexias Atem beruhigte sich. Die Idee war ja sehr süß, nur hätte er sie deswegen nicht so erschrecken müssen. Er zog sie näher an sich heran und legte die starken Arme um sie. »Ganz ruhig.« Seine Hand strich über ihre Wange. Er strahlte schützende Wärme aus, und als sie zu ihm aufblickte, blitzten seine Augen auf diese geheimnisvolle Weise, nach der sie immer mehr verrückt war. Sie schmiegte sich an seine Brust, genoss die Wärme, die von ihm ausging, und das sanfte Streicheln seiner Hände auf ihrem Rücken.

»Es ist ein schöner Abend, findest du nicht? Warm, ruhig, ein wenig geheimnisvoll.«

Sie schloss die Augen und lauschte einen Moment lang dem Rauschen des Windes, dem Rascheln der Blätter und dem leisen Zirpen der Grillen. Um sie herum erwachte das Leben.

»Ja, es ist wunderschön.« Und romantisch, fügte sie in Gedanken hinzu. Ein perfekter Moment für einen Kuss.

Lucas schien wie so oft ihre Gedanken zu lesen. Sacht hob er ihr Kinn an und ließ seine Lippen in ihre fließen. Der Kuss raubte ihr den Atem und den Verstand. Alexia hatte das Gefühl, den Halt zu verlieren. Aber er hielt sie fest. Seine Zunge erkundete ihren Mund, und als sie ihre Zungenspitze berührte, brandete ein aufregendes Prickeln durch ihren Körper. Arm in Arm schlenderten sie über die verschlungenen Pfade, vorbei an dem kleinen Kanal und unzähligen wild wachsenden Büschen, in denen sich Igel und Kaninchen versteckten. Leise plätscherten die ersten Regentropfen auf das Blätterdach über ihnen.

»Ich habe eine Idee«, sagte er.

»Eine Idee? Was für eine Idee?«

Plötzlich nahm er ihre Hand und zog sie mit sich, tiefer ins Dickicht, wo es dunkler wurde und die Schatten größer. Unter einer alten Buche hielten sie inne. Hier waren sie vor dem Nieselregen geschützt.

»Was hast du denn vor?«, fragte sie vorsichtig. Offenbar hatte er einen Plan, doch Alexia wusste nicht recht, was sie davon halten sollte.

»Vertraust du mir?«, fragte er plötzlich, und sein Blick bohrte sich in ihre Augen.

»Ja. Aber …«

»Es wird nichts geschehen, was du nicht möchtest.«

»Lucas, wenn du mir nur sagen würdest, was du vorhast, dann …«

Ihr Herz klopfte heftig, als wollte es zerspringen, und sie fühlte sich ganz euphorisch. Dann nickte sie. Ja, sie vertraute ihm. Mehr als jedem anderen.

Er lächelte zufrieden, trat hinter sie und zog etwas aus seiner Hosentasche. Sie konnte nicht sehen, was es war, aber dann legte sich etwas Dunkles über ihre Augen. Es fühlte sich warm und samtig an. Er band es an ihrem Hinterkopf zusammen und raubte ihr so die Sicht.

»Was tust du?«, fragte sie aufgeregt.

»Wusstest du nicht, dass dein Körper viel empfindlicher auf äußere Reize reagiert, wenn du nichts sehen kannst?«

Davon hatte sie noch nie gehört. Nein, das war nicht ganz richtig, fiel ihr ein. Man sagte doch, dass Blinde einen besseren Hör- und Tastsinn hätten. Womöglich spielte er darauf an.

»Ich werde es dir zeigen«, sagte er, ging um sie herum und fasste nach dem unteren Saum ihres T-Shirts und schob es hoch. Sie spürte, wie der Stoff über ihre Haut glitt, ihre Brüste mit sich zog und wie diese dabei sacht wippten. Ein einzelner Regentropfen verirrte sich auf ihre Brustwarze. Das T-Shirt blieb oberhalb ihrer Brüste liegen. Sie spürte den kühlen Wind an ihrem Bauch. Aber die leichte Abkühlung war nicht allzu unwillkommen, denn unter seinen Berührungen wurde ihr zusehends heißer.

Sein Zeigefinger fuhr über ihren Bauchnabel und fing an, ihn zu umkreisen. Es war schön, dennoch konnte sie sich nicht entspannen. Sie fürchtete, dass zufällig jemand vorbeikam und sie hier sah. Womöglich sogar einer ihrer Nachbarn. Das wäre gar nicht gut. Sie wollte etwas sagen, da spürte sie einen feuchten Kuss auf ihrem Nacken, der sie, ob seiner betörenden Sinnlichkeit, verstummen ließ. Lucas hatte recht. Ihre Sinne waren nun geschärfter. Seine Lippen auf ihrer heißen Haut lösten ein noch viel intensiveres Prickeln aus, als es sonst der Fall war.

Er knabberte an ihren feinen Härchen, zupfte mit zusammengepressten Lippen an ihren Ohrläppchen und zwickte mit den Zähnen sacht hinein. Wieder verursachte er heißkalte Schauer, die wie Wellen im Sturm in ihr aufwallten. Seine Lippen wanderten tiefer, bestäubten ihre Schulterblätter, während seine Hände nicht untätig blieben. Sie glitten über ihre Seiten nach vorn zu ihren Brüsten, streichelten und massierten sie.

Nein, das sollten sie wirklich nicht tun. Nicht hier im Freien. Alexia hielt den Gedanken nicht aus, sie könne beobachtet werden.

»Gehen wir doch besser zu mir«, schlug sie vor. Aber Lucas schnallte zur Antwort nur ihren Gürtel ab und ließ eine Hand in ihrer Hose verschwinden.

»Was soll schon passieren. Ich achte darauf, dass uns niemand sieht.« Sein Finger spielte an ihrem Slip. Nicht doch, dachte Alexia und wollte sich die Augenbinde abmachen, da packte er ihre Hand und drehte sie ihr auf den Rücken. Sie stöhnte auf.

»Pssst«, hauchte er in ihr Ohr. »Nicht so laut, sonst hört uns noch jemand.«

Sie nickte und war inzwischen schweißnass. Er hatte ja recht. Lucas ließ ihren Arm wieder los. »Niemand wird uns sehen«, versprach er, aber woher sollte er das wissen?

Erneut versanken seine Finger in ihrem Slip, kraulten ihre Schamlippen, dass ihr die Hitze in den Schoß stieg.

»Ich rieche deine Erregung«, teilte er mit, und sie erschrak über diese Worte. Man konnte es riechen? Seine Fingerspitze tauchte sacht in sie. Nur sehr kurz. Dann zog er sie wieder hinaus und hielt sie ihr unter die Nase. Jetzt nahm sie den Duft auch wahr. Tatsächlich. Eine süße, milde Note. Zärtlich bestrich er ihre Lippen.

»Koste davon«, sagte er.

Sie zitterte leicht. Was er da verlangte, war schon sehr erregend. Vorsichtig leckte sie mit ihrer Zunge die süße Feuchte von ihrer Unterlippe.

Der Regen prasselte nun stärker auf das Blätterwerk nieder, und Alexia bekam mehr als nur einen Tropfen ab. Aber das störte sie im Augenblick nicht.

Er griff nach ihrem rechten Arm, küsste ihn von der Schulter abwärts, zog eine kühle Spur aus liebevollen Küssen über ihre Haut, bis er an ihr Handgelenk gelangte. Auf jede einzelne Fingerkuppe hauchte er einen Kuss und saugte zärtlich an ihr. Dann schob er sie ein Stück nach hinten, bis sie an ihrem halbnackten Rücken den harten Stamm spürte.

Seine Finger glitten zärtlich über ihren Hals und tiefer, streichelten ihre Brüste, ihren Bauch und strichen wieder hinauf. Um sie herum hörte sie das Rascheln der Büsche und das Schaukeln der Kronen. Der Regen nahm zu.

Kendrael brach einen Zweig von einem der niedrig hängenden Äste der Buche ab und streichelte ihren runden Bauch mit den feuchten Blättern. Sie kicherte auf so erfrischende Weise, dass er selbst ein wenig lächeln musste. Fasziniert beobachtete er, wie sich ihre rosigen Spitzen unter den Berührungen der Blätter aufrichteten und härter wurden, sich wie ein sinnlicher Mund öffneten. Eine Gänsehaut überzog Alexias Körper. Ein winzig kleines Stückchen zog er ihre Shorts und den Slip herunter, um ihre krausen Härchen zu kraulen, aber Alexia verkrampfte sogleich.

»Nicht hier. Nicht jetzt«, flüsterte sie.

Aber Kendrael wollte sie endlich spüren. Ganz und gar. Besonders jetzt, da ihm ihr süßer Duft verführerisch in die Nase stieg.

»Ich halte es nicht länger aus, Alexia«, sagte er fest und befreite sein Glied aus der inzwischen viel zu engen Hose, streifte sie ab, so dass er unterhalb der Gürtellinie nackt vor ihr stand, denn eine Unterhose trug er nicht.

»Bitte nicht.«

Ihre Hände wanderten ein zweites Mal zu ihrer Augenbinde. Auch dieses Mal gelang es ihm, rechtzeitig nach ihren Handgelenken zu greifen und ihr diesmal beide Arme auf den Rücken zu drehen. Er lehnte sich auf sie, so dass sie zwischen ihm und dem Baumstamm eingeklemmt war. Ihr Atem ging rascher und ihr Herz klopfte deutlich schneller, dass er sich Sorgen machte.

»Ich kann nicht anders«, sagte er. Das Drängen in seinen Lenden war kaum zu ertragen. Aber er konnte und wollte nichts gegen den Willen des Mädchens tun.

»Bitte, erlaube es mir.« Schweiß rann über seine Stirn. Nie zuvor hatte er so sehr begehrt. Er würde keine Abfuhr ertragen. Zu seinem Erstaunen stellte er allerdings fest, dass er es genauso wenig ertrug, Alexias unglückliches Gesicht zu sehen. Bei allen Schwefelschwaden, er wollte ihr nicht weh tun!

»Darf ich dich spüren, nur kurz?«

Ihre Unterlippe zitterte kaum merklich, aber dann nickte sie. Er rieb sein Glied an ihren Schamlippen, die heiß und geschwollen waren, ja sogar wild pulsierten. Doch er drang nicht in sie ein. So weit konnte er nicht gehen. Er spürte ihren leichten Widerstand. Sie war noch nicht bereit. Ihre Hände waren kühl geworden und auf ihrer Haut glänzten Schweiß und Regen.

Sie hatte es ihm nur erlaubt, weil sie ihn nicht enttäuschen wollte. Das konnte er spüren. Aber dann entspannte sich Alexias Gesicht und so fuhr er fort, küsste sie, streichelte sie, liebkoste jede Stelle ihres Körpers. Wie herrlich weich sie sich unter seinen Händen anfühlte. Es würde nicht mehr lange dauern, und sie würde ihm gehören. Er konnte fühlen, wie sie sich ihm mehr und mehr öffnete. Wenn sie später zu ihr nach Hause gingen, würde er sie erneut verführen, und vielleicht war sie dann bereit, sich ihm ganz und gar hinzugeben.

Er konnte es nicht erwarten, sich in ihr zu spüren. Und der kleine Vorgeschmack, den er hier erhielt, verstärkte seinen Appetit nach dieser Frau, die nicht einmal ahnte, wie begehrenswert sie war.

Alles an ihr strahlte diese einvernehmende Unschuld aus. Er bewegte sein Becken schneller, rieb sein Glied stärker an ihren Schamlippen und genoss die Wärme, die von ihrem Körper ausging.

Ihr Atem wurde lauter, und als er in ihr Gesicht blickte, meinte er, ein wunderschönes Lächeln auf ihren Lippen zu sehen. Wie süß sie mit der Augenbinde aussah, unter der ihre kleine Nase hervorragte. Ein zweites Mal öffneten sich ihre sinnlichen Lippen, und ihr Atem strömte geräuschvoll heraus. Er konnte ihn an seiner Kehle spüren.

Langsam neigte er den Kopf hinunter und berührte ihren Mund mit seinen Lippen. Alexia stöhnte leise und erwiderte den Kuss leidenschaftlich. Als ihre Zunge forsch und fast schon besitzergreifend in seinem Mund verschwand, konnte er nicht länger an sich halten. Dieser Kuss war so aufregend, er konnte ihr Begehren förmlich schmecken. Wäre er ein Mensch gewesen, seine Hinterlassenschaften wären auf den Buchenwurzeln zurückgeblieben. Aber ein Inkubus trug keinen Samen in sich.

Alexia nahm stumm die Augenbinde ab und sah ihn zärtlich an. Es schien ihm, als wollte sie etwas sagen, aber stattdessen zog sie nur ihre Hose hoch, und ihr T-Shirt glitt über ihre üppigen Brüste.

Als sie sich angezogen hatte, musterte sie ihn von oben bis unten. Alexia hatte gar nicht gemerkt, wann er sich die Hose wieder angezogen hatte. Noch seltsamer war jedoch, dass er keinen einzigen Tropfen abbekommen hatte, während ihre Haare mittlerweile so nass waren, als käme sie gerade aus der Dusche. Wahrscheinlich war das Blätterwerk über ihm dichter gewesen als bei ihr. Mittlerweile hatte es aufgehört zu regnen.

»Ist alles in Ordnung?«, fragte er besorgt. Sie nickte.

»Warum siehst du mich dann so merkwürdig an?«

Sie massierte ihre Schläfen. »Es gehen mir so viele Dinge durch den Kopf.«

»Zum Beispiel?« Er zog sie näher zu sich heran und küsste sie. Sie seufzte glücklich. Seine Lippen schmeckten köstlich. Sie konnte nicht genug von ihnen bekommen. Oh, wie sehr wünschte sie sich, dass das etwas Ernstes zwischen ihnen würde. Aber sie traute sich nicht, ihn das direkt zu fragen. Es wirkte merkwürdig, fand sie.

»Wie siehst du deine Zukunft?«, fragte sie stattdessen. Lucas nahm sie in den Arm und ging ein Stück mit ihr.

Hoffentlich war das kein schlechter Moment, ihn derart zu überfallen. Aber Alexia musste es wissen. Sie wollte mit ihm zusammen sein. Die Frage war nur, ob er das auch wollte.

»Ich werde irgendwann die Praxis meines Vaters übernehmen und meine Dissertation schreiben.«

Das klang ambitioniert und es gefiel ihr. »Und was hast du noch vor?«

Er überlegte einen Moment und fuhr fort: »Auf Reisen gehen und die Welt sehen.«

Das klang sehr spannend. Nur wieso kam sie mit keinem Wort vor? Das machte sie etwas misstrauisch. »Wie wird dein Privatleben aussehen?«, hakte sie nach.

»Meinst du denn, ich habe bei all diesen Plänen noch Zeit für ein Privatleben?« Er lachte.

»Ach komm, du weißt, wie ich das meine.«

»Nicht wirklich.«

Er konnte doch nicht derart auf dem Schlauch stehen. Sie beschloss, ihm auf die Sprünge zu helfen. »Wie sieht es mit einer Frau und Kindern aus?«

Lucas löste sich aus der Umarmung und drehte ihr den Rücken zu, als könne er ihr nicht in die Augen sehen. »Darüber mache ich mir jetzt noch keine Gedanken«, sagte er kalt. Seine Worte trafen sie wie heiße Nadelstiche ins Herz.

»Ah«, sagte sie enttäuscht. So sah das also aus.

»Ich lebe für den Moment.«

»Verstehe.« Das passte leider gar nicht zu ihrer Einstellung. Alexia war unsicher, ob er überhaupt eine feste Partnerschaft suchte. Sie jedenfalls würde sich auf nichts anderes einlassen. Dabei hatte er bisher einen sehr anständigen und zuverlässigen Eindruck gemacht. Sie konnte sich nicht vorstellen, dass er einer dieser Typen war, die nur auf Sex aus waren. Andererseits hatte er sie vom ersten Tag an versucht zu verführen. Und fast wäre sie schwach geworden.

Das alles drückte schwer auf ihren Magen. Die Erinnerung an den fiesen Sven und Tom Henning stiegen in ihr hoch. Nein, Lucas war ganz anders. Er würde ihr nie absichtlich weh tun.

»Du, sei mir nicht böse, ich werde mich zu Hause hinlegen. Mir ist nicht ganz wohl.« Sie brauchte dringend Zeit zum Nachdenken und zog es vor, dabei allein zu sein. Wenn er noch einmal bei ihr übernachtete, würde er sie nur noch mehr durcheinanderbringen. Jetzt brauchte sie aber einen klaren Kopf. Es war gut, dass sie so früh von seiner Einstellung erfahren hatte und sich nun keine falschen Hoffnungen zu machen brauchte.

»Ich melde mich«, sagte sie und ging in Richtung der kleinen Lazaruswohnsiedlung.

Kendrael blickte ihr nach und rang mit sich, ob er ihr folgen sollte. Es brach ihm fast das Herz, ihre Enttäuschung zu spüren, doch in diesem Fall wollte und konnte er sie nicht anlügen. Das hatte er schon zu oft getan. Und das tat ihm leid. Eine gemeinsame Zukunft war nicht möglich, so sehr er es sich auch wünschte. Doch Lucas Arnold existierte nicht. Es hatte ihn nie gegeben.

Freilich, er hätte ihr die Wahrheit über sich sagen und erklären können, warum er nie eine Familie haben würde. Aber was würde das nützen? Sie würde ihm nicht glauben. Und wenn er ihr Beweise brachte, würde sie sich ängstlich abwenden. Der Gedanke erschreckte ihn.

Nachdenklich ging er durch den Park. Was sollte er jetzt tun? Wenn er keine Lösung fand, würde sie ihm nicht mehr vertrauen. Alles wäre umsonst gewesen. Vielleicht sollte er in der Gestalt eines anderen Mannes noch einmal um sie werben? Ach, wie hätte er denn wissen sollen, wie sich diese ganze Geschichte entwickeln würde. Normalerweise brauchte er nur eine Nacht, um eine Frau zu verführen.

Oder sollte er aufgeben und sich ein anderes Opfer suchen? Die Welt war voller Frauen, die begehrt und geliebt werden wollten. Er brauchte nur in die Nacht hinauszugehen, durch die Stadt zu wandern, und er würde überall, in jedem Haus, eine finden, die sich nach seinen Händen und seinen Lippen sehnte.

Nein. Er wollte Alexia. Ihre Reinheit. Ihre Süße. Ihren Körper.

Dieses Mädchen vernebelte seinen Verstand. Er konnte an nichts anderes denken als an ihre weiche Haut, ihre wunderschönen Augen und ihr süßes Lächeln. Bald merkte er, dass er sich nicht nur gedanklich im Kreis bewegte. Wieder kam er an der alten Buche vorbei, an der sie sich geliebt hatten. Wie herrlich warm es sich zwischen ihren Beinen angefühlt hatte. Es war so erregend gewesen. So intensiv, so lustvoll.

Kendrael legte sich auf den Rücken ins Gras und starrte zu der majestätischen Baumkrone über ihm auf. Ihre Äste und Zweige neigten sich im Rhythmus des Windes. Der Himmel war blutrot. Er schloss die Augen, versuchte an irgendetwas anderes als an Alexia zu denken, doch ihr Bild tauchte immer wieder vor seinem geistigen Auge auf. Es ließ sich nicht fortscheuchen. Im Gegenteil. Es weckte eine so starke Sehnsucht in ihm, die ihm beinahe körperliche Schmerzen bereitete. Er wollte sie berühren, sie küssen, sich an sie schmiegen und am nächsten Morgen neben ihr aufwachen.

Zur selben Zeit lag Alexia in ihrem Bett und stopfte sich zusammengerollte Wattebäusche in die Ohren. Marcel Klett war wieder einmal am Werk. Das Bett auf der anderen Seite der Wand knarrte ohne Unterlass, und sie hörte ein fast schon hysterisches weibliches Stöhnen, das sie am Einschlafen hinderte. Allerdings musste sie sich eingestehen, dass sie auch ohne das Gestöhne nicht schneller eingeschlafen wäre. Der Gedanke an Lucas hielt sie wach. Er spukte ohne Unterlass in ihrem Kopf herum und dachte offenbar nicht daran, sie in Ruhe zu lassen. Aber welchen Sinn machte es, über ihn nachzudenken. Er war nun am Zug. Er allein konnte ihre Zweifel ausräumen.

Endlich gaben Marcel und seine neue Freundin Ruhe. Ein Blick auf ihren Digitalwecker verriet, dass es schon nach Mitternacht war. Gott sei Dank war morgen Samstag und sie musste nicht früh raus. Karli legte sich neben ihr Kopfkissen, rollte sich zusammen und schnurrte leise.

Irgendwann musste sie eingeschlafen sein, denn als sie aufwachte, zeigte der Wecker fünf nach drei Uhr nachts an. Alexia drehte sich zur Seite und wollte sich an Lucas schmiegen, aber erst als ihre Hand ins Leere griff, fiel ihr ein, dass er nicht hier war. Merkwürdig. Im Halbschlaf hatte sie seine Anwesenheit so intensiv gespürt, dass sie fest geglaubt hatte, er läge neben ihr. Sogar sein herber Geruch lag ihr in der Nase. Verunsichert tastete sie die Matratze mit gespreizten Fingern ab. Selbst Karli war verschwunden.

Sie richtete sich auf, rieb sich die Augen und blickte sich im halbdüsteren Zimmer um. Das Licht der Straßenlaternen und des Mondes schien zu ihr hinein. Sie konnte die Umrisse des Bettes, des kleinen Nachtschränkchens und ihres großen Kleiderschranks erkennen. Niemand außer ihr war hier. Sie war allein. Und dennoch spürte sie seine Nähe. Alexia ließ sich verwirrt auf ihr Kissen zurücksinken und zog die Decke über den Kopf. Wie kam es nur, dass sie sich ihm so verbunden fühlte, obwohl sie sich erst vor zwei Abenden begegnet waren? Nachdem Tom Henning sie verletzt hatte, hatte sie sich geschworen, niemals wieder leichtsinnig und naiv an die große Liebe zu glauben, stattdessen immer alles zu hinterfragen, um nicht noch einmal enttäuscht zu werden. Diese Einstellung hatte gut funktioniert. Sonst hätte sie sich womöglich auf diesen schmierigen Sven eingelassen. Nur gegen Lucas schien ihr Schutzmechanismus nicht zu funktionieren. Woran lag das? Alexia wusste es nicht. Vielleicht würde sie die Antwort in einigen Semestern finden, wenn sie sich noch intensiver mit Persönlichkeitspsychologie auseinandergesetzt hatte. Aber bis dahin war es zumindest für Lucas und sie zu spät. Bei dem Gedanken an ihn spürte sie ein Stechen im Herzen. Und das obwohl er ihr offenbart hatte, dass er an einer Familie kein großes Interesse hatte. Ihr Verhalten war rational nicht zu erklären. Genauso wenig wie die Tatsache, dass sie nun glaubte, seine Küsse überall zu spüren. Es kribbelte herrlich in ihrem Nacken, und die süße Erinnerung an seine Lippen, die an ihren Härchen zupften, wurde wach. Etwas strich über ihr Gesicht, hauchte einen flammenden Kuss auf ihren Mund. Sie konnte ihn tatsächlich schmecken! Das war doch nicht normal! Alexia riss die Decke hoch und kletterte eilig aus dem Bett. Ihre Phantasie ging mit ihr durch. Sie musste sich endlich besinnen. Dabei würde ein kühles Glas Wasser sicherlich dienlich sein. Sie ging in die Küche, drehte den Spülhahn auf und nahm sich ein großes Glas aus dem Hängeschrank. Da bemerkte sie Karli, der unter dem Tisch hockte und einen buschigen Schwanz hatte, der sich in seiner Dicke verdoppelt hatte. Die Ohren waren eng an seinen Hinterkopf angelegt. Irgendetwas schien ihn zu verunsichern.

Alexia trank das Glas in einem Zug leer, gab Karli eine Knusperstange aus Lammfleisch und wagte sich wieder in ihr Bett. Sie zog die Decke bis unter ihre Nase, denn so konnte sie niemand küssen. Kein Geist, nicht der Wind und erst recht keine heiße Erinnerung an Lucas. Der Spuk hatte nun tatsächlich ein Ende. Gott sei Dank. Oder sollte sie besser sagen, leider?

Als Alexia das nächste Mal die Augen aufschlug, war die Nacht vergangen, und es war bereits 8.30 Uhr. Sie hatte doch noch überraschend gut geschlafen und fühlte sich einigermaßen fit, um sich in ihren Jogginganzug zu werfen und eine Runde durch den Lazaruspark zu drehen. Am besten noch vor dem Frühstück. Bevor alle Leute rausgingen und ihre Hunde Gassi führten. Alexia strich die faltige Hose ihres Jogginganzugs glatt, schlüpfte in ihre Laufschuhe, band die Schnürsenkel zu und machte sich auf den Weg in die Natur. Das Joggen lenkte sie von Lucas und all den quälenden Fragen ab.

Ihre Beine fühlten sich leicht an. Fast als würde sie schweben. Sie joggte durch die verschlungenen Pfade und suchte, wann immer es möglich war, Schutz unter dem dichten Blätterdach, denn feiner Nieselregen befeuchtete die Luft, und je länger sie draußen war, desto unangenehmer und nasser wurde es. Sie setzte die Kapuze auf, die an ihrer Anzugjacke hing, zog an den Kordeln, so dass sich der Stoff eng um ihren Kopf schmiegte und nur Mund, Nase und Augen herausschauten. Wenigstens hatten die Uhrzeit und das nicht unbedingt angenehme Wetter den Vorteil, dass niemand sonst im Park unterwegs war. Eigentlich hatte sie einen Umweg machen wollen, um nicht an der alten Buche vorbeizukommen, aber in dem Moment, in dem sie nach links hätte biegen müssen, war sie gedankenlos weiter geradeaus gerannt und blickte nun auf die knorrigen alten Wurzeln der stolzen Buche, an die sie sich gestern Nacht gelehnt und sein Glied zwischen ihren Beinen gespürt hatte. Ein wilder Schauer erfasste sie von den Fußspitzen bis hinauf in ihre Schläfen. Wild klopfte das Herz bei dem Gedanken an seine harte pochende Männlichkeit. Ja, es war aufregend gewesen. Sie hatte es erst nicht zulassen wollen, aber im Nachhinein erinnerte sie sich mit Wonne an diesen kurzen Augenblick zurück, in dem sie einem Mann näher gewesen war als jemals zuvor. Rasch rannte sie weiter, den Blick von der Buche abwendend. Sie wollte nicht erinnert werden. Sie brauchte etwas Abstand und Ruhe.

Als sie pitschnass in den Hausflur zurückkehrte, war es kurz vor halb zehn. Sie schleppte sich erschöpft und von leichten Seitenstichen geplagt in den zweiten Stock. Da öffnete sich Marcel Kletts Tür und heraus kam – Melli Braun! Alexia traute ihren Augen nicht. Was hatte Marcel Klett mit Melli zu schaffen? Sie erinnerte sich an das hysterische Stöhnen der letzten Nacht und sah mit einem Mal klar. Das war Melli gewesen!

Melli stellte sich auf die Zehenspitzen und küsste ihren Nachbarn, der sie sonst immer übersehen hatte. Hier war wohl einiges geschehen, das an Alexia vollständig vorübergegangen war. Marcel begrüßte Alexia mit einem Nicken, dann zog er Melli noch einmal zu sich heran und küsste sie so innig, dass Alexia unwillkürlich an Lucas' feuchte Küsse von gestern Nacht zurückdenken musste. Unmerklich leckte sie sich über die Lippen, und tatsächlich meinte sie, ihn noch immer dort schmecken zu können. Das Geräusch der zuschlagenden Tür riss Alexia aus ihren Gedanken. Melli stand vor ihr, strahlte über das ganze Gesicht und erklärte in schnellen, schwer nachvollziehbaren Sätzen, dass sie Alexia alles später erklären würde, doch dass sie der glücklichste Mensch auf der Welt sei. Dann eilte sie in großen Sätzen die Treppe hinunter und ließ die verblüffte Alexia vor ihrer Wohnungstür stehen. Mellis leuchtende Augen und ihr strahlendes Lächeln hatten eigentlich schon genug verraten.

Wenigstens ist Melli glücklich, dachte Alexia, schloss ihre

Tür auf und trat in ihre Wohnung. Sie gönnte es der kleinen Maus von ganzem Herzen. Doch für sich selbst wünschte sie sich ebenfalls etwas Glück. Im Moment war sie, was das anging, ziemlich unterversorgt. Sie schlüpfte aus ihren Schuhen, ohne sie aufzubinden, zog die Hose und die Jacke aus und wankte erschöpft ins Wohnzimmer, um sich noch etwas auszuruhen, ehe sie duschte und sich ein gesundes Vollkornfrühstück machte. Zuvor stellte sie sich auf die Waage. Das war zur Abwechslung mal ein Lichtblick. Wieder war ein Pfund verschwunden. Heute hatte sie auch zum ersten Mal gespürt, dass die Jogginghose ein wenig lockerer gesessen hatte als sonst.

Der Rest des Tages verlief recht ereignislos. Sie hatte sich das Wochenende etwas abwechslungsreicher und aufregender vorgestellt. Immer wieder ertappte sie sich dabei, wie sie die E-Mails checkte in der Hoffnung, eine von Lucas wäre dabei. Fehlanzeige. Was hatte sie erwartet?

Am Nachmittag unternahm sie einen Spaziergang, aber so recht entspannen konnte sie dabei nicht, obwohl die Wolken endlich weiterzogen und die Sonne zum Vorschein kam. Ihre Laune besserte das nicht. Vielleicht wäre es besser gewesen, sie hätte Lucas direkt darauf angesprochen, wie er zu ihrer Beziehung stand? Das hätte mit Sicherheit mehr Klarheit gebracht als dieses vorsichtige Herantasten. Möglicherweise war ihm gar nicht klar gewesen, worauf sie mit ihren Fragen hinausgewollt hatte. Männer waren ja angeblich, was das Thema anging, schwer von Begriff.

Als sie nach Hause kam und nichts Böses ahnend ihre Stube betrat, blieb ihr Herz vor Schreck beinahe stehen. In ihrem Sessel saß Lucas. Er hatte die Arme auf den Lehnen abgelegt, die Beine übereinandergeschlagen und hielt ein

Glas Wein in der Hand. Als sich ihre Blicke trafen, hob er grüßend die Hand. Ihr Herzschlag setzte wieder ein. Wie war er in ihre Wohnung gekommen? Er hatte doch gar keinen Schlüssel, und die Tür war auch nicht aufgebrochen worden.

»Was machst du hier?«, fragte sie, bemüht, ihre Stimme fest und selbstsicher klingen zu lassen. Dass er plötzlich hier war, machte sie äußerst nervös, und sie hoffte inständig, dass es eine gute Erklärung für sein unerwartetes Auftauchen gab.

Lucas erhob sich, stellte das Glas auf dem runden Tisch ab und kam auf sie zu. Als er jedoch merkte, dass sie in den Flur zurückwich, blieb er in der Mitte des Zimmers stehen. »Keine Angst«, sagte er leise. »Ich tue dir nichts.« Mit beiden Händen strich er über seinen langen schwarzen Mantel, der nicht sehr sommerlich aussah, aber zum wechselhaften Wetter passte.

Seine Worte beruhigten sie etwas.

»Ich bin hier, um mit dir über die Zukunft zu sprechen«, sagte er mit klarer Stimme und blickte sie auf seine unnachahmliche Weise an, die sie ein wenig schwach werden ließ. Nur dieses Mal wollte sie sich davon nicht beeindrucken lassen. Alexia war und blieb auf der Hut. Dieser Mann war in ihre Wohnung eingedrungen, und das war eine kriminelle Handlung. Wer wusste schon, zu was er noch fähig war. Völlig gleich, wie sehr sein Lächeln sie bezauberte. Er war offenbar zu Dingen in der Lage, von denen sie nicht mal träumte.

»Das wolltest du doch, oder?«

Sie zog angespannt die Luft durch die Zähne ein. »Richtig.«

Er legte die Fingerspitzen beider Hände aneinander, und es sah aus, als wollte er beten. »Ich habe über alles, was du gesagt hast, nachgedacht«, leitete er ein. »Und ich bin zu dem

Schluss gekommen, dass es nur eins gibt, was ich wirklich will.« Er machte eine künstliche Pause, dabei blickte er sie so intensiv an, dass sich ihre Nackenhärchen aufstellten. »Ich spreche nicht von Karriere oder materiellen Dingen. Was ich wirklich will, ist, bei dir zu sein.«

Seine Worte befreiten sie von einer zentnerschweren Last, welche sie die ganze Zeit auf ihren Schultern getragen hatte. Aus einem Reflex heraus lachte sie leise, hielt sich die Hand vor den Mund und schüttelte gerührt den Kopf über dieses wunderbare Geständnis. In dem Moment verdrängte sie alle Bedenken ob seiner möglichen kriminellen Energien.

»Es gibt trotzdem etwas, das ich vor dir verschwiegen habe.«

Die Anspannung kehrte ganz unvermittelt zurück. Was meinte er? Bevor ihre Phantasie mit ihr durchging, stand er schon vor ihr, hob sacht eine ihrer vorderen Haarsträhnen an und wickelte sie sich um den Zeigefinger.

»Ich bin nicht der, für den du mich hältst.«

»Nicht?« Sie wusste nicht, wovon er sprach. Seine Hände lenkten sie zu sehr ab, um weitere Fragen zu stellen. Sie schmiegten sich um ihre Taille, während sich sein Mantel schützend um ihren Körper schloss, sie und ihn darin einhüllte.

Es tat so gut, seine Nähe und Wärme zu spüren. Sie war versucht, sich in seine Arme fallenzulassen. Aber das ging nicht. Sie musste wissen, wer er tatsächlich war und warum er sie belogen hatte.

»Wer bist du?«, hakte sie nach, als sie merkte, dass er sie bewusst abzulenken versuchte. Er löste seine Lippen von ihrer Wange und hielt inne.

»Das ist nicht so einfach zu erklären.«

»Versuch es«, bestand sie.

»Na schön …« Er unterbrach sich, atmete tief durch und presste beide Lider für den Bruchteil einer Sekunde zusammen, ehe er in ihre Augen blickte. Sie fürchtete, er würde ihr nun gestehen, dass er ein Kleinkrimineller war, der für die Mafia arbeitete, aber es kam ganz anders.

»Glaubst du an das Übersinnliche und daran, dass es noch eine Welt gibt, die vor unseren Augen verborgen ist?«

Was sollte das jetzt? Alexia hatte keine Ahnung, worauf er hinauswollte, und sah ihn verständnislos an.

»Wenn ich nun ein Wesen wäre, das aus einer anderen Sphäre stammt …«

»Moment«, unterbrach sie ihn. »Du willst mir gerade erzählen, dass du kein Mensch bist?«

Er nickte sacht.

Alexia stand einfach nur da und regte sich nicht. Seine Worte hallten in ihren Ohren wider. Er glaubte ernsthaft, kein Mensch zu sein. Aha. Jetzt war klar, dass sie es mit einem Verrückten zu tun hatte. Ein Kleinkrimineller wäre ihr doch lieber gewesen.

»Ich sehe, dass du an meinen Worten zweifelst.«

»Wieso sagst du so etwas … Komisches?« Sie machte einen Schritt zurück und löste sich aus der warmen Umarmung seines Mantels. Sie konnte ihn wirklich nicht verstehen. Welchen Sinn machte es? Wollte er sie veralbern?

»Du stehst hier in Fleisch und Blut vor mir. Was bist du dann, wenn kein Mensch?«

»Ich bin ein Inkubus. Es klingt irrsinnig, das weiß ich selbst.«

»Allerdings.«

»Und doch ist es wahr. Ich war es, der deinen Nachbarn und deine Freundin Melli zusammengeführt hat und auch für die Versöhnung des Ehepaars im dritten Stock verantwortlich ist.«

Woher wusste er von alldem? Das waren private Dinge, die ja selbst sie nur am Rande mitbekommen hatte. Und was hatte er getan, um diesen Leuten zu helfen?

»Lass es mich dir beweisen.«

Er öffnete die Hand und streckte sie nach ihr aus.

Sie schüttelte unschlüssig den Kopf. Was sollte sie tun? Seine Hand annehmen. Und dann?

»Vertrau mir«, sagte er eindringlich.

Ihm vertrauen? Einem Mann, der mir nichts, dir nichts in ihre Wohnung eindrang, der von sich behauptete, nichtmenschlich zu sein, der aber so wunderbar sanfte und zärtliche Hände besaß, dass sie das prickelnde Gefühl seiner Fingerspitzen auf ihrer Haut noch immer zu spüren glaubte. Sie wollte eine Antwort.

»Vertrau mir«, wiederholte er.

Seine Stimme wirkte hypnotisch. Alexia spürte, wie ihr Widerstand erlahmte. Zitternd streckte sie ihre Hand aus und berührte seine Fingerspitzen. Rasch zog er sie zu sich heran, und sein wärmender Mantel umschloss sie ein zweites Mal. Die Hände lagen auf ihren Schultern, hielten sie fest, selbst wenn sie es gewollt hätte, nun konnte sie nicht mehr entfliehen.

»Hab keine Angst«, sagte er.

Eine Hand legte sich über ihre Augen. Alexia wollte protestieren, doch dann spürte sie, wie die Schwerkraft sie nach unten zog. Sie drohte zu fallen und spürte die Tiefe unter ihnen. So musste sich ein Sprung aus einem Flugzeug anfühlen, kurz bevor man den Fallschirm öffnete. Alexia schrie und versuchte, seine Hand wegzureißen. Gleich würden sie aufschlagen. Es gelang ihr, durch eine Lücke zwischen seinen Fingern hindurchzublicken. Sie befanden sich nicht mehr in ihrer Wohnung. Die Straße kam rasend schnell auf sie zu. Alexia verkrampfte sich am ganzen Körper. Doch kurz bevor sie den Boden erreichten, zog eine Kraft sie nach oben. Alexia krallte sich an Lucas' T-Shirt fest. Sie zitterte am ganzen Leib. Was geschah mit ihnen? Sie sah zu ihm auf. Sein Blick war nach oben gerichtet, und hinter seinem Rücken tauchten zwei riesige Lederschwingen auf, die sie in kraftvollen Bewegungen nach oben trieben. Erst waren es Häuser, die an ihnen vorbeirauschten, dann Wolken. Höher und höher stiegen sie auf.

»Dir wird nichts geschehen«, hörte sie sein Flüstern, das sich mit dem Rauschen des Windes zu einer säuselnden Melodie vereinte.

Sie blickte unter sich und sah die winzigen Lichtpunkte der Stadt. Großer Gott, sie flogen tatsächlich! Wie war das nur möglich!

Sie starrte ihn voller Unglauben an. Er sah aus wie ein Mensch. Aber ganz sicher war er keiner. Davon hatte er sie nun auch überzeugt. Vielleicht war er ein Engel, der gekommen war, um sie an einen anderen Ort zu bringen. War das der Tod? War sie gestorben?

Ihr Flug verlangsamte sich. Starke Arme hielten sie fest, verhinderten, dass sie in die Tiefe stürzte. Dadurch wurde ihr klar, dass dieser Mann, oder was immer er war, ihr nichts antun wollte. Er schützte sie.

Sein Blick sagte mehr als jedes Wort. Sie sah Begehren, Lust, Zuneigung … Sehnsucht. »Komm mit mir«, flüsterte er. Seine Lippen streiften beinahe ihre. Sie konnte ihn schmecken. Ein Gefühl tiefer Vertrautheit durchfloss sie.

»Wohin?«

Dunkle Wolken schoben sich rasend schnell über den Nachthimmel, verdeckten den Mond, der eben nicht einmal zu sehen gewesen war. Abertausend Sterne bewegten sich im Zeitraffer über das nachtschwarze Firmament. Alexia war viel zu durcheinander und aufgewühlt, um den Anblick zu genießen. Sie schienen in einer Art Blase gefangen, in der die Zeit stillstand, während sie außerhalb weiterging.

»In meine Welt.«

Seine Lippen näherten sich ihren. »Du sollst meine Königin sein.« Er küsste sie. Alexia wollte sich wehren, aber sie konnte es nicht.

Kendrael hielt ihren zerbrechlichen Menschenkörper fest. Ihr sollte nichts geschehen. Während sich die Welt weiterbewegte, stand sie unter seinem Schutz – ungesehen, unangetastet, beschützt. Er hätte sie ewig so halten mögen, ihre Nähe in sich aufsaugen wollen. Für immer. Dies war ein so kostbarer Moment. Er wollte ihn festhalten. Nach seiner langen Gefangenschaft schien ihm ihre Begegnung wie ein rettender Anker aus tiefer Dunkelheit, von der er immer ein Teil gewesen war. Aber jetzt war da plötzlich ein Licht. Er fühlte sich hingezogen zu dem Strahlen, wollte es besitzen, aber auch Teil von ihm werden. Alexia war dieses Licht. Wie sonderbar es doch war, dass sich ausgerechnet ein Dämon nach etwas so Hellem und Reinem wie einem Licht sehnte.

Aber Alexia begehrte, mehr zu erfahren. Er spürte es. Ihr menschlicher Verstand konnte all diese Eindrücke schwer verarbeiten. Also musste er ihr helfen, zu verstehen, indem er ihr seine Welt zeigte. Sacht legte er seine Hand auf ihre Stirn und gewährte ihr einen Blick in seine Seele.

Tiefe Schwärze umgab sie wie eine dichte Nebelwand, die

sich nur ganz langsam und allmählich lichtete. Vor ihren Augen tauchten kleine Krater auf, aus denen übelriechende Schwefeldämpfe aufstiegen.

Ein Fluss aus Lava kreuzte ihren Weg und schmolz sich durch dunkles Gestein. Sie hätte die Hitze der roten Glut spüren müssen, stattdessen kroch eisige Kälte ihre Glieder hinauf. Sie zitterte unter seinem Mantel, so dass er sie enger an sich zog, um sie zu wärmen.

Wesen, wie sie Alexia nie zuvor gesehen hatte, trollten sich durch die Schatten, lugten hinter Felsblöcken hervor, die an missgestaltete Gesichter erinnerten, oder krochen über die steinerne Decke der riesigen Höhle, durch die sie schwebten.

Im Zentrum dieses Ortes entdeckte sie zwei Throne auf einer steinernen Plattform, die wie eine Tribüne fungierte, zu der eine äußerst steile Wendeltreppe hinaufragte. Ob sie das Gewicht eines Menschen, geschweige denn eines Dämons, überhaupt tragen konnte? Sie wirkte, als könnte sie jeden Augenblick in sich zusammenstürzen.

Alexia spürte wieder Boden unter den Füßen, als sie auf den Stufen aufsetzten. Die knarrten gefährlich, und das Gerüst schwankte wie die Strickleiter eines Schiffs im Sturm.

Lucas gab sie frei und deutete hinauf zu dem Doppelthron. Doch sie hatte Angst hinaufzusteigen. Die Wendeltreppe würde ihr Gewicht nicht länger halten. Als sie in ihrer Sorge seine Hand ergriff, spürte sie kalte, schuppige Haut unter ihren Fingern. Erschrocken ließ sie ihn los und betrachtete die klauenartige Hand eines Untiers. Sie wich erschrocken zurück, war dadurch gezwungen, rückwärtszugehen, und gelangte ungewollt ein Stück weiter hinauf. Vor ihr stand ein Wesen, das so scheußlich war wie die Nacht selbst. Es hatte

Hörner und die Fratze eines Ziegenbocks, schreckliche Reißzähne, eine lange schmale Nase und ein Kinn, das breit hervorstand. Es wirkte surreal, wie aus einem Alptraum. Grässlich schimmerte die gräuliche Haut, die seinen ganzen Körper von der Stirn bis hin zur Schwanzspitze, an der eine Fellquaste hing, überzog. Alexia taumelte noch einen Schritt zurück, hielt sich den Kopf und wollte schreien, aber kein Laut drang aus ihrer Kehle. Die fühlte sich an, als hätte sie ihr jemand zugeschnürt. Ihr ganzer Körper zitterte. Schweiß rann in Sturzbächen über ihre Stirn.

Wo war sie hingeraten? Was war das für eine wahnsinnige Welt? Als sie über die Brüstung der Treppe hinausblickte, sah sie viele Wesen seiner Art, die wie Diener vor der Plattform und den sich darauf befindlichen Thronen knieten. Bei dem Anblick der großen Heerschar wurde ihr mit einem Mal gewahr, was das alles zu bedeuten hatte. Es war eine Zeremonie. Die Kreaturen waren hierhergekommen, um ihrem Meister zu huldigen und dessen Auserwählte zu sehen. Sie. Er hatte ihr gestanden, dass er bei ihr sein wollte. Aber dass das bedeutete, sie in sein Reich zu entführen, hatte er mit keinem Wort verlautbart.

»Ich will zurück«, sagte sie hastig, aber Lucas drängte sie die Plattform hinauf. Mit jedem Schritt hinauf veränderte sich etwas in ihr. Sie glühte innerlich. Vielleicht war es nur die Aufregung, doch als Alexia an sich hinunterblickte, quollen ihr riesige Brüste entgegen. Sie waren in ein schwarzes Lederkorsett geschnürt, das ihr unter normalen Umständen die Luft zum Atmen geraubt hätte. Widernatürlich dünn war ihre Taille, so dass sie sich um die Unversehrtheit ihrer Organe sorgte. Statt ihrer Turnschuhe trug sie lange Stiefel, die bis zu ihren Knien reichten, und statt ihrer Hose hatte sie nicht mehr als einen dunklen Slip an. Nein! Das war nicht sie! So wollte sie nicht sein.

»Bring mich zurück«, stammelte sie aufgelöst und stolperte auf die Tribüne. Die Dämonen jubilierten und schlugen hektisch mit den Flügeln, so dass sich ein starker Wind bildete, der sie von den Füßen fegte. Lucas half ihr auf, dann wandte er sich der Heerschar zu, hob beide Arme empor und sonnte sich im Jubel der monströsen Menge. Er ignorierte ihre Bitte, legte stattdessen den Arm um sie und zog sie zum Rand der Tribüne, die hoch über den Boden aufragte. Ihr schwindelte. Sie fürchtete, das Gleichgewicht zu verlieren. Doch er hielt sie fest.

»Dies ist das Reich des Clans der Schwarzen Dämmerung, und ich bin ihr Herr. Sie sind gekommen, um dir ihre Aufwartung zu machen.«

»Nein, ich will das nicht …«

Sie blickte in die grässlichen Fratzen hinab, und ein Schauer jagte über ihren Rücken. Diese Mäuler, diese grellen Augen, die Hörner. Sie sahen wie dunkle Teufel aus.

»Bring mich zurück!«, schrie sie, und ihre Stimme hallte von den steinernen Wänden wider. »Bitte, bring mich nach Hause!«

Ihr wurde ganz schwach. Die Luft war so dünn geworden, dass sie kaum noch durchatmen konnte. Benommen sank sie auf die Knie. Das Mieder war viel zu eng, es schnürte sie ein. Ein dunkler Schatten legte sich über ihre Augen, während sie nach Luft rang.

»… zurück.« Sie keuchte. Jemand trat neben sie, hob sie auf. Sie spürte seine Hände. Was hatte er jetzt mit ihr vor? Ehe sie ihn fragen konnte, empfing sie wohltuende Dunkelheit.

Kendrael nahm die Hand von ihrer Stirn und unterbrach

somit die Übertragung. Sacht hob er sie auf seine Hände. »Alexia?«, flüsterte er, aber sie reagierte nicht. Sie war ohnmächtig. Es war ein Fehler gewesen, ihr unvorbereitet seine Welt zu zeigen. Er hätte es besser wissen müssen. Menschliche Augen konnten diesen Anblick nur schwer ertragen. Wie war er nur auf die irrsinnige Idee gekommen, sie könne dort an seiner Seite mit ihm leben?

Sie war anders als er. Sie war das Licht. Und er die Dunkelheit. Nie würde er sein können wie sie. Und sie würde in seiner Welt wie eine Blume vergehen, die man nicht mehr goss.

Sie war ein Mensch, eine Sterbliche und somit verletzbar, auch wenn sie in seinen Augen große Stärke in sich trug.

Er war ein Dämon, der zerstören musste und anderen die Lebensenergie raubte, um selbst zu existieren. Er nahm, sie gab. Hatte sie wirklich solch einen Mann an ihrer Seite verdient? Ihm wurde gewahr, dass er eine Bedrohung für sie war, wenn sie zusammenblieben. Eines Tages würde er sie vielleicht sogar töten, denn wie sollte er ihrer süßen Unschuld widerstehen? Sie zu schützen würde bedeuten, auf Sex mit ihr zu verzichten. Aber das konnte er nicht. Sein Körper zeigte stärkste Reaktionen allein aufgrund ihrer sanften Berührungen, die doch so klein und unschuldig waren, ihn aber in einen Rauschzustand versetzten.

Er brachte sie in ihr Zimmer zurück, legte sie auf ihr Bett und breitete die Decke über ihr aus. Wie wunderschön sie aussah, wenn sie einfach nur dalag und schlief. Er hätte am liebsten die ganze Nacht hier gestanden und sie beobachtet. Zugesehen, wie sich ihr Brustkorb bei jedem Atemzug hob und senkte, wie ihre Mundwinkel leicht zuckten und sich ihre Augen unter den Lidern sichtbar bewegten, weil sie träumte. Es fiel ihm schwer, sich von ihrem Anblick loszureißen. Aber das musste er. Nur so konnte er sie beschützen. Er ging ans Fenster und blickte nachdenklich hinaus. Die aufgehende Sonne färbte den dunklen Horizont rot. Der Anblick verleitete ihn dazu, an ihre warmen, vollen Lippen zu denken, die so herrlich süß schmeckten. Es wurde ihm schwer. Nie hatte er sich so stark zu jemandem hingezogen, mit ihm verbunden gefühlt. Wie kam das nur? Kein Dämon hatte jemals Zuneigung empfunden. Es lag nicht in der Natur seiner Art zu lieben

»Lucas?«, hörte er sie leise rufen. Er drehte sich erschrocken um, doch sie war nicht aufgewacht. Sie träumte. Von Lucas.

Er musste fort, schnell, das war ihre einzige Chance, denn er war eine Gefahr für sie.

Alexia wachte in dem sicheren Glauben auf, einen sehr verstörenden Traum gehabt zu haben. Zu ihrem Unglück kehrten die Erinnerungen an die gestrige Nacht jedoch rasch zurück, und die Bilder ihres unfreiwilligen Ausflugs scheuchten sie aus dem Bett, trieben sie panisch durch ihre Wohnung und ließen sie in jede dunkle Ecke und unter jedes Sitzmöbel blicken. In jedem Schatten sah sie nach, ob dort vielleicht ein gehörntes Untier saß und sie beobachtete. Erst nachdem sie sich ganz sicher war, allein zu Hause zu sein, schloss sie alle Fenster und verriegelte die Tür.

Es gab zwei Möglichkeiten. Entweder war sie verrückt geworden, oder Lucas war tatsächlich ein Dämon, der sie in seine Welt entführt, aber auch wieder zurückgebracht hatte.

Was ihr Sicherheitsgefühl allerdings nicht sonderlich stärkte. Lucas konnte jederzeit zurückkehren. Und ob er sie ein zweites Mal heimkehren ließ, war eine andere Frage.

Alles war so echt gewesen. Der Flug durch die Nacht, seine mächtigen Schwingen, die Kälte der Hölle oder wo immer er sie hingebracht hatte. Sie konnte nicht glauben, dass es nur Hirngespinste gewesen waren.

Lucas war ein Inkubus, hatte er gesagt. Alexia kannte sich mit Dämonen nicht aus, aber im Internet würde sie gewiss Informationen zu dem Thema finden. Sie setzte sich an ihren Laptop. Es musste doch etwas geben, um sich vor diesen Kreaturen zu schützen. Allein der Gedanke an die Finsternis, die Kälte und das Gefühl von Gefangenschaft lösten starke Beklemmungsgefühle in ihr aus.

Sie gab »Inkubus«, »Teufel«, »Hörner«, »Flügel« und »Dämon« in die Suchmaschine ein und ließ sich dazu passende Bilder anzeigen. Die ersten Dateien hatten kaum etwas mit dem Wesen gemein, das sie heute Nacht gesehen hatte. Aber dann stieß sie auf ein Aquarell aus dem späten 19. Jahrhundert. Es zeigte eine schlafende Frau und zwei geflügelte Gestalten, die eine gewisse äußerliche Ähnlichkeit mit ihrem nächtlichen Besucher aufwiesen. Das Bild trug den Titel ›Inkubi‹. Ihre Finger huschten über die Tastatur, gaben der Suchmaschine neue Anweisungen, und die spuckte eine Liste zahlreicher Artikel zum Thema Inkubus aus.

Schon der erste erschien ihr sehr vielversprechend. Sie öffnete die Seite und begann zu lesen.

Die sogenannten Buhlteufel gehören zu den kleineren Dämonenarten, derer es zwei Geschlechter gibt, die Sukkubi (w.) und die Inkubi (m.). Sie ernähren sich von der Lebensenergie ahnungs-

loser Menschen, indem sie diese nachts in ihren Betten aufsuchen und sich mit ihnen paaren. Die Opfer erinnern sich an den nächtlichen Besuch nur in Form eines Traumes …

Es handelte sich um eine wissenschaftliche Arbeit eines Professor Marvin Norgret, die vollständig im Internet veröffentlicht worden war. Der Professor hatte sein Leben der Erforschung paranormaler Phänomene gewidmet und sich insbesondere auf die Buhlteufel spezialisiert. In Westfalen hatte es drei Frauen gegeben, die von einem Inkubus geplagt worden waren, und Professor Norgret hatte den Dämon mit Hilfe einer besonderen Schatulle gebannt.

Auf der Tagung erstand ich nun also ein wunderbares Objekt: eine Schatulle, gefertigt aus dem, was man hierzulande Dämonengold nennt.

Sie absorbiert naturgemäß negative Energien, die von Poltergeistern, Kobolden und anderen kleineren Dämonenarten wie den Inkubi ausgestrahlt werden, und schließt sie in sich ein, gleich der Büchse der Pandora.

Eine Skizze von der Schatulle, die der Professor selbst gezeichnet hatte, war ebenfalls auf die Seite gestellt worden. Alexia musterte das Kästchen mit wachsendem Argwohn. Es kam ihr erstaunlich bekannt vor. Als hätte sie es irgendwo schon einmal gesehen. Natürlich! Wieso hatte sie das nicht früher bemerkt. Das war dieselbe Truhe, die sie in Svens Laden gekauft hatte. Aber das musste bedeuten, dass sie diejenige war, die den Dämon befreit hatte. Sie war schuld an dem ganzen Schlamassel!

Alexia las die Abhandlung zu Ende, um herauszufinden,

wie Norgret den Dämon eingefangen hatte. Offenbar musste sie kaum mehr tun, als das geöffnete Kästchen unter ihr Bett zu stellen. Wenn der Dämon über sie kam, würde er in die Truhe gesogen und darin festgehalten werden. Sie musste dann nur noch rechtzeitig den Deckel schließen und auf jeden Fall ein neues Schloss anbringen, weil dieser uncharmante Sven es für sie aufgebrochen hatte. Ach, sie wünschte wirklich, sie hätte diesen Kerl nie im Internet kennengelernt. Dann wäre ihr auch Lucas niemals begegnet.

Ihr Herz stolperte bei dem Gedanken, und sie musste sich mit der flachen Hand auf die Brust klopfen, um es wieder in seinen Takt zurückzubefördern. So ganz recht war ihr die Vorstellung doch nicht. Lucas war in ihrer Erinnerung nicht nur ein Scheusal, sondern auch ein sehr erotischer Mann. Aber genau das war ja der Trick der Inkubi, erinnerte sie sich an das soeben Gelesene. Sie verführten Frauen, um ihnen die Lebensenergie zu rauben. Deswegen hatte Norgret Lucas gefangen, und für über zweihundert Jahre war er eingesperrt gewesen, unfähig, anderen zu schaden.

Sie schluckte. Zweihundert Jahre! Das war eine verdammt lange Zeit. Wie hatte er das nur ausgehalten? Fast tat er ihr leid. Sie musste sich zwingen, daran zu denken, das er kein Mensch, sondern ein Dämon war, der kein Mitleid verdiente.

Buhlteufel stifteten Chaos, verführten ganze Ortschaften und hatten nach ihrem Eindruck mit allem Sex, das nicht bis drei auf den Bäumen war. Sie musste plötzlich an seine Worte bezüglich Familie Mangel und an Melli und Marcel Klett denken. Lucas musste mit ihnen geschlafen haben! Das erklärte die merkwürdigen Veränderungen der letzten Tage. Der unnahbare Sunnyboy Marcel interessierte sich für die graue Maus Melli, und Frau Mangels Blicke verrieten, dass sie plötzlich ihren Mann anhimmelte, den sie sonst bei jeder Gelegenheit beschimpft hatte. Die Erkenntnis tat weh. Sie war nicht die Einzige gewesen, die er begehrt hatte. Schlimmer. Wenn sie Norgrets Aufzeichnungen glaubte, war sie nur aus einem Grund besonders interessant für ihn gewesen. Sie war eine Jungfrau. Und die zogen Inkubi an wie Motten das Licht.

Ein heißes Brennen zwang sie dazu, ihre Augen zu schließen. Lucas hatte ihr die ganze Zeit etwas vorgespielt. Die rührende Geschichte um den verstorbenen Großvater war genauso erstunken und erlogen wie seine Zukunftspläne als Mediziner, der die väterliche Praxis übernehmen wollte. All das hatte er inszeniert, um sie zu verführen. Und fast hätte er Erfolg gehabt.

Sie fühlte sich benutzt, und die Vorstellung, dass seine Gefühle nur gespielt gewesen waren, schmerzte sie zutiefst. Trotz allem konnte sie es nicht über sich bringen, Lucas ein weiteres Mal einzusperren. Er war vielleicht ein Lügner, aber so wie sie ihn kennengelernt hatte, glaubte sie fest daran, dass er kein schlechter Mensch – Dämon – war. Auch wenn er sich die meiste Zeit über verstellt haben mochte, so hatte er sie immer freundlich behandelt. Er hatte sie sogar zu seiner Königin machen wollen. War es vielleicht ein Fehler gewesen, sein Angebot abzulehnen? Vielleicht wäre sie unsterblich geworden und hätte für immer mit ihm zusammen sein können. Die Vorstellung hatte etwas für sich. Andererseits bedeutete es auch, sich selbst aufzugeben. Am Ende wären ihr nicht nur neue Kleider, sondern auch Hörner aus der Stirn und Flügel aus dem Rücken gewachsen. Sie wäre mehr und mehr ein Dämon geworden. Ihr schauderte, als sie an die finstere Welt dachte, die ihr Zuhause geworden wäre, und an deren finstere Bewohner. Sie fragte sich, ob sein Angebot ein Hinweis darauf gewesen sein könnte, dass er es letztlich doch ernst mit ihr gemeint hatte? Jemanden zu seiner Königin zu ernennen war schließlich etwas anderes, als einer jungen Frau die Unschuld zu rauben. Und selbst das hatte er nicht getan. Sie war noch immer Jungfrau. Sie spürte es. Warum hatte er sie nicht verführt, wie es Norgret beschrieben hatte? Er war doch ganz offensichtlich dazu in der Lage gewesen, sich zu nehmen, was er wollte. Stattdessen hatte er sie wieder nach Hause gebracht und freigegeben.

Alexia war vollkommen verwirrt. Sie mochte ihn noch immer, irgendwie. Dennoch wollte sie ihm gleichzeitig so fern wie möglich sein. Sie fühlte sich zu ihm hingezogen, doch sie fürchtete ihn und seine monströse Gestalt. Sie hoffte, dass er es ernst mit ihr gemeint hatte, und wollte trotzdem, dass er sie nie mehr aufsuchte.

Sie schloss das Browserfenster. Eines stand fest: Sie konnte ihm keinen Schaden zufügen. Ihr war bewusst, dass er nicht aufhören würde, Frauen zu becircen, ihnen die Lebensenergie zu rauben, und dass etwas dagegen unternommen werden musste. Nur sie wollte nicht diejenige sein, die ihn stoppte. Es fühlte sich nicht richtig an. Sie öffnete ihr E-Mail-Programm und schrieb dem Betreiber der Seite, der sich als Exorzist ausgab, eine Nachricht, in der sie ihren Fall schilderte. Sollte er entscheiden, was zu tun sei. Er hatte nach eigenen Angaben genügend Erfahrung mit der Austreibung und Verbannung von Dämonen. Ihre Finger huschten über die Tastatur, aber noch ehe sie die Nachricht beendet hatte, kamen ihr Zweifel. Vielleicht war der Kerl nur ein Aufschneider oder ein Spinner. Dank Sven und Lucas war sie sehr vorsichtig und misstrauisch geworden, was Bekanntschaften aus dem Internet anging. Unschlüssig speicherte sie die Nachricht erst einmal ab, ohne sie zu versenden. Vielleicht bekam sie die Sache ja doch allein in den Griff. Schließlich hatte Norgret in seiner Arbeit eine Anleitung zum Schutz vor Dämonen entwickelt.

Sie klickte die Seite erneut an und ließ sich die Zeichnungen von Drudenfüßen vergrößert anzeigen. Angeblich hielten sie in erster Linie Spukgeister fern, wenn man sie vor jedes Fenster und der Wohnungstür anbrachte. Laut Norgret sollten sie auch gegen Inkubi wirken, wie der Fall Mathilde belegte. Sie hatte noch etwas Kreide vom letzten Besuch ihrer kleinen Nichte aufbewahrt. Für die Kleine hielt sie immer eine Kiste mit Spielzeugen bereit. Die Kreide befand sich ganz oben. Alexia nahm ein Stück aus der Verpackung und machte sich daran, ihre Wohnung dämonensicher zu gestalten.

Glücklicherweise war das Symbol einigermaßen leicht zu zeichnen, sah es doch aus wie ein in sich geschlossener Stern.

Sie zeichnete an jede Wand ein Drudenkreuz. Als sie das letzte angebracht hatte, bereute sie es fast. Die Farbe würde sicher Rückstände in den Fasern zurücklassen, und es sah nicht wirklich einladend aus. Besuch konnte sie in nächster Zeit nicht mehr empfangen, ohne in Erklärungsnot zu geraten.

Alexia ließ sich wieder hinter ihren Laptop auf den Stuhl fallen, um weiter zu recherchieren. Da sie nicht für den Rest ihres Lebens in ihrer Wohnung bleiben wollte, brauchte sie noch einen Schutz für unterwegs. Etwas, das sie mit sich tragen konnte. In einer Tasche oder als Anhänger um den Hals. Marvin Norgret hatte auch hier eine Lösung parat. Drudensteine – ausgehöhlte Kiesel, die man wunderbar als Kette tragen konnte. Aber wo bekam sie einen ausgehöhlten Kieselstein her? Sie gab den Begriff in die Suchmaske ein und stieß nach ein wenig Recherche auf einen Laden in ihrer Nähe, der tatsächlich echte Drudensteine anbot. Gleich morgen würde sie hinfahren!

Tanja Gärtenfeld machte es sich in Daniels geräumigem Bett bequem, kuschelte sich in ein überdimensionales Herzkissen und genoss die warmen Sonnenstrahlen, die durch das offenstehende Fenster drangen, während ihr Liebster schon vor Stunden aufgebrochen war, um seine Wochenendschicht in der Notfallaufnahme des Krankenhauses zu absolvieren, in dem auch sie als Schwester arbeitete. Nachdem er sein Medizinstudium aufgegeben hatte, hatte er wieder seine alte Stelle angenommen, um in Berlin und bei ihr bleiben zu können. Sie hatten sich versöhnt. Auf eine wilde und leidenschaftliche Weise, und jetzt fühlte es sich an, als wären sie niemals getrennt gewesen. Tanja hatte keinen einzigen Gedanken mehr an Marcel verschwendet. Sie vermisste Daniel und wünschte, er würde jetzt neben ihr liegen, sacht ihre Hand streicheln und zärtlich an ihrem Ellenbogen knabbern, wie sie es liebte.

Aber sie war allein. Ihre Hand tastete nach dem Hemd seines Schlafanzugs. Sie legte es sich auf den unteren Teil ihres Gesichts und atmete seinen männlichen Duft ein. Daniel roch lieblicher als Marcel, und sein ganz eigenes Aroma aus Moschus und Haselnuss löste dieses unnachahmliche Kribbeln in ihren Zehenspitzen aus, das sich rasch in ihrem ganzen Körper ausbreitete.

Oh, sie freute sich schon sehr auf seine Heimkehr. Sie würde zärtlich seinen Nacken kraulen, genau an der Stelle, an der er es so liebte, und dann würde sie ihn zu sich ins Bett ziehen, ihm langsam den Gürtel öffnen, den Reißverschluss seiner Jeans hinunterziehen und in seine Hose greifen. Ihre Hand verschwand unter der Decke und in ihrem Höschen, während sie sich vorstellte, wie sie Daniel mit ihren Lippen verwöhnte. Sie würde seinen Körper ganz langsam erforschen, Millimeter für Millimeter. Zentimeter für Zentimeter. Ihre Lippen würden über die Hügel und Täler seiner Brustmuskeln wandern, sich tiefer hinab arbeiten zu der Bauchmuskulatur und schließlich würde sie ihn mit ihrem Mund heiß machen. Tanja glaubte, seinen Geschmack auf ihrer Zunge zu spüren. Herb. Wie Bitterschokolade. Aber mit einer süßen Note.

Sie rieb stärker an ihren inzwischen glühenden Schamlippen und dachte daran, wie sie ihre Versöhnung offiziell gemacht hatten. Alle hatten sich gefreut, dass sie wieder zusammen waren. Seine Eltern. Ihre Eltern. Die gemeinsamen Freunde. Daniel war ein ganz anderer Typ als Marcel. Er suchte eine feste Bindung. Genau wie sie.

Sie atmete noch einmal tief ein, sog diese wunderbare Geruchskombination in sich auf und war froh, wie sich alles entwickelt hatte.

Sorgsam legte sie sein Hemd zusammen und platzierte es neben seiner Hose auf dem Kopfkissen.

Mit dem Zeigefinger strich sie ihre Schamlippen auseinander und rieb sacht an der Vorhaut ihrer Klitoris. Die war unter ihren Streicheleinheiten sehr empfindlich geworden und pochte heftig. Die leiseste Berührung ließ sie schon zusammenzucken. Vorsichtig rieb sie weiter. Gewöhnte sich an den sachten Druck, bis ihr Schoß heiß wurde. Leicht spreizte sie die Beine und zog den Slip etwas hinunter, um auch ihrer zweiten Hand Platz zu bieten. Noch schöner wäre es, wenn Daniel sie mit seiner Zunge verwöhnte. Das war seine Spezialität. Kein Mann hatte eine flinkere oder wendigere Zunge als er.

Sie öffnete die Lippen und atmete tief aus. Es prickelte aufregend in ihrem Schoß, und sie stellte sich vor, wie Daniel zwischen ihren Schenkeln lag und sie zum Höhepunkt leckte.

Tanja ahnte nicht, dass sie beobachtet wurde. Ihre Gedanken waren weit fort. Bei Daniel.

Kendrael stand verborgen im schattigen Flur und beobachtete die sachten, aber doch eindeutigen Bewegungen unter Tanjas Decke und wie sie den Kopf auf ihr Kissen zurückwarf, leise stöhnte und immer schneller atmete.

Er würde nun hineingehen und sich in den Mann verwandeln, den sie am meisten begehrte. Vor Lust und Wonne würde sie dann in seinen Händen zu Wachs werden, und er würde ihren bebenden Busen streicheln, ihn mit seinen Lippen bestäuben und an ihren Brustwarzen knabbern. Die Vorstellung war an sich sehr schön, aber warum regte sich nichts in seiner Hose?

Kendrael lehnte sich müde und unendlich erschöpft mit dem Rücken gegen die Wand. Es war auf einmal so anstrengend, die Frauen zu verführen. Und wenig lustbringend.

Der Pfad, dem er seit Jahrhunderten gefolgt war, langweilte ihn plötzlich so sehr, dass ihm die Augenlider schwer wurden. Er begehrte diese Frau nicht. Keine von ihnen. Nur die eine. Alexia.

Aber er würde sie nicht wiedersehen. Sie wollte es nicht, das hatte er gespürt.

Am Montag ließ Alexia ihr Seminar ausfallen und fuhr zu dem Laden, den sie zuvor im Internet ausfindig gemacht hatte. In roten Lettern stand *Dark Passion* über der Eingangstür, die mit schwarzen Vorhängen versehen war. Das Geschäft lag in einer kleinen Seitenstraße, die sicherlich schon bessere Tage gesehen hatte. Die Häuserwände waren mit Graffiti besprüht, und die meisten Läden hatten längst dichtgemacht. »Miet mich«-Schilder hingen überall an den Fenstern.

Als Alexia den Laden betrat, fühlte sie sich, als würde sie in eine andere Welt übertreten. Laute Musik dröhnte ihr aus riesigen Boxen entgegen, Leute in dunklen wallenden Gewändern durchstöberten die einzelnen Stände, und die Luft war so stickig, dass sie sofort eine trockene Kehle bekam. Der Geruch von süßem Parfüm lag in der Luft. Knapp unterhalb der Decke hingen Fledermäuse an Drähten, und riesige, unechte Spinnennetze spannten sich über die Stützbalken.

Alexia fiel mit ihrer weißen Bluse, der hellblauen Dreivierteljeans und den pinken Flip-Flops eindeutig aus dem Rahmen. Erste verunsicherte Blicke trafen sie. Hinter vorgehaltener Hand wurde getuschelt. Aber das störte sie nicht. Sie würde mit großer Wahrscheinlichkeit kein zweites Mal hier einkaufen. Das war nicht ihre Welt. Sie brauchte nur den Drudenstein.

Der Typ hinter dem Verkaufsladen kam ihr hilfreich entgegen. Er war in etwa so groß wie sie selbst, hatte hochtoupierte schwarze Haare und trug ein aufsehenerregendes Piercing an der Unterlippe.

»Kann ich dir helfen?«, fragte er freundlich.

»Ja, ich suche einen Drudenstein.«

Er kräuselte die Nase und zog eine Braue hoch. Sein Gesichtsausdruck verunsicherte sie. War er erstaunt darüber, dass sich jemand wie sie mit Drudensteinen auskannte, oder wusste er selbst nicht, wovon sie sprach?

»Da kann ich dir was zeigen«, sagte er schließlich und winkte sie zu einer Vitrine, in der einige ausgewählte Schmuckstücke lagen. Alexia war als passionierte Schmuckliebhaberin von der unterschiedlichen Auswahl hellauf begeistert. Mit leuchtenden Augen bestaunte sie die filigranen Stücke. Den einen oder anderen Totenschädel hätte sie niemals getragen, die meisten Medaillons waren aber neutral gehalten. Ihr Blick glitt tiefer. Vorbei an Ranken- und Schnörkelwerken, künstlichen Edelsteinen, Siegelringen und Schwertanhängern. Da! Ganz unten lag er. Der Drudenstein.

Der einzige Anhänger, der nicht glänzte oder durch ein besonderes Design auffiel. Er war schlicht. Genauso wie das Lederband, an dem er hing. Der Stein schien nicht in seiner natürlichen Form belassen worden zu sein, denn er war kreisrund geschliffen. Sie hoffte inständig, dass seine Funktion dadurch nicht beeinträchtigt wurde.

»Hier«, sagte der Verkäufer, der nicht bemerkt hatte, dass Alexia den Stein längst entdeckt hatte.

»Ich kann ihn dir mal rausholen.«

»Ja, bitte.«

Sie nahm den Stein in die Hand. Er fühlte sich ebenso normal an, wie er aussah. Beim Anblick des ebenfalls kreisrunden Lochs fragte sie sich, wie man ihn eigentlich ausgehöhlt hatte, aber auch der Verkäufer wusste darauf keine Antwort.

»Den nehme ich«, sagte sie schließlich entschlossen. Einen besseren würde sie auf die Schnelle nicht finden.

»Soll ich ihn dir einpacken?«

Sie dachte einen Moment nach und schüttelte den Kopf. »Ich trage ihn gleich.« Dann war der Schutz sofort aktiv. Sie schlüpfte mit dem Kopf durch das weite Lederband. Kühl legte sich der Stein auf ihre Brust.

»Die sollen vor Druden schützen«, erklärte der Verkäufer.

»Und vor Inkubi«, fügte Alexia hinzu.

Er zuckte die Schultern und nickte. »Sicher, auch vor denen.«

Alexia gab ihm das Geld und verließ das Geschäft. Kaum war die Tür hinter ihr ins Schloss gefallen, hörte sie ein leises Plock, und als sie an sich hinunterblickte, entdeckte sie das Lederband zwischen ihren Flip-Flops. Der Knoten hatte sich gelöst. Aber wo war der Stein? Hektisch blickte sie sich um und sah ihn gerade noch den Bordstein hinunterrollen. Alexia stürmte dem wertvollen Anhänger nach. Mitten auf der Fahrbahn drehte er eine Ehrenrunde, ehe er liegen blieb. Erleichtert griff sie nach dem Kieselstein, da hörte sie das bedrohliche Quietschen von Reifen. Ein entsetztes Gesicht blickte durch die Windschutzscheibe auf sie hinunter. Dann wurde Alexia aus ihren Flip-Flops gerissen und durch die Luft gewirbelt. Sie hörte einen fernen Schrei, ohne zu registrieren, dass es ihr eigener war. Ihre Hand öffnete sich im Flug. Der Stein wurde ihr förmlich aus der Hand gerissen. Sie schlug auf. Ein brennender Schmerz durchzuckte ihre Glieder, und eine unerträgliche Hitze breitete sich in ihrem Kopf aus. Leute kamen angerannt. Sie hörte sie wild durcheinanderreden, doch verstand kein einziges Wort. Jemand beugte sich über sie, und sie schmeckte den metallischen Geschmack von Blut auf ihren Lippen. Dann flirrte es vor ihren Augen.

Ein plötzlich auftretender Schmerz riss ihn fast von den Beinen und somit von dem Dach, auf dem er gestanden und auf die Stadt hinabgeblickt hatte. Kendrael wurde von einem Schwindel erfasst und war gezwungen sich hinzusetzen. Alles in ihm geriet in Aufruhr. Ein derart verstörendes Gefühl hatte er noch nie empfunden. Es hämmerte heftig in seinem Kopf, als würde jemand von innen gegen seinen Schädel schlagen. Unerträgliche Hitze stieg in ihm hoch. Er versuchte, die Empfindungen abzuschütteln, aber das machte sie nur noch intensiver. Was war mit ihm los?

Es dauerte eine Weile, ehe sich sein Körper wieder normalisierte. Aber etwas blieb zurück. Eine Sorge. Und die schreckliche Gewissheit, dass etwas nicht stimmte. Mit Alexia. Er richtete sich zu seiner vollen Größe auf und sah hinab auf die lebendigen Straßen und bunten Lichter, das Treiben der Menschen, die von hier oben fast wie geschäftige Ameisen wirkten.

Alexia war etwas zugestoßen. Irgendwo dort draußen. Er konnte es fühlen.

Die imposanten Schwingen breiteten sich zu beiden Seiten aus, und er sprang mit einem Satz in die Tiefe, bekam Auftrieb durch einen einzigen Flügelschlag und segelte über die Dächer hinweg auf der Suche nach ihr.

Er ließ sich treiben und folgte seinem Instinkt, der ihn durch die Schatten in ein steriles Zimmer führte. Weiße Wände, weiße Schränke, ein großes Bett. Darin lag Alexia. Unzählige Schläuche steckten in ihrem Körper, der sich nicht mehr regte. Sie war nur ein Schatten ihrer Selbst.

Ein Mann in einem weißen Kittel überprüfte die Apparaturen, an die sie gefesselt war. Kendrael sah Menschen durch ein Glasfenster in den Raum blicken. Ein Mann, zwei Frauen.

Er kannte sie alle. Ihre Gesichter sahen aus wie auf dem Familienbild in Alexias Vitrine. Nur Adelia fehlte. Kendrael sah Sorge in den Gesichtern. Augen schimmerten verdächtig. Es war ernst. Sehr ernst. Er spürte, wie schwach ihr Herz schlug und wie das Leben aus ihr wich. Übrig war jetzt fast nur noch eine Hülle. Aber das, was ihn so fasziniert hatte, das Strahlen, das pure Leben, drohte zu erlöschen.

Der Arzt verließ das Zimmer, um mit der Familie zu sprechen. Niemand sah ihn, niemand bekam mit, dass er an ihr Bett trat. Sacht legte er eine unsichtbare Hand auf ihre Stirn. Sie trug einen Kopfverband, hatte Blutergüsse im Gesicht. Aber nichts davon entstellte sie für ihn. Er sah in ihren Erinnerungen, was geschehen war, und er spürte, dass sie schwere innere Verletzungen davongetragen hatte. Man hatte sie rasch ins Krankenhaus gebracht und eine Notoperation eingeleitet.

»Alexia, kannst du mich hören?«, flüsterte er in ihr Ohr. Doch sie reagierte nicht. Seine Hand glitt tiefer, legte sich auf ihre Brust, wo er ihren Herzschlag spürte. Er war sehr langsam, sehr schwach und ungleichmäßig, doch Alexia kämpfte – auch das konnte er spüren. Sie wollte nicht sterben. Sie wollte leben. Er griff nach ihrer Hand und hielt sie fest, in der Hoffnung, sie hier halten zu können. Sie musste es schaffen. Wenn nicht, würde sie für immer aus seiner Reichweite verschwinden, und das konnte er nicht ertragen.

»Ich werde auf dich aufpassen«, hauchte er. Nie wieder würde er von ihrer Seite weichen. Er wusste, dass sie das nicht guthieß. Er hatte gespürt, dass sie ihn nicht mehr in ihrer Nähe haben wollte. Aber das spielte keine Rolle mehr. Er würde unsichtbar wie ein dunkler Schutzengel sein und über sie wachen. Aber vorher musste sie diesen Kampf gewinnen.

Kendrael spürte den Puls an ihrem Handgelenk. Ihr Herzschlag verlangsamte sich auf bedrohliche Weise. Auf einem Monitor konnte er die Ausschläge verfolgen. In sehr weiten Abständen erklang ein Piepton, und diese Abstände vergrößerten sich immer mehr.

Kendrael packte ihre Hand noch fester. »Kämpfe!«, rief er ihr zu.

Da öffnete sich die Tür, und der Arzt stürmte herein. Kendrael erhaschte einen flüchtigen Blick auf ihre Familie. Mutter und Tochter hatten sich weinend abgewendet, wurden vom Vater gehalten, der selbst den Tränen nahe war.

Nun tauchte auch eine Krankenschwester auf. Alles ging sehr schnell. Kendrael dröhnte der Kopf. Er spürte sein eigenes Blut in den Ohren rauschen.

Alexias Herzschlag setzte aus. Auf dem Monitor war eine flache durchgängige Linie zu sehen. Nein! Das durfte nicht sein! Am Rande hörte er den Arzt sagen, dass ihre Atmung ausgesetzt hätte, und es wurden sogleich Reanimationsmaßnahmen eingeleitet. Kendrael stand neben sich, unfähig, etwas zu tun. Er beobachtete, wie sie Herz und Lunge durch Druckmassagen wiederbeleben wollten. Doch die Linie blieb flach.

»Schnell, wir brauchen den Defibrillator«, schrie der Arzt.

Sie starb!

Ein unendlicher Schmerz zerriss seine Brust, sein Innerstes, ihn selbst. Wenn sie jetzt von ihm ging, würde er sie nie wiedersehen. Sie wären für immer getrennt. Wie sollte ein Leben ohne sie aussehen? Er würde immer etwas vermissen. Nein, er durfte nicht zulassen, dass sie ihn verließ.

Kendrael trat einen Schritt vor, griff nach ihrem Kopf und presste seine Lippen auf ihre. Das, was er anderen geraubt hatte, das, was ihn selbst am Leben hielt, sollte nun ihr gehören. Die Lebensenergie seiner Opfer floss warm und wohltuend seinen Hals hinauf, durch seinen Mund in ihren. Zuerst nahm sie die Energie unbewusst auf, dann aber sogen ihre Lippen gierig nach dem Lebensfluss.

Ihr Gesicht, das eben noch totenbleich ausgesehen hatte, wurde rosig, und ihre Wangen leuchteten.

»Nimm noch mehr«, sagte Kendrael. Und Alexia trank. Sie nahm die Energie in sich auf wie eine Frau, die kurz vor dem Verdursten stand und der man eine Flasche erfrischenden Wassers reichte. Kendrael musste nun aufpassen, dass für ihn selbst genug Energie übrigblieb. Schließlich kehrten die Lebensgeister in ihren Körper zurück, und er löste seine Lippen von ihrem Mund. Es war schön, sie noch einmal gespürt zu haben.

Leicht bewegten sich die Augen unter den geschwollenen Lidern, und dann nahm sie einen sachten Atemzug. Dieses leise Geräusch klang in seinen Ohren wie die schönste Melodie. Dann erklang für alle hörbar ihr Herzschlag, und der Monitor zeigte die Ausschläge an.

»Das ist ein Wunder«, hörte er den Arzt sagen.

Kendrael spürte, wie sich die Anspannung aus seinen Gliedern löste. Er war erleichtert wie nie zuvor. Sacht hauchte er einen Kuss auf ihren Handrücken und entschwand. Er wäre gerne geblieben, hätte sie beschützt, wie er es sich eben noch geschworen hatte, aber er hatte die alten Gesetze gebrochen und eine schwere Schuld auf sich geladen. Alexia war für den Tod bestimmt gewesen, und er hatte sie ihm geraubt.

Eben war er noch in dem sterilen Krankenhauszimmer gestanden, einen Wimpernschlag später wurde er wie ein immaterielles Wesen in den Schatten gesogen. Spindeldürre

Hände an knochigen Armen griffen nach ihm, hielten ihn fest. Ihre Finger bohrten sich wie brennendes Gift in sein Fleisch. Unvorstellbare Schmerzen brandeten durch seinen Körper, während man ihn durch die Finsternis zerrte. Er versuchte sich loszureißen, aber es waren zu viele. Hatte er eine Hand fortgestoßen, griffen zwei neue nach ihm.

Plötzlich schossen direkt vor seinen Füßen meterhohe grell leuchtende Flammen in die Höhe bis zur Decke hinauf. Er spürte die unerträgliche Hitze, die von den feurigen Fontänen ausging. Die Flammenspitzen flackerten und zuckten nach seiner Haut und hinterließen leichte Verbrennungen. Aus dem Feuermeer trat eine Kreatur mit fünf Hörnern am mächtigen Schädel, die in alle Richtungen deuteten. Um sie herum war eine Krone aus rotem Gold gezogen, die fünf Zacken aufwies, die ebenso in alle Himmelsrichtungen deuteten. Das Wesen hatte vier Lederschwingen, die sich prachtvoll ausbreiteten und Kendrael den Durchgang versperrten. Das Feuer um den Gekrönten herum erlosch, ohne ihm auch nur eine einzige Verbrennung zugefügt zu haben. Die unzähligen Hände ließen von Kendrael ab. Er stand plötzlich allein vor seinem Richter. Ob er Alexia jemals wiedersehen würde?

Als Alexia aufwachte, war sie sehr benommen, doch sie spürte ein vertrautes Gefühl, das erfüllt war von Wärme und Geborgenheit. Lucas. Er war hier. Und sie war unendlich glücklich darüber. Das Licht blendete ihre Augen, sie musste sie geschlossen halten, aber sie streckte die Hand nach ihm aus, und tatsächlich griffen ihre Finger nicht ins Leere. Jemand fing sie auf, nahm sie an sich und streichelte sie auf beruhigende Weise. Es war eine kräftige, starke Hand. »Lucas«, flüsterte sie.

»Ich bin es, Liebling.«

Das war nicht seine Stimme. Sie gehörte ihrem Vater.

Allmählich wurde ihr Verstand wieder klarer, und ihr fiel ein, dass Lucas ihr Feind war. Dass sie eigentlich gar nicht wollte, dass er hier auftauchte. Dass er ihr fernbleiben sollte. Für immer. Aber diese Gedanken waren nur halbherzig.

Ihre Augen gewöhnten sich an die Helligkeit, und sie blickte in ein gütiges Gesicht. Ein warmes Lächeln zierte die Lippen ihres Vaters. Hinter ihm entdeckte sie ihre Mutter und ihre Schwester Cornelia. Sie sah Sorge in ihren Blicken, aber auch Erleichterung.

»Wo bin ich?«

»Im Krankenhaus. Du hattest einen Unfall.«

Einen Unfall? Ihr Kopf schmerzte, als sie sich zu erinnern versuchte. Ja. Das Auto. Die Frau hatte nicht rechtzeitig bremsen können. Alexia war ihrem Anhänger gefolgt, wollte ihn von der Straße aufheben, und dann war es zu einem Zusammenprall gekommen. Ganz plötzlich. Wie aus dem Nichts war der Wagen in ihr Blickfeld geraten. Was danach geschah? Daran konnte sie sich nicht erinnern.

»Du hast uns einen riesigen Schrecken eingejagt«, sagte Cornelia, und eine Träne rann über ihre Wange. »Gott sei Dank bist du jetzt über den Berg.«

Alexia fühlte sich müde. Sie bekam kaum mit, was ihre Familie sagte, aber sie war froh, dass sie bei ihr waren. Ihre Augen fielen immer wieder zu, und es kostete sie einiges an Konzentration, wach zu bleiben. Irgendwann schlief sie jedoch ein, und als sie wieder zu sich kam, war es dunkel. Sie lag noch immer in dem Krankenhausbett, angeschlossen an unzählige Apparaturen. Ihre Familie war fort. Ihre Mutter hatte ihr eine Nachricht hinterlassen. ›Bleib stark. Wir lieben Dich und kommen Dich morgen wieder besuchen.‹

Alexia spürte ihren Körper kaum. Schmerzen hatte sie keine. Sie hing an einem Tropf, durch den man ihr ein starkes Schmerzmittel verabreichte. Es machte sie sehr schläfrig. Doch in dieser kurzen Wachphase spürte sie noch immer ein vertrautes Gefühl, als sei Lucas hier oder zumindest hier gewesen. Als hätte er ihr etwas gegeben, das sie gestärkt hatte. Nein, das war keine Einbildung. Es war wirklich so gewesen. Sie wusste es. Ganz tief in ihrem Inneren. Er hatte zu ihr gesprochen. Und er hatte sie gerettet.

Doch wo war er jetzt?

Sie wünschte, dass er ihre Hand hielt, ihr Kraft gab und Mut zusprach. Aber er war fort.

Als Alexia ihre Wohnung betrat, kam ihr Karli entgegen, strich ihr um die Beine und schnurrte laut. »Du hast einige Zeit auf mich verzichten müssen, Kleiner«, sagte sie und bückte sich, um ihn zu streicheln. Noch immer taten ihr alle Knochen weh, doch zumindest konnte sie sich einigermaßen bewegen. Karli schmiegte seinen Kopf in ihre Hand und leckte an einem Finger. Seine Zunge fühlte sich rau an.

Cornelia hatte sich während ihrer Abwesenheit um ihren Gingerkater gekümmert, der in diesem Zeitraum gut gefüttert worden war, wie sie an seinem Bäuchlein erkannte. Karli hatte sie sehr vermisst. Er ließ sie kaum einen Moment aus den Augen und legte sich, nachdem sie sich vor Erschöpfung ins Bett gelegt hatte, auf ihren Bauch. Alexia war so müde, dass sie bis zum Abend durchschlief und nicht einmal die Zeit fand, ihre Sachen auszupacken.

In der Nacht war sie jedoch vollkommen wach. Ihre Gedanken kreisten immer wieder um ihren Dämon, der für sie längst nicht mehr so furchteinflößend und erschreckend war. Trotz seines monströsen Äußeren fand sie ihn nicht mehr abstoßend. Im Gegenteil. Sie sehnte sich nach seinen Berührungen, seinem intensiven, hypnotisierenden Blick, in dem sie immer auch Melancholie und Sehnsucht gesehen zu haben glaubte. Sie wünschte sich ihn herbei. Aber Lucas blieb fern. Als hörte er sie nicht.

Drei Tage später wollte sie einen Morgenspaziergang durch den Lazaruspark machen. Der Arzt hatte ihr davon abgeraten, zu früh wieder mit dem Joggen zu beginnen, Bewegung sei aber grundsätzlich nicht verkehrt und der Spaziergang ein guter Kompromiss. Im Park begegnete ihr Frau Wagner, die ihre Einkaufskarre hinter sich herzog. Es musste also Dienstag sein, denn dienstags gingen die meisten Bewohner ihres Hauses einkaufen. Die Geschäfte waren dann viel leerer. Alexia kam mit den Tagen noch immer etwas durcheinander. Aber Frau Wagner und die quietschende Karre waren ein gutes Indiz.

»Guten Morgen«, grüßte sie die ältere Dame.

»Ach, Kind, die kleine Maus hat mir erzählt, was passiert ist. Ich hoffe, es geht Ihnen wieder besser?«

Es war verblüffend, wie schnell sich Neuigkeiten in ihrem Haus herumsprachen. Alexia konnte nur vermuten, dass Cornelia Melli von ihrem Unfall erzählt und diese Frau Wagner davon unterrichtet hatte.

»Es geht mir schon wieder besser«, sagte Alexia und fügte in Gedanken hinzu: Körperlich zumindest.

Aber sie konnte Frau Wagner nichts vormachen, sie wusste längst, worum es ging. Sie behauptete stets, sie würde alles wissen, sobald sie jemandem in die Augen sah.

»Ich habe noch ein wenig Zeit«, sagte sie und deutete zur Bank. Alexia zuckte die Schultern und setzte sich. Vielleicht tat es ihr gut, darüber zu sprechen. Wenn sie sich jemandem anvertrauen wollte, dann Frau Wagner. Die hatte eine unglaubliche Lebenserfahrung und fand so oft die einfachsten Lösungen, während Alexia sich mit viel komplizierteren Ansätzen den Kopf zerbrach. Natürlich konnte sie schlecht erzählen, dass sie sich in einen Dämon verliebt hatte. Frau Wagner würde sie wohl für verrückt halten. Aber zumindest Andeutungen waren erlaubt.

»Es läuft nicht so, wie ich es mir vorstelle«, begann sie zögerlich.

»Wann tut es das je?«, fragte Frau Wagner zurück und hatte natürlich recht. »Lieben Sie ihn?«

Alexia wusste es nicht. Es war schwer in Worte zu fassen. Fest stand, dass sie sich ohne ihn schlecht fühlte. Und das sagte sie Frau Wagner genau so.

Die nickte.

»Er tut viele Dinge, die mich stören«, fuhr Alexia fort. Dinge, wie mit anderen Frauen zu schlafen und ihnen die Energie zu rauben. Sie konnte das nicht ertragen.

»Niemand ist nur gut oder nur böse«, riss Frau Wagner sie aus ihren Gedanken. »Und alles, was wir tun, kann sich positiv oder negativ auswirken.«

Alexia dachte einen Moment darüber nach, ehe sie Frau Wagner erneut zustimmen musste. Sie dachte an die kleine

Melli Braun, die plötzlich mit Marcel liiert war. Ein Traum war für sie dadurch in Erfüllung gegangen. Und ohne Lucas wäre das nie möglich gewesen. Genauso sah es bei Herrn und Frau Mangel aus. Die beiden lebten plötzlich ganz harmonisch miteinander. Man hörte keine gewaltsam zuschlagenden Türen mehr, keinen Streit, und wenn man sie sah, lächelten beide und grüßten freundlich. Sie hatten sich völlig verändert. Auch das war Lucas' Verdienst.

»Wichtig ist nur, ob man den anderen annehmen kann, so wie er ist. Mit all seinen Fehlern.«

Alexia ließ erschöpft den Kopf hängen. Frau Wagner hatte sicherlich recht. Aber Lucas' Fehler waren einfach zu groß, zu gewichtig. Wie sollte sie mit einem Mann glücklich werden, der aussah wie ein geflügelter Teufel mit allem, was dazugehörte? Wie sollte sie mit dem Wissen leben, dass der Mann, der zwischen ihren Schenkeln lag und ihr die schönsten Gefühle bereitete, anderen Frauen die Lebensenergie stahl, nachdem er sich mit ihnen vergnügt hatte. Würde Lucas darauf verzichten können, wenn sie sich für ihn entschied? Oder würde sie mit dieser Einschränkung leben müssen? Aber das konnte doch auf Dauer nicht gut sein. Für sie beide nicht!

»Manchmal kann Liebe aber auch verändern«, fügte Frau Wagner ihren Worten hinzu, und ihre Augen leuchteten voller Güte. »Was Sie aber nie erfahren werden, Kind, wenn Sie nicht bereit sind, ein Risiko einzugehen.« Sie lächelte auf eine geheimnisvolle Weise.

Alexia war sich nicht ganz sicher, ob sie Bescheid wusste. Ob sie irgendwie mitbekommen hatte, von wem sie da überhaupt sprach, aber es spielte im Grunde genommen keine Rolle. Frau Wagner hatte recht. Es kam darauf an, was sie fühlte. Und tief in ihrem Inneren wollte sie Lucas. Ihn. Keinen anderen. Ihn, so wie er war. Mit allem, was dazugehörte. Aber wie sollte sie ihn erreichen? Wie sollte sie ihn finden? Vielleicht fand sie eine Antwort darauf im Internet.

»Vielen Dank, Frau Wagner. Sie haben mir sehr geholfen.«

»Das freut mich, Kind.« Frau Wagner erhob sich und setzte ihren Weg durch den Park fort. An der alten Buche angekommen, drehte sie sich kurz um. »Sie werden schon das Richtige tun«, sagte sie und ging weiter.

Ja, das würde sie. Alexia war fest entschlossen, Lucas zu finden …

Zu Hause angekommen, setzte sie sich an ihren Laptop, öffnete entschlossen eine neue Mail, gab seine E-Mail-Adresse ein und schrieb einfach drauflos, was ihr auf dem Herzen lag. Sie wollte ihn wiedersehen. Völlig gleich, wie unvernünftig das war. Im schwersten Augenblick ihres Lebens hatte sie seine Nähe gespürt, die ihr Kraft und Mut gegeben hatte. Es war der Moment gewesen, in dem sie erkannt hatte, dass sie zusammengehörten.

Sie schickte die E-Mail ab, und im selben Augenblick erhielt sie Post. Überrascht checkte sie ihre E-Mails, nur um festzustellen, dass der Mailer-Daemon der Absender war. Wie passend, dachte sie. Mailer-Daemon war nichts anderes als eine automatisch erzeugte Fehlermeldung des Mailservers, wenn eine E-Mail nicht zustellbar war. Im Klartext bedeutete das, dass Lucas seine Mailadresse gelöscht hatte.

O nein! Wie sollte sie jetzt Kontakt zu ihm herstellen? Ihr Blick wanderte durch den Raum, als hoffte sie, irgendwo dort die Lösung zu finden. Er blieb auf den Pentagrammen haften. Natürlich! Solange die im Haus waren, konnte Lucas nicht zu ihr kommen. Vielleicht hatte er es längst versucht, war aber gescheitert?

Rasch hatte sie einen feuchten Lappen zur Hand, und die Symbole an ihrer Tapete waren schnell entfernt. Wie sie es befürchtet hatte, ließ die bunte Kreide ihrer Nichte Spuren an den Wänden zurück. Aber das spielte im Moment keine Rolle. Plötzlich hatte Alexia eine Idee! Sie löschte die gespeicherte E-Mail an den sogenannten Exorzisten und googelte nach Beschwörungsritualen, um einen Dämon herbeizurufen. Es war erstaunlich, welch eine Fülle an verschiedenen Methoden es online zu entdecken gab. Ob auch nur eine davon tatsächlich funktionierte? Von der Köpfung eines lebendigen Huhns bis hin zu Totengesängen war alles dabei. Die meisten Praktiken fielen aber schon im Vorfeld aus ihrer Liste. Sie hatte nicht das geringste Bedürfnis, einem Huhn den Kopf abzuschlagen, um sein Blut auf der Erde zu verteilen. Auch hielt sie nicht viel von besonders lauten Beschwörungsformeln, die man hinausrufen musste, am besten in einer ruhigen Vollmondnacht, damit jeder im nahen Umkreis des Lazaruswegs davon etwas mitbekam. Nein, danke. Alexia suchte sich eine Beschwörung aus, die auf sie den glaubhaftesten Eindruck machte und trotzdem unkompliziert zu realisieren war. Sie brauchte neun Kerzen, ein Schwert und wieder etwas Kreide. Als geeigneter Ort zur Durchführung wurde der Friedhof vorgeschlagen. Der Gedanke verursachte eine Gänsehaut. Sie wollte die Ruhe der Toten nicht stören. Außerdem war ihr dieses Setting doch etwas unheimlich. Andererseits wollte sie, dass ihre Herbeirufung Erfolg hatte. Sie musste mit Lucas sprechen, ganz dringend. Also packte sie ihre Utensilien in ihren Rucksack und machte sich um Mitternacht auf den Weg zum Friedhof. Als sie vor dem verschlossenen gusseisernen Tor stand, wurde ihr schnell klar, dass sie umplanen musste. Durch die schmalen Lücken zwischen den einzelnen Gitterstäben passte nicht einmal Melli durch. Und über die rote Backsteinmauer, die den gesamten Friedhof umzäunte, kam sie ebenfalls nicht rüber. Die war an die zwei Meter hoch, und man brauchte eine Leiter oder ein Seil, um hinaufzukommen.

Sie beschloss kurzerhand, das Symbol, welches sie aus dem Internet abgezeichnet hatte, auf den Gehweg direkt vor das Tor zu zeichnen. Ihr leuchtendes Handydisplay und das fahle Licht der nahe stehenden Straßenlaterne ließen sie den Kreis und das darum befindliche Dreieck recht schnell auf den unebenen Boden zeichnen. Nun stellte sie um das Pentagramm herum neun Teelichter auf, die sie rasch anzündete. Statt eines Schwertes stand ihr nur ein Küchenmesser zur Verfügung. Sicherheitshalber hatte sie eines ausgewählt, das besonders scharf war und auch äußerlich am ehesten einem Schwert glich. Eigentlich hätte sie die Symbole in Sandboden zeichnen müssen, um anschließend das Schwert in die Mitte des Kreises zu stoßen. Nun musste sie eben das Messer hineinlegen. Das alles war ziemlich improvisiert. Hoffentlich würde es dennoch funktionieren. Sie zog das Stück Papier aus ihrer Hosentasche und faltete es auseinander, um die Herbeirufformel, die sie sich extra aus dem Netz ausgedruckt hatte, aufzusagen. Da die Formel in einer ihr fremden Sprache verfasst war, wusste Alexia nicht, wie sie die einzelnen Worte aussprechen sollte. Sie war nicht einmal sicher, ob es eine offizielle oder eher eine Phantasiesprache war. Doch sie gab sich redlich Mühe, die Formel so gut es eben ging wiederzugeben. Zwar hieß es, man solle sie laut und deutlich aufsagen, aber ihre Stimme zitterte unentwegt und brach mehrere Male einfach weg.

Sie war heilfroh, als sie den letzten Satz ausgesprochen

hatte. Ganz plötzlich, als wäre das ein Zeichen, nahm der Wind zu, wehte ihr kalt um die Ohren und brachte die winzigen Teelichter ins Flackern, bis sie schließlich gänzlich erloschen.

Ob das die Ankunft ihres Dämons ankündigte? Sie beschloss zu warten und blickte hoffend durch die eisernen Stäbe hindurch zum Friedhof. Auch die Äste und Zweige der riesigen Trauerweiden beugten sich dem Wind. Aber dann wurde es plötzlich wieder ruhig und nichts geschah. Kein Dämon tauchte auf. Kein Schlund in die Hölle öffnete sich. Es passierte nichts. Alexia wollte die Hoffnung nicht aufgeben und wartete. Fünf Minuten. Zehn Minuten. Nach einer Stunde entschied sie, dass die Beschwörung fehlgeschlagen war, packte die Sachen wieder zusammen und machte sich auf den Heimweg. Wahrscheinlich waren diese Beschwörungsformeln Unsinn. Wenn es wirklich so leicht war, einen Dämon herbeizurufen, würde die Welt sicherlich ganz anders aussehen, weil sich jeder mächtige Verbündete machen würde.

Sie kürzte durch den Park ab, bereute die Entscheidung aber schnell. Es war stockfinster. Obendrein fing es jetzt auch noch an zu regnen. Zuerst war es nur feiner Nieselregen, der aber rasch an Stärke zunahm. Sie zog sich ihre Jacke über ihren Kopf, während sie über die zusehends matschiger werdenden Sandwege eilte, bis sie schließlich das Haus erreichte und erschöpft die Tür aufschloss. Im Flur trat sie erst einmal die verschmutzten Schuhsohlen ab. Jetzt brauchte sie dringend einen heißen Tee, um sich zu wärmen. Sie eilte die Treppe hinauf und schloss die Tür zu ihrer Wohnung auf. Karli empfing sie mit einem freundlichen Gurren. Offenbar hoffte er auf einen Mitternachtsimbiss.

Alexia zog erst die Schuhe, dann ihre durchnässte Kleidung aus und schlüpfte in ihren Schlafanzug. Dann setzte sie ihren Plan in die Tat um und füllte den Wasserkocher auf, um sich einen Tee zu machen. Als sie aus dem Fenster blickte, war sie doch froh, die Abkürzung genommen zu haben. Der Regen peitschte wild gegen das Glas, und in der Ferne hörte sie das Grollen eines Gewitters.

Wenige Augenblicke später hatte das Unwetter auch den Lazarusweg erreicht. Es blitzte, donnerte und hagelte sogar. Alexia war heilfroh, in ihrem warmen Bett zu sitzen und ihren schwarzen Tee zu trinken, der sie wohltuend von innen wärmte. Ein Gutes hatte der Regen zumindest. Er würde ihr Pentagramm vom Bordstein waschen, so dass sich die Besucher des Friedhofs nicht von den obskuren Symbolen gestört fühlen würden.

Karli sprang gerade auf ihr Bett, um seinen Kopf an ihrem Knie zu reiben, als es an ihrer Tür klingelte. Wer war denn das? Um diese Uhrzeit? Alexia war es nicht ganz geheuer. Sie ließ das Licht im Flur aus, schlich sich zur Tür und lugte durch den Spion. Im Flur stand eine tropfnasse Gestalt. Blonde Strähnen klebten ihr im Gesicht. Der Mantel war völlig durchnässt und erinnerte mehr an einen Lappen als an ein Kleidungsstück. Sie konnte es zwar nicht sehen, doch sie war sicher, dass sich unter den Füßen des Mannes eine kleine Pfütze gebildet haben musste. Er sah wirklich ganz schrecklich aus. Jeder normale Mensch würde sich wohl einen Schnupfen holen. Aber ob Dämonen sich erkälten konnten, wagte sie zu bezweifeln.

»Lucas«, hauchte sie überrascht. Hatte ihre Beschwörung doch funktioniert?

Rasch öffnete sie die Tür, um ihn einzulassen. Doch im selben Moment hoffte sie, dass es kein Fehler gewesen war. Schließlich, und das durfte sie nicht vergessen, auch wenn ihr Herz vor Glück heftig pochte, war er an und für sich ein gefährliches, wenn auch verführerisches Wesen.

»Darf ich hineinkommen?«, fragte er. Seine Stimme klang erschöpft.

»Ja.«

Er zog eine Spur aus Matsch hinter sich her, und als er den Mantel auszog, flossen ganze Rinnsale aus Regenwasser über den ledernen Stoff auf ihren Teppich. Die Stiefel streifte er ab, als er den Schmutz bemerkte, und stellte sie vor die Tür.

»Das tut mir leid«, entschuldigte er sich und hängte den Mantel auf.

»Macht nichts. Ich hole ein Tuch«, entgegnete sie.

Als sie mit einem nassen Lappen und einer Küchentuchrolle in den Flur zurückkam, sah sie einen am Boden hockenden Lucas und einen Karli, der neugierig an dessen Hand schnupperte. Wie seltsam. Karli hatte ihn doch nie leiden mögen. Warum war er plötzlich so zutraulich und freundlich?

Lucas hob den Kopf und lächelte sie sanft an. Dann streckte er die Hand nach Lappen und Küchentuchrolle aus und begann, den Teppich vom Matsch zu reinigen. Alexia sah ihm sprachlos dabei zu.

»Ich hätte nicht gedacht, dass Dämonen solche Hilfsmittel benutzen, um Teppiche zu reinigen«, sagte sie schließlich, obwohl sie in Wahrheit nie darüber nachgedacht hatte, was Dämonen konnten und was nicht. Doch der Spruch war ihr passend erschienen, um die Stimmung etwas zu lockern.

Lucas sah zu ihr hoch und lächelte. »Normalerweise tun sie das auch nicht. Genauso wie sie auch nicht nass werden.«

Die Aussage verwirrte sie. Er war doch klitschnass.

Lucas stellte die Küchenrolle auf die Kommode und blickte sich hilfesuchend um, weil er nicht wusste, wohin er mit den schmutzigen Tüchern und den Lappen sollte. Alexia nahm ihm beides ab und nickte in Richtung ihres Wohnzimmers. »Setz dich einfach rein. Ich kümmere mich um den Rest.«

Sie ging in die Küche, um alles wegzuwerfen. Aus dem Augenwinkel sah sie, wie Karli Lucas folgte. Er schien den Dämon plötzlich sehr zu mögen. Als sie ins Wohnzimmer kam, hatte ihr dicker Gingerkater sogar auf seinem Schoß Platz genommen.

»Wieso bist du nass?«, fragte sie und ließ sich in ihren Sessel fallen.

Lucas kraulte Karli hinter dem Ohr, der laut schnurrte, und sah dann wieder zu ihr auf. Seine Augen wirkten sehr warm und freundlich, und sein Lächeln übertraf ihr Strahlen sogar.

»Ich habe darauf keinen Einfluss mehr.«

Ihre Verwirrung war zu offensichtlich. Sie merkte selbst, wie ihr die Gesichtszüge entgleisten. Er hatte keinen Einfluss mehr? Wie war das denn zu verstehen?

Lucas lachte leise. »Ich bin ein Mensch wie du. Kein Dämon mehr«, sagte er, und seine Wangen röteten sich bei diesen Worten.

»Du bist …« Sie konnte es nicht glauben. War das wirklich wahr?

»Ein Mensch.« Er nickte bestätigend.

»Aber … wie?«

»Ich hatte die Wahl. Werde ein Mensch oder sei weitere tausend Jahre in einer ungemütlichen Kiste eingesperrt. Ich fand Ersteres die deutlich bessere Alternative.«

»Wieso …?« Sie fand einfach nicht die richtigen Worte. Diese Nachricht warf sie aus der Bahn. Wer hatte ihn vor die

Wahl gestellt und warum? Steckte er in Schwierigkeiten? Sie sah ihn forschend an. Nein, er wirkte ganz gelöst und sogar glücklich, dabei hatte er doch all seine Kräfte verloren, und sie hatte sich gerade mit dem Gedanken angefreundet, dass er ein Dämon war. Und jetzt war er das plötzlich nicht mehr?

»Weil ich bei dir sein möchte.«

Er setzte den Kater neben sich auf die Couch, erhob sich und kam auf sie zu. »Das war der einzige Weg, bei dir zu bleiben, ohne dir zu schaden.«

Sie senkte den Blick. Hoffentlich würde er diese Entscheidung nicht eines Tages bereuen. Er war nun sterblich und verwundbar. Es musste sich seltsam für ihn anfühlen, aber darüber schien er sich zumindest im Moment keine Gedanken zu machen.

»Warum bist du enttäuscht?« Sein Lächeln erstarb, und er blickte sie nachdenklich an.

»Ich bin nicht enttäuscht«, besänftigte sie ihn. »Ich fürchte nur, dass dir das Menschsein nicht gefallen wird.«

Das Lächeln kehrte auf seine Lippen zurück, und auch seine Augen schienen zu lachen. »Das denke ich nicht. All die Jahrtausende habe ich nach etwas gesucht, ohne es zu wissen, und nun habe ich es hier gefunden. Das möchte ich nicht wieder hergeben.«

Plötzlich zog er sie näher zu sich heran und küsste sie zärtlich. Sein Kuss schmeckte noch besser als zuvor. Ehrlich, rein, menschlich.

Auch Kendrael fühlte, dass dieser Kuss etwas Besonderes war. Er war so viel intensiver als zuvor. Seine Lippen flossen gierig in ihre. Er konnte nicht genug bekommen von diesem süßen Geschmack. Kendrael spürte, wie die Hitze in ihm hochwallte, wie sie sich in seinem ganzen Körper, vor allem aber in seinen Lenden ausbreitete und ihm, ob ihres raschen Anstiegs, leicht schwindelte.

Mit Daumen und Zeigefinger griff sie sanft nach seinem Kinn und zog seinen Kopf in ihre Richtung, so dass er vor ihrem Sessel auf die Knie gehen musste. Jetzt waren sie annähernd gleich groß und konnten sich in die Augen sehen.

»Ich habe mich noch gar nicht bedankt«, sagte sie leise.

»Wofür?«

»Dass du mich gerettet hast. Ich habe deine Nähe im Krankenhaus gespürt. Ich wusste, dass du da warst.«

Er hätte es überall auf der Welt und in jeder Sphäre gespürt, wenn sie in Gefahr war, und wäre sofort zu ihr geeilt. Aber dass sie seine Anwesenheit gespürt hatte, überraschte ihn. Sie war bewusstlos gewesen, als er in ihr Zimmer getreten war. Das konnte nur bedeuten, dass die Verbindung, die er zu ihr spürte und die ihn wie eine feste Kette an sie band, nicht nur einseitig war.

Alexia knöpfte ihr Schlafanzugoberteil auf, streifte es über ihre Schulter und strich mit der Hand über den Ansatz ihrer Brust. Unweigerlich folgte sein Blick dieser reibenden Bewegung. Erstaunt, verwirrt, aber auch sehr erregt.

»Mist … ich glaube, ich habe mir vorhin im Park einen Mückenstich zugezogen«, sagte sie leise. Jetzt konnte Kendrael auch den geröteten Fleck erkennen.

Die Nacht war heiß, und Mücken wurden von der durchgeschwitzten Menschenhaut angezogen. Diese lästigen Insekten würden jetzt auch vor ihm nicht mehr Halt machen.

»Lass mal sehen«, sagte er und begutachtete die Rötung.

Ja, das sah böse aus. Es hatte sich ein weißer Kopf gebildet, der etwas hervorstand.

»Man muss das Gift aussaugen«, erklärte er, und schon berührten seine Lippen ihre warme Haut.

Alexia warf den Kopf in den Nacken und atmete etwas schneller. Die Bewegung ihrer sich wogenden Brüste und das heftige Pochen ihres Herzens, das er nun an seinen Lippen deutlich spürte, riefen erste körperliche Reaktionen hervor. Er spürte, wie sich das Blut heiß in seinen Lenden sammelte.

Gerade als sich seine Lippen von ihr lösten, spürte er ihre Hand in seinem Haar. Ein wenig forsch griff sie in die blonde Dichte und kraulte ihn. »Hör nicht auf«, flüsterte sie und ihre Stimme bebte vor Erregung. Langsam bewegte er seinen Kopf nach unten, so dass seine Lippen dieses Mal ihre Knospe umschlossen. Sie wuchs in seinem Mund, wurde härter, und als er sie wieder freigab, war sie so wunderbar gerötet wie Alexias sinnliche Lippen.

Er warf ihr einen fragenden Blick zu, als seine Hand über ihren Bauch streichelte. Sie lächelte nur, und er deutete es richtig. Jede weitere Berührung belohnte sie mit einem leuchtenden Blick, einem glücklichen Lächeln oder einem sanften Stöhnen. Ihr Bauch fühlte sich angenehm weich an. Er hatte genau die richtige Größe. Nicht so flach und hart wie die Bäuche vieler heutiger Frauen. Nein, er war so warm und weich, dass er ihn mehr an ein Kissen erinnerte, auf das er seinen Kopf nur zu gern bettete. Mit der Kuppe seines Zeigefingers erforschte er die kleine Vertiefung in ihrer Mitte. Nie war ihm ein Bauchnabel so interessant erschienen. Zart umschlossen seine Lippen den Nabel, saugten an ihm, und seine Zunge drang vorwitzig in ihn ein.

Alexia kicherte. »Nicht doch ... das kitzelt.«

Ihr Lachen war herrlich gelöst und verriet, dass sie trotz allem, was sie heute erfahren hatte, nicht mehr unter Anspannung stand.

Er hob sie sacht aus dem Sessel und bettete sie auf dem weichen Teppichboden.

Ihre Muskeln waren gelockert. Ihre Arme lagen entspannt neben ihr, und ihre Beine hatte sie gemütlich ausgestreckt.

Die Spitze seines Mittelfingers erreichte eine Grenze, die zu überschreiten er nun schon so lange ersehnte. Der Bund ihrer Schlafanzughose war nach unten gerutscht, so dass er ihren Schamhaaransatz sehen konnte. Und alles, was darunterlag, war süßeste Verheißung. Aber er zögerte, hielt in seiner Bewegung inne.

Sie blickte ihn an. Die düstere Aura, die ihn die ganze Zeit umgeben hatte, war verschwunden. Seine Hände waren wärmer und zärtlicher als zuvor. Seine Küsse so voller Hingabe, dass sie seine Liebe fast körperlich spürte. Alexia brauchte keinen weiteren Beweis für seine Worte. Sie konnte fühlen, dass er nicht mehr dämonisch war. Und das war eine große Erleichterung.

Endlich war die Blockade fort, die sie daran gehindert hatte, sich ihm gänzlich hinzugeben. Jetzt war sie entspannt, vertraute ihm und genoss die sanften Berührungen. Mehr als das. Sie wollte ihn überall spüren. Auf ihrem Venushügel. Zwischen ihren Beinen. In ihr. Der Gedanke löste ein wohliges Prickeln aus. Ein Kribbeln, das mit jeder Sekunde, die verstrich, intensiver wurde. Sie hatte warten wollen auf den richtigen Mann und sie hatte sich Zeit lassen wollen, um nichts zu überstürzen. In dem Moment, in dem er sie mit seinen menschlichen Lippen geküsst hatte, war sie sich sicher, dass der rechte Moment gekommen war. Die sachten, kreisenden Bewegungen seiner Hand knapp unterhalb ihres Bauchnabels machten sie allmählich verrückt. Sie konnte und wollte nicht länger warten. Ihre Blicke trafen sich, und sie nickte ihm zu.

Kendrael verstand die Geste, und allein das kurze Nicken, das ihr Einverständnis bekundete, ließ sein Herz vor Aufregung und Lust wild höherschlagen. Ganz langsam, sehr vorsichtig, fast so, als fürchtete er, bei einem Einbruch ertappt zu werden, schob er den Mittelfinger unter den Bund der Hose. Alexia sagte noch immer nichts. Sie lag da, schloss die Augen, und ein seliges Lächeln bildete sich auf ihren Lippen.

Wie konnte er solch eine verführerische Einladung ablehnen? Sein Mittelfinger glitt tiefer und ihm folgten die Spitzen seines Zeige- und Ringfingers. Schließlich war seine ganze Hand unter ihrer Schlafanzughose verschwunden, und er spürte die ersten krausen Haare, die Hitze, die sich um ihren Unterleib ausbreitete, und es schien fast, als übertrüge sich eben diese Hitze auf seinen Körper. Seine Unterhose spannte. Wenn er sich ihrer nicht bald entledigte, würde es unangenehm für ihn werden. Es hatte sich verdammt viel Druck aufgebaut.

Alexia öffnete leicht die Beine und hob das Becken. Er griff nach dem Hosenbund in der Absicht, die Hose hinunterzuziehen. Der Stoff fühlte sich warm an, fast heiß. Was sie wohl darunter trug?

Seit er aus seinem Gefängnis befreit worden war, hatte er erkannt, dass die Zeiten andere geworden waren. Die Frauen trugen viel erotischere Kleidung. Vor allem aber die Unterwäsche war sehr aufregend. Es gab so viele kunstvolle Slips und BHs mit Spitzen, Verzierungen oder schlicht in Schwarz. Er fragte sich, was sie gewählt hatte, und zögerte den Moment der Enthüllung hinaus. Nichts war aufregender, als einer erregten Frau unter den Rock zu blicken. Und erregt war sie. Er konnte es riechen. Die Luft um sie herum schwirrte, war schwül und süß zugleich. Alles, ja sogar er selbst, duftete nach ihr. Der Sessel, der Teppich, ihre Hose, alles war von diesem Aroma umhüllt.

Alexias Atem wurde schneller, als sie die Kühle an ihren Beinen spürte. Lucas hatte ihr die Hose ausgezogen. Sie blickte auf ihren schmalen blauen Slip und dann in sein Gesicht. Es strahlte beim Anblick ihres Höschens. Vor allem deshalb, weil da auch ein kleiner feuchter Fleck zu sehen war.

Alexia erzitterte innerlich, als sie Lucas' Atem an ihrem Höschen spürte. Er war heiß, kraftvoll und schnell – und er verriet seine Erregung. Jetzt fühlte es sich richtig an. Sie spürte sein Verlangen und es gefiel ihr, begehrt zu werden. Als er auch noch einen Finger unter ihren Slip schob, warf sie ihre Zweifel über Bord.

Zärtlich streichelte er ihren Venushügel und glitt über ihren Haarstreifen.

»Es fühlt sich schön an«, sagte er. Aber sie hörte ihn nur aus weiter Ferne, denn das Pochen ihres Herzens war zu laut in ihren Ohren, so dass alles um sie herum in den Hintergrund trat.

Vorsichtig zog er ihr Höschen herunter. Sie spürte eine angenehm kühle Luft an ihrer Scham und seine Hände, die plötzlich nach ihrem Becken griffen und es leicht hochhoben. Seine Lippen verschwanden in ihrem süßen Duft und seine Zunge kitzelte ihre Klitoris. Ihr wurde heiß, sehr heiß.

Etwas schob sich sanft in ihre Enge. Alexia erschrak darüber. Nicht, weil es sich nicht gut angefühlt hätte, sondern weil es die letzte Grenze war, die noch überwunden werden musste.

Lucas hielt inne und sah sie besorgt an, aber sie nickte nur, um ihm zu verstehen zu geben, dass alles okay war.

Sein Finger bereitete sie auf sein Glied vor. Alexia verspürte eine gewisse Unruhe bei dem Gedanken daran. Würde es weh tun? Würde er vorsichtig sein? Würde es ihr gefallen?

Er zog den Finger wieder aus ihr heraus. Eine Leere blieb zurück, die sie unzufrieden machte. Da wurde ihr gewahr, dass sie nichts anderes wollte, als ihn in sich zu spüren. Die letzten Zweifel verflogen und mit ihnen die Ängste. Ihr wurde klar, wie sehr sie diesen Mann begehrte.

Es schien fast, als hätte Lucas ihre Gedanken gelesen. Er hob sie noch ein Stück höher, bis sie seine Spitze an ihrem Unterleib fühlte. Alexia biss sich sehnsüchtig auf die Unterlippe.

Er zog sie näher zu sich heran und verschwand in ihr, langsam, vorsichtig füllte er sie aus. Ganz und gar. Sie fühlte sich frei, ein wenig wild und ja, auch sexy, weil er sie begehrte, ihren Körper schön fand, wie er war.

»Lucas …«, sagte sie und seufzte.

Jetzt bewegte er sich etwas schneller, und Alexias Atem ging wie von selbst rascher, das Blut zirkulierte, und die Hitze, die schon jetzt kaum noch zu ertragen war, wurde stärker. Ihr schwindelte. Das Prickeln in ihrem Unterleib wurde immer intensiver. Alles, so schien es, konzentrierte sich nur noch auf einen Punkt, der zwischen ihren Beinen lag. Sie hörte ihn laut atmen, sie spürte seine kraftvollen Bewegungen, unter denen ihr Bett zu wackeln schien, und dann, ganz plötzlich, schien es, als hätte jemand ein Tor geöffnet, um all diese aufgestaute Energie abfließen zu lassen.

Es war wie ein Befreiungsschlag. Alexia riss den Mund auf, völlig in Ekstase versunken, aber kein Laut kam über ihre Lippen. Regungslos sank sie auf den weichen Teppich zurück. Lucas beugte sich über sie. Er erschien ihr nur als Schatten, weil sie zu erschöpft war, um die Augen ganz zu öffnen. Weich schmiegten sich seine Lippen an ihre. Es war ein herrlich leidenschaftlicher Kuss. So intensiv, dass sie ihn bis ins Zentrum ihres Inneren spüren konnte. Glücklich und zufrieden fielen ihr die Augen zu.

»Nenn mich Kendrael«, flüsterte er. Das war also sein richtiger Name.

ENDE

Karen Marie Moning

Im Reich des Vampirs

Roman

Deutsche Erstausgabe

ISBN 978-3-548-26602-2
www.ullstein-buchverlage.de

Bei der Suche nach dem Mörder ihrer Schwester war die junge MacKayla Lane in die Fänge einer dunklen, gefährlichen Macht geraten. Aus dem Reich der Vampire und Feen führt jetzt nur ein Weg heraus: Sie muss in den Besitz des uralten Buchs der Schwarzen Magie gelangen. Unterstützung findet Mac in dem geheimnisvollen, attraktiven Buchhändler Barrons, der sich mit Vampiren bestens auskennt. Aber kann sie ihm überhaupt trauen – im Kampf gegen das Böse?

»Voller Gefahren und Grusel – auch der zweite Band der Serie fesselt von der ersten bis zur letzten Seite. Ein phantastisches Leseerlebnis!«
Romantic Times Bookclub

UB503

ullstein